講談社文庫

人間に向いてない

黒澤いづみ

講談社

人間に向いてない

黒澤いづみ

目次

人間に向いてない

そのドアの内側から奇妙な音を聞いたのは、正午を過ぎた頃だった。

美晴はノックをしようと手を上げたまま固まり、怪訝に思いながら耳を澄ます。かりかり、とも、かさかさ、とも表現しがたい。ドアに貼られた樹脂シートを、何か硬く——かつ、軽いもので引っ掻いているような音だった。

それは小枝のように頼りなく、表面を滑るだけの力しか持っていないらしい。穴を開けることもできなければ削ることも儘ならず、単に微かな音を立て続けるのみだ。短い間隔で執拗に。いつまでも。

美晴は立ち竦み、まじまじとドアを見つめた。彼女にとってこのドアの向こう側とは異空間である。十年以上住み着いた家の中で、唯一手の及ばない場所。把握することが困難な場所。それが、彼女のひとり息子である優一の部屋であった。

この中は優一の城だ。何が行われていても、何が起こっても不思議ではない。それほど美晴にとって与り知らぬ場所だった。

そう、何が起こっても不思議ではない。たとえ美晴の想像を絶する出来事であろうと。

小さく息を呑む。いつものようにただ息子を昼食に呼びに来ただけなのに、異常なほどの緊張が走った。喉の渇きを覚えながらも、拳を軽くドアに打ちつける。

「ユ……ユウくん」

美晴は中にいるはずの二十二歳の息子をそう呼んだ。

「お昼できたよ。今日のメニューは何だと思う？　あのね、ユウくんの大好きなハンバーグ！　冷めないうちに出てらっしゃい」

返事はない。これはいつものことだ。美晴は踵を返そうとして、動きを止めた。

——かしかし、かし、かしかしかしかしかしかし。

奇妙な音がドアの向こう側から大きく聞こえてくる。先ほどよりも速く、熱心に、何かが引っ掻いているのだ。美晴は半袖から露出した腕が粟立つのを感じていた。

「……ユウくん？」

言い知れぬ不安が胸の底に淀む。同時にひとつ、美晴の脳裏を最悪の想像が掠めた。

まさか、と思う。しかしその考えを、荒唐無稽だと振り払うことはできない。

いつもならば声だけかけて、息子が自ら階下へ下りてくるのを食事しながら待つのだ。ドアを開けることなどはない。しかし美晴は今日に限って開けなければいけないという思いに駆られた。

——かしかし。かしかしかし。

音は続いている。どこか必死な響きすらするそれは、美晴に気づいてほしがっているのかもしれない。

彼女は思う。この奇妙な音の主は、部屋から外に出て来たがっているのだと。

「ごめんね。ユウくん、開けるね」

美晴がそう断ると、音はぴたりとやんだ。異常なほどに静まり返る。美晴は思わず腕を摩(さす)った。五月末、外は快晴で初夏日和(びより)であるにもかかわらず、薄ら寒さを感じていた。

美晴は小さく深呼吸をし、それからレバーに手を載せた。ゆっくりと下げ、そろり、とドアを開ける。

「ユウくん……」

視線の先には、閉ざされたままのカーテン。遮光性が高く、眩(まぶ)しいほどの陽光から部屋を見事にガードしている。薄暗い室内は美晴が思っていたよりも小綺麗(こぎれい)に整えられているようだった。

おぞましく散らかった部屋ではなかったことに安堵(あんど)しつつ、ふと視線を下にずらしたときだった。

視界に飛びこんできた『それ』に目を瞠り、美晴はみぞおちを引き攣らせた。ちょうどしゃっくりのような音が口から漏れ、思わず言葉を失う。

彼女の足許に『それ』はいた。頭部と思える部分を懸命に上向けて、美晴を仰ぎ見ようとしている。

何よりも初めに感じたのは嫌悪だ。その嫌悪は居住空間に闖入者を見つけたときに感じるものである。具体的には――虫。蚊、蠅、蟻、または蜘蛛。いつの間にか屋内に入りこみ、我が物顔で闊歩するそれらの姿を見つけたときに、つい浮かぶような感覚だ。

美晴は虫の少ない都会の環境に慣れている。それでも蜘蛛などとはどうしても遭遇してしまうもので、益虫ともいわれる彼らを無闇に駆除することもできないのだが、嫌悪と恐怖と一刻も早く排除したいという思いは抑えがたいものだった。

こっちに来ないで。

見つけた闖入者に対して切実に祈る言葉だ。そして今、美晴はまったく同じ感情を味わっていた。

体と比べてわりあい大きな丸い頭部。側面には複眼があり、蟻のように頑強そうな顎を持っている。頭部から下は芋虫と似ていた。異なるのは、百足のように無数に備わった脚だろう。

頭部のすぐ下、胸部からはアンバランスに細長い枝のような脚が二対伸びている。この四本脚を使ってドアを引っ掻いていたのだと想像できた。それ以外の脚は胸部の二対の半分ほどの長さしかない。

美晴は腰を抜かしてその場に力なくへたりこんだ。そうすると『それ』と目線の高さが同じくらいになる。頭部から生えた触角を動かしながら寄ってこようとするのを認め、美晴はずるずると後退りした。

「いや……」

目の前のこれはどこからどう見ても異形だ。虫に近いデザインではあるものの、中型犬ほどの大きさひとつとっても、およそ一般的な生命体とは言いがたい。

震える美晴の目の前で、『それ』はしゃりしゃりと顎を動かした。何事かを語りかけようとしているのかもしれなかったが、理解することはできなかった。

「いや、いや……」

美晴は頭を振って悲痛な叫びを上げる。

「嘘よ、こんな……こんなのいやあああ！」

異形を目にした恐怖だけではなく、絶望に満ちた響きを持つ声だった。

なぜなら美晴は、『それ』が息子の変わり果てた姿だと承知していたからである。

一章

1

数年前から突如として発生した奇病がある。それは、人間がある日突然に異形の姿へと変貌してしまうという恐ろしい病だ。

このケースが初めて報告されたのは関東地方の某所だった。しかし事態は瞬く間に全国各地へと広がり、すぐに四十七都道府県のどこからも報告されるようになったのだ。

人間が異形へと変貌する。にわかには信じられない話だが、そんな悪夢のような出来事が国中で実際に起こり始めたのだ。都市伝説だ非現実的だなどと悠長に言っていられなくなった。

未曾有の事態は人々を混乱に陥れる。慌てふためく民衆を落ち着かせるためにも、政府はこの現象に名前を付け、早急に対策を立てねばならなかった。結果、現象は難病として認定された。『異形性変異症候群』、別名ミュータント・シンドロームである。

不思議なもので、現象の分類と呼び名が決まると人々はいくらか安心する。しかし名付けて終わりというわけにはいかない。病気であれば治療法を確立させる必要がある。

とはいえ一朝一夕で見つかるものではない。分かったのは、感染症でないこと、一時的な症状ではないこと、患者が特定の年代に集中していることくらいだった。

少子化のこのご時世において、若年層が罹(かか)る病など、国の未来にとってはまさに死活問題である。だが不思議なことに、多くの社会人にとってこの奇病は無縁のものであった。異形性変異症候群(ミュータント・シンドローム)が猛威を振るうのは、若者の中でも専(もっぱ)ら引きこもりやニートと呼ばれている層なのだ。

国の労働力が著(いちじる)しく損(そこ)なわれることはない。政府にとっては不幸中の幸いのような事実だった。長い目で見れば勿論(もちろん)、深刻であることに間違いはないが、当面の影響は少ないように感じられる。

この病とは長く向き合っていかねばならない。政府が下した結論はそのようなもので、原因解明や治療法の確立よりも、まず患者の扱いを明確にするところから始めた。

新たな制度を設けるには何よりも労力、そして資金が必要となる。しかしそのための予算や財源が充分かといえば、首を横に振らざるを得ない。物事には優先順位があった。

不治の病の患者というものは通常であれば手厚く保護されて然るべきである。一級障がい者として認定する必要もあるはずだが、異形性変異症候群には大きな壁があった。

異形の姿はおしなべて気味が悪い。何か、とにかく生物として奇妙な姿になるのだが、はっきり言ってグロテスクだった。

実際のところ、見た目のあまりの醜悪さから家族は患者を嫌悪し、世話を放棄する者たちが後を絶たなかった。思わず患者に暴行を加えてしまい、結果的に殺してしまったというケースも既に多数報告されていた。

罪悪感に耐えきれず自首してきた加害者は、この行為が殺人罪に問われるのか、ということをしきりに心配した。加害者側の精神の衰弱も認められた。

異形となった患者の体は人間と異なる生物へと変化する。食べ物の嗜好が変わり、また、怪我や病気で病院の世話になることもできない。消化器官や身体構造が変化するために仕方のないことではあるが、世話をする側の家族としては負担でしかない。

話ができなくなる。筆談や手話も不可能である。人間的なコミュニケーションの一切が取れなくなった患者は最早、持て余したペット同様であった。可愛げがあるならともかく、見た目は気味が悪い。そもそも異形となる前から家庭内では厄介者であった。そういった事情により、患者の多くは見捨てられることとなった。

加えて、患者の保険金をめぐる殺人事件の発生、完治や回復効果があると騙った商品を売りつけられる詐欺の発生など、様々な社会問題も引き起こされるようになってしまったのだ。そうして、困りに困った政府はついにある政策を立てた。

――『異形性変異症候群』を致死性の病とする。

これに罹ったが最後、患者は死に至るのだ。それは物理的な死ではなく、人間としての死である。奇病が蔓延して数年の月日が流れたが、異形から人間に戻ったケースなどはひとつも報告されていない。つまり余命宣告のない致死の病と同等であると見なされた。

病院で異形性変異症候群と診断された場合、その時刻を以て患者は死亡したこととなる。死因にはその病名が記される。実際に死亡するわけではないので葬儀は行われないが、患者の家族は遺族として役所に死亡届を提出する義務を課された。これを怠ると罪に問われることとなる。

生命保険は適用される。また、死亡一時金の請求も可能である。寧ろこれが国から家族への唯一の支援金といってもいい。必要に応じて相続等を行い、かかる手続が終わったのち、異形は人権を失うこととなるのだ。

　この状態となった者は『変異者』と呼ばれるが、以降人間として扱われることは二度とない。義務や権利から解き放たれる代わりに、野の獣とほとんど変わらない扱いとなる。

　——いや、野生動物であっても、無闇に狩ってはいけないなどの保護法が制定されているものだ。変異者には何ひとつないのだから、動物よりもよっぽど社会的な価値は低かった。

……そしてここに、新しく『致死率百パーセント』の奇病と認定されてしまった患者と、不幸な家族がいる。

「以上の検査結果より、基準をすべて満たしていることを確認しました。田無さん、お気の毒ですが、あなたの息子さんは異形性変異症候群です」

　はあ、と思わず気の抜けた返事がこぼれた。美晴は淡々と説明する医者の顔を見ながら、がんの告知とどちらがマシだろうか、ということを考えていた。

　目をそっと動かして見遣れば、優一は椅子に座ることもできずに床を這いずっている。二対の長い脚と、腹に生えた小さな脚を懸命に動かしながら少しずつ移動し、辺りを彷徨っていた。

その無数にある短い脚は――よく見れば、人間の指の形をしている。先端には爪もあった。短く切り揃えられた、美晴に似て形の良い爪。それらをうごうごとさせながら、優一は這う。美晴はひたすらに気分が悪くなるのを感じていた。

「そうですか。分かりました」

神妙な顔をして頷いたのは、美晴の夫である勲夫だ。美晴は夫のへの字に下がった口角と、深々と刻まれた顔の皺を眺め、この人も老けたわね、と場違いな感想を抱いた。

――異形となった優一を部屋で見つけてから、しばらくの間、美晴は動くことができなかった。しかしいつまでも座りこんでいるわけにはいかない。異形となってしまった以上、優一は病院に連れて行かねばならないのだ。それで美晴は、混乱も収まらぬまま、ひとまず勲夫へ連絡することにしたのである。

出勤していた夫に早退して戻って来てくれるよう頼みこむのは、簡単なことではなかった。勲夫が勤務中に連絡されるのを殊のほか嫌っているのは承知の上だ。しかし緊急事態なのだからそうも言っていられない。

「お父さん。大変なの」

「何だ、テレビでも壊れたか。それとも冷蔵庫？　どうにか凌いでおけ。こっちは忙しいんだ」

不機嫌も露な調子で言う勲夫に、美晴は慌てて言い募った。

「待って、切らないで！　違うの、優一が大変なのよ」

「優一が？」

そこで勲夫の声は一層苛立ちが強くなった。

「ついに暴力でも振るってきたか。それとも事件でも起こしたのか？」

辺りを憚るよう声を潜めて言う勲夫に、美晴は思わず首を横に振る。

「違うのよ。いつもどおりお昼に呼びに行ったら、優一が……優一が……」

皆まで言うことはできなかった。あの姿を目にしてもなお、まだ認められなかったのかもしれない。どこかで夢だと、自分の見間違いだと思いたかったのかもしれなかった。

「お願い。とにかく帰って来て」

美晴が言うと、勲夫は電話口であからさまに溜息をついた。

「要領を得ん。いいか、早退なんか簡単じゃない。午後からの業務も立てこんでるのに、帰るとなるとあれこれ引き継ぎしたり調整したりしないといけないんだぞ。俺が帰らないといけないほど緊急性が高いことなのか」

「お父さんがいてくれないと、私だけじゃ、私……」

「落ち着け。死ぬようなことじゃあるまいし」

「死ぬようなことよ！」

思わず叫んだ美晴に、さしもの勲夫もただならぬ事態を感じ取ったようだった。

「……分かった。今から調整してなるべく早めに帰れるようにするから、落ち着け。救急車は呼んだのか？」

「救急車は必要ない。でも本当に、早く帰って来て。私どうしたらいいか」

「分かった。分かったから」

そうして――電話から一時間が過ぎ、そこからさらに少し待って、勲夫はようやく帰って来た。美晴の説明を受け、優一の様子を見て、急遽車を走らせて総合病院へとやってきた訪れたわけである。

「美晴、……美晴」

肩を叩かれてふと我に返る。眉を顰めて側に立つ勲夫と表情の読めない年配の医師の顔を見比べて、美晴は慌てて立ち上がった。医師に一礼し、空のボストンバッグを掴む。

「ユウくん、帰ろうね」

口を開けたバッグを上から被せ、手早く中に閉じこめた。急いでファスナーを閉めながらも、完全に閉め切ってしまわないよう気を配り、それから美晴はバッグを肩にかける。異形となった息子は美晴が難なく持ち運べるほどに軽かった。

駐車場へ向かい、もぞもぞと蠢くバッグを車の後部座席に置く。助手席でシートベルトを締めて背凭れに体を預けると、美晴は放心したように窓の外を眺めた。

車が発進し、目の前の景色が流れていく。特段珍しい風景などはない。それでも美晴は外に視線を据えたまま、ただ見つめ続けていた。

「役所は五時まで開いてたな。帰りに寄っていくか。早いうちに済ませておいたほうがいいだろう」

「……それよりお父さん、ついでにスーパー寄ってくれる？　マルロク。卵を切らしちゃってて、買いに行こうと思ってたの」

美晴が勲夫の顔も見ずに言う。

「本当はサンパチが特売日だったのよ。でもこの時間じゃどうせ残ってないだろうし……とにかく買い足しておかないと、今晩のオムライスが作れないから」

「母さん」

勲夫は苦々しい顔をした。

「もう優一の好物を作ってやる必要はない」

美晴はその言葉にゆっくりと首をめぐらせる。

「どうして」

「どうして、って……優一はもう死んだんだ」

後部座席のバッグの中から、微かに何かが身じろぐ音がした。

「やめてよお父さん、ユウくんの前で。現にあの子はここにいるじゃない」

「お前のほうこそ勘弁してくれ。医者から死亡のお墨付きをもらったんだよ。死亡届も七日以内に提出しなきゃいけないんだ。これから煩雑な諸手続が待ってるんだから」

「だって……だって変よ。こんなのおかしい」

拒否するように耳を両手で塞ぐ。美晴は勲夫の言葉を受け入れたくなかった。

「死んでなんかないのに、どうして死亡届を出さないといけないの？」

「法で定められてるからだろう」

「どうして？」

「俺に訊くな。駄々を捏ねたって仕方ないだろうが。現実を見るんだ」

「現実、って」

「息子の優一は死んでしまったんだよ」

「じゃあ、後ろにいるのは一体何なの？」

信号は赤だ。

車が徐々に停止し、勲夫はルームミラーを一瞥したあとで口角を下げながら言う。

「ただの、気味の悪い生き物だ」

化け物と呼ばなかっただけまだ良心的だったのかもしれなかった。しかしそんなことを思いつく心の余裕など美晴にはない。

「息子に対してよくもそんな——あなたって、あなたっていっつもそう！」

気がつけばスーパーマルロクは通り過ぎてしまっていた。

2

——時間の問題だとは思っていた。

美晴はそう、振り返る。

テレビで異形性変異症候群のことを見たときから、いつか息子がそうなってしまうのではないかという不安に怯えていたのだ。

ひとり息子の優一は、美晴が三十二のときに生まれた子どもだった。結婚六年目にしてできた待望の第一子だったため、喜びも期待もひとしおだった。甘やかして育ててきたという自覚は大いにある。

　ほしがるものは基本的に買い与えた。代わりに、習い事や勉強にも力を入れた。たくさん勉強して賢くなって、良い大学を卒業して良い会社に就職してほしい。親として普通の望みだろう。

　しかし、子は思い通りにはいかないものだ。優一は高校で躓いてしまった。勉強についていけなくなったわけではない。クラスメイトとの人間関係に失敗し、不登校になってしまったのだった。

　勲夫は厳格な父親だった。学校に行きたくないという優一を叱り飛ばし、無理矢理通学バッグを持たせて家から閉め出した。これ以上甘やかせばろくな大人にならん、というのが当時の勲夫の口癖である。

　そんなことを数回繰り返していたある日、学校からの連絡で優一が登校していないことが分かった。捜してみると、優一は通学路の途中にある喫茶店で学生服のまま堂々と暇を潰していたのである。

「バカかお前は！　まったく、何を考えてるんだ！」

　勉強はそれなりにできていた優一だったが、地の頭は悪かったのかもしれない。私服に着替えるとか、通学路から外れた店を選ぶとか、そんな悪知恵も働かすことができないというのはある意味で素直とも言えるのだろう。しかし間抜けな顛末だ。

「いいか。社会に出たら反りの合わないやつなんていくらでもいるぞ。学校っていうのは人間関係を学ぶ場所でもあるんだ。ここで挫折して将来やっていけると思ってるのか？　根性なしが。男のくせに、しゃっきりしろ！」

激昂する勲夫に、優一は始終身を縮めていた。父親に反論することも反撃することもできない、内向的な性格の息子だった。

「逃げ癖がついたら肝心なときにグッと我慢することができなくなる。嫌なことからただ逃げ回って、何になる？　会社で無断欠勤なんてしたらすぐクビだぞ。分かってるのか？　まだ学生だからこんなワガママが通ってるんだ。お前のやってることは、社会では許されないんだぞ。分かったか」

勲夫の言っていることが間違っていたとは思っていない。大体いつでも正論だ。美晴もほとんど同意していた。

次の朝、優一は観念した様子で通学バッグを持って家を出た。勲夫は優一が不要な寄り道をせずちゃんと学校へ行くのを見届けると言い、美晴は少し心配しながらもふたりの姿を見送った。

だが——家から出て数歩、優一は胸を押さえてその場に蹲ってしまった。過呼吸を起こしたのだ。以来、登校しようとするたびに具合を悪くし、ついに玄関で倒れるほどになってしまった。それから優一は不登校になった。

「本当に困ったわ。しばらく休んだら、また学校に行ってくれるようになるかな？」

その願いも虚しく欠席は続き、優一はとうとう高校中退となってしまった。

美晴の想像していた将来のレールから、優一は思いきり脱線したのだ。どうすればいいのか分からなかった。途方に暮れたのは勲夫も同じである。

「どうしてこんなことになったんだろう」

美晴は不思議でたまらなかった。子育ての何を失敗したのか、まったく分からなかったのだ。

「やっぱり、小さいときから甘やかしすぎたんだ。ひとりっ子っていうのも良くなかったかもしれんな。高校中退だなんて、まったく情けない。いい恥さらしだ」

勲夫は心底忌々しげに言った。

多くを求めたつもりはない。優一に対して、人並みの幸せを願っただけだ。それがどうしてこういう形になってしまったのか、美晴は未だに理解できないでいる。

「このままじゃダメよね。最終学歴が中学だなんて……どこにも雇ってもらえない。あの子に力仕事なんてできそうにないし、定時制の高校か通信制の高校に入らせないと」

通学できないのだから、入るとすれば通信制の高校だろう。そう思って美晴は片っ端からパンフレットを集めた。

「ユウくん。お母さん色々調べたんだけど、ユウくんは通信制の高校に入り直すのが一番いいと思う。ほら見て、単位も在籍年数も引き継ぎができるんだって。ユウくんは高二で中退したでしょ？　だから二年生からやり直すことができるのよ。学校に行かなくてもいいし、いいでしょ？」

優一は美晴の顔を見たが、何も言わなかった。

「ここなんてどうかな？　高卒認定と、それから大学受験を目指すコースがあるの。資格取得も狙えるのよ。やっぱり今の時代は資格があると安心よね。こっちの高校だと通学しないといけないけど……でも色々ちゃんとしてるみたいだし、お母さん、いいと思うな」

つとめて明るく言う美晴に対し、優一は終始暗い表情で黙っている。

「大手企業に勤めてほしいとか、そんな無理難題を言うつもりないわ。ユウくんには少しでも社会復帰してほしいの。お母さんの言ってること、分かるわよね？　ユウくんはお利口さんでしょ？」

静かに目を伏せる息子に、美晴は思わず眉を顰めた。

「どうして何も言わないの。ユウくん、聞いてる？」

うん、と小さく頷く。しかし美晴は手応えのなさを感じていた。

「お母さんはユウくんのためを思って言ってるの！」

息子の将来のため。幸せのため。それだけを願って言っている。なのに当の優一は素知らぬ顔をしているのだから、気分を害さずにはいられなかった。

こんなに優一のことを考えているのに、どうして他人事みたいにしていられるのか。これではあまりに報われない。

「ねえ、お父さんからも何か言ってよ。中卒じゃ就職できないって。あとで自分が困るのに」

「言っても聞かないいんだろう。じゃあもう無理なんじゃないか。あいつはボンクラだからな」

「もう、お父さん！」

「本当のことだろう」

勲夫は匙を投げてしまったかのようにぞんざいな態度を取る。美晴にはそれが腹立たしかったが、うまく説得するための言葉は持っていなかった。

——結局、通信制の高校への編入はできなかった。出願書類の提出まで進めたものの、優一が面接にどうしても行きたがらなかったのである。周囲がどれだけ働きかけたとしても、やはり本人に入学の意思がない限り、どうすることもできない。美晴は頭を抱えた。

「お母さんをあんまり困らせないで」

そう言っても、優一はおどおどと目を伏せるばかりだった。

「一体どうすればいいの」

最悪な状況の中でも考え得る最善の道を選んでレールを敷き直そうとしているのに、息子はことごとく美晴の期待を裏切る。じゃあ一体どうしたいのかと問い詰めても、ろくに答えもしないのだ。

「美晴は頑張ってると思う」

耐えかねて実家に電話すると、母の清美(きよみ)はそう言ってくれた。

「今時の子はナイーブだね。あたしらのときは不登校の子どもなんかいなかったし、学校に通えるだけマシだった。行きたくても行けない子なんかたくさんいたもんだ」

「そうよね。自分がどれだけ恵まれてるか、幸せな時代に生きてるか分かってないのよ」

固定電話の受話器から伸びるコードを戯(たわむ)れに指で巻き取りながら、美晴は言う。

「もう分からなくなったわ。あの子、親の言うこと全然聞きやしないもの」

話しながら、思わず涙が溢(あふ)れて頬(ほお)を伝うのを感じた。

「このままじゃいけないのに、もう、本当にどうしたらいいか……。小さい頃は優しくて良い子だったのに。でも今じゃ、ダメね。変なところが頑固で。誰に似たのか……」

ふいに背後で物音がして、美晴は受話器を耳に当てたまま振り返る。そこには誰もいない。

「どうかしたかい」

「ううん。ドアが開いたような音がしたと思ったけど、気のせいだったみたい」

「あんたひょっとして泣いてるんじゃないかい？　……ああ、まったく、親を泣かせるなんて優一は親不孝者だね」

「そうね、本当に。こんなはずじゃなかったんだけど。何が悪かったのかなあ」

美晴がぼやくと、清美は宥めるように優しい声で言う。

「思い詰めすぎちゃいけないからね。あんたがやってることは間違ってない。子どもを導いてやるのは親の務めだ。あんたはそれをきちんと果たしてるよ」

「だと、いいんだけど」

「真面目だからね、あんたは。あたしとしちゃ、あんたが倒れないか心配だよ」

「ありがとう、お母さん。気をつけるわね」

通話を終え、リビングから廊下へ通じるドアを開けてみると、フローリングはなぜかぽつぽつと濡れていた。

「何かしら、この水滴」

怪訝に思いながら雑巾で床を拭き、美晴は重い溜息をつく。

「お先真っ暗だわ……」

これから訪れるであろう未来のことを考えると、どうしようもなく気が重くなった。

優一は、我が息子ながら宇宙人のようだ。何を考えているか分からない。どうしようもない。お手上げだ。社会復帰してほしいと願うことすら高望みなのかもしれない。美晴はそう思うようになった。

そのうち、優一は部屋からあまり出てこなくなった。顔を見れば勲夫が怒鳴り立てるからかもしれない。あるいは、美晴の小言を聞きたくないからかもしれない。優一は何も言わないのではっきり分からないが、とにかく、家族との接触を避けているのは明白だった。

まったく顔を合わせない、というわけではない。食事のときには二階の部屋から下りてきて一緒に食卓を囲むし、風呂場や洗面所で姿を見かけることもある。

そういう非常に曖昧な状態で――美晴も勲夫もいつしか諦めてしまった。勲夫が内心どう考えているかは知らないが、顔を見ても何も言わなくなったということは、そうなのだろう。

美晴も優一に対して何か言うのが面倒になった。このままではいけないという思いは消えていないが、どうしようもないのだという諦念ばかりが大きい。

そうしている間に優一は二十歳を迎えた。当然、成人式にも出席していない。ただ写真だけは撮った。一生残るものだから、いずれ必要になると思ったのだ。

それから二年が過ぎて今に至る。月日は長いようで短く、美晴にはあっという間だったようにも思えた。

この惰性のような日々。

いつかは終わりを迎えるだろうと思っていた。

引きこもりやニートの若者が次々と異形に変異している。この恐ろしいニュースを見たとき、美晴はしばらく震えが治まらなかった。

(うちの子もきっと、こうなるんだわ)

液晶画面に映し出される見るもおぞましい異形の姿に、怖気が走る。

ただでさえ宇宙人のような息子が、こんな怪物になってしまったら……。考えると恐ろしくて、その夜は眠れなかった。朝食は摂らずに昼まで寝ている息子を昼食に呼ぶとき、いつも気がかりだった。

今日も大丈夫。生気のない顔で下りてきて黙々と食事をする息子の顔を見ながら、ひそかに安心していた。

今日も大丈夫。自分に言い聞かせるようにそう内心で呟くのが美晴の日課となっていた。

今日も——。

しかしついに、大丈夫ではなくなってしまったわけだ。

3

ただいま、という声に美晴は顔を上げた。役所から夫が帰ってきたらしい。少々疲れた顔をしているのを見て、ねぎらおうとお茶の準備をする。

「早かったのね」

「ああ。役所のほうも慣れてるからスムーズだった」

病院から帰宅し、今日中に諸手続を済ませたほうがいいという勲夫と、今日はこれ以上出かけたくないという美晴とで話し合った結果、勲夫のみが諸手続を行うために再び出かけることになったのだ。

確かに、いずれしなければいけないことだ。先延ばしにすればするだけ億劫(おっくう)になるのは分かっていたが、美晴はどうしても、そういう気になれなかった。だから勲夫に任せることにしたのだ。

「これからどうする」

席に座りひと息ついたのち、勲夫が険しい表情で言った。

「どうする、って？」

「こいつのことだよ」

勲夫はリビングの隅で身を縮めている優一を顎でしゃくる。

「保健所に引き渡すか。それとも山にでも連れて行くか？　昔飼ってた犬を棄てに行った、あの山——」

「何言ってるの。ダメよ」

「まさかこのまま飼う気じゃないだろうな」

「飼う、なんて言い方しないで。ユウくんは私たちの息子でしょ」

「だから、優一は死んだって言ってるだろ」

「そんなこと何回も言わないでよ！」

美晴の剣幕に、勲夫は困ったように息を吐いて湯呑みを手に取った。

「現実から目を背けていたって仕方ないだろう」

茶を啜る音がいやに響く。美晴は項垂れながら頭を振った。

「私にはできない。そんなふうに切り捨ててしまうことなんてできないわ。だって可哀相じゃない」

「何が可哀相なもんか」

勲夫はあくまで嫌悪を示す。

「あれは人間じゃないんだ。見ただけで分かるだろ。言葉も話せないし、二足歩行もできない。こっちの言葉だって通じてるか分からない、そういう存在なんだよ。犬猫と変わらない、いや、犬猫のほうがまだ愛嬌があっていい」

否定はできない、と思いながら、美晴は優一を一瞥した。

「あんな不気味なものを家に置いておく気なのか。これからは保険もきかない、そのうえ物の役にも立たない、金食い虫をか？」

「そんなふうに言わないで」

「いいや、言わせてもらう。前から言いたかったんだ。お前は優一に甘すぎだと。二十歳を過ぎても働かずにぐうたらするだけの大きな子どもを食わせて、住まわせて、養ってやって。……優一もさぞかし幸せだっただろうな。自分が何もしなくても、親がすべて与えてくれるんだから。苦労知らずの穀潰しだ。だからこういうふうに溜まったツケを一気に支払わなきゃいけなくなる」

再び俯き、テーブルの上に載せた自分の手へと視線を落とす。皺が目立ち始めた手の甲。美晴も決して若くない。

「俺はあと二年で定年だ。そこから先、どう生活していくか真面目に考えたことはあるか？　俺かお前か、どちらかに何かあったらどうする。金があればヘルパーだって雇えるが、なければ老々介護なんだぞ。こいつの世話どころじゃない。ほかにも考えておくべきことはたくさんあるんだ」

「そう……確かにそれは、そうね」

美晴だって老後のことは考えている。しかし、勲夫の口から改めて聞くと、現実の重さが肩や背中に容赦なくのしかかってくるかのようだった。

「年金も大して当てにできない。一歩間違えれば困窮して下流老人になるっていうのに、ゴミを抱え続けるつもりなのか」

勲夫は優一を指してそう言う。美晴は心苦しさに、背中をさらに丸めた。

「俺はいい機会だと思ってる。これはチャンスだ、母さん。やっとこのゴミを合法的に投棄することができる機会が訪れたんだよ」

「どういうこと？」

「今までだってできることなら棄てたかったが、体裁(ていさい)もあって許されなかった。だが今のこいつはもう人間じゃないからな。何の法も適用されないんだ。たとえ何をしたとしても」

その言葉にぞっと背筋が震える。

優一を見れば、哀(あわ)れなほど身を縮めて丸くなっていた。

「息子を見捨てて死なせたとあっちゃ、近所からも白い目で見られるだろう。でも優一という人間は今日死んだ。死亡届も受理された。あの不気味な生き物をどうしようと誰も俺たちを責めないさ。だから不安の芽はすぐに摘んで、子どものいない夫婦として人生設計を新しく考え直したほうがよっぽど建設的だと思わないか？」

なるほど、勲夫はそういうことを考えていたのか。

美晴はしみじみと思い、深く溜息を吐いた。

勲夫の息子に対する情がいつ消え去ってしまったのか、それを推し量ることはできない。悲しいけれども、引きこもりが始まってからの数年間は息子を見放すのに充分な時間だったのだろう。

しかし美晴にはそう容易に割り切ることなどできない。たとえ見た目のおぞましい生き物になろうが、我が子は我が子だ。二十年以上の歳月を共に暮らしてきた家族であり、面倒を見てきた子どもである。それを、見捨ててしまうなんて。殺してしまうだなんて。

勲夫は何と言っても、仕事の都合上、限られた時間しか息子と過ごしていない。だから簡単に切り離せるのかもしれない——と、美晴は思う。

美晴にとっては腹を痛めて産んだ子どもであり、分身のようなものなのだ。たとえ出来が悪くたって息子が可愛いことに変わりはないのである。勲夫にはそれが分からないのだろう。

「考えさせて……」

美晴は渋面を作りながらそう言った。

「諦められないのよ。だから少し時間を頂戴。しばらく一緒に暮らしてみて、それから考えたっていいでしょ？」

口をへの字に曲げて不満を露にする勲夫に、美晴はさらに言い募る。

「今までどおり、私がちゃんと面倒見るから」

不承不承といった面持ちで、勲夫は呆れたように息を吐いた。

「その気まぐれがいつまでもつかね。……まあいい、やってみろ。できるもんならな」

決して快く承知したわけではないと分かっていたが、許可が下りたような心地になり、ほっと胸を撫で下ろす。

「ありがとう。お父さん」

美晴はそこでやっと、強張り続けていた表情筋をゆるめることができた。


「ごはん食べようね、ユウくん」

依然として身の置き場がなさそうに部屋の隅で体を丸くしている優一へ、美晴はこわごわと近づきながら言った。

皿の上に優一の好物であるハンバーグを載せて近くに置いてみる。優一は少し興味を示したが、匂いをかぐように顔を近づけたあと、ふいと顔を逸らした。

「じゃあ、こっちはどう?」

代わりに差し出したのはオムライスだ。しかしこれも反応は同じだった。美晴はしやがみこんだまま、ううんと唸る。

「変異したからって、食べ物が要らなくなったってわけじゃないよね」

何も食べなければ餓死してしまうはずだ。しかしこの反応だと、出した食べ物が嫌いなのか、食べられないのか、満腹なのか、食べ物を拒否しているのか、まったく分からない。

「お水はどうかな。喉も渇くでしょ」

言って、今度は水を入れた皿を目の前に出してみる。

優一はのっそりと皿の前までやってきた。頭をもたげ、顔を近づける。そうして口をぱかりと横に開けると、舌を出して水を飲み始めた。

やった、と喜びたい気分ではあったが、美晴はその光景に思わず固まってしまう。ほとんど虫のような見た目で、口の中に備わっている舌は人間のものなのだ。頭で何を考えるよりも先に生理的嫌悪が勝ってしまう。気持ち悪い、と思ってしまうのだった。

美晴は鳥肌の立った腕を撫で、しゃがんだまま数歩後ろに下がる。それから我に返り、負の感情を無理矢理にでも忘れるよう努めた。

(私がしっかりしなくて、どうするの)

こんなことでひるんでいるようじゃ、やっていけるはずがない。どんなに奇妙な見た目でもそのうちに見慣れるはずだから、と自分を鼓舞する。

——その後いくつか試して、優一は野菜であれば口にすることができるのだと分かった。

人間の頃はあまり野菜が好きではなかったはずだが、今は嬉々としてサニーレタスを齧っている。遠目から見ればまさしく、大きな芋虫のような優一の姿。

「見れば見るほど薄気味悪いな」

同感ではあったが、美晴は勲夫の顔をじろりと睨めつけた。

(私がこの子を守ってあげないといけない)

自分が見放せば、今度こそ息子は死んでしまう。そう考えるだけで、強迫観念じみたものが美晴の胸をきつく締め上げた。

4

奇病とはいえ今や爆発的に蔓延してしまった異形性変異症候群とその変異者につい

ては、調べると相当数のサイトがヒットした。その内容は、病院のページ、変異者のための施設に関するページ、それから個人のブログや、SNSのページなど、多岐に亘（わた）っている。

とにかく情報収集しないと。思いながら、今まで敢（あ）えて目を背（そむ）けてきたそれらに触れる。

美晴は今まで異形性変異症候群に関わる情報を避け続けてきた。テレビで特集が組まれていたときも、すぐにチャンネルを変えて別の番組を見るようにしていたものだった。そうして遠ざけることで、自分たちには無縁のものだと思いたかったのだ。

こんなものを見る必要はない。知る必要などない。なぜなら関係がないから――そうでなければいけないし、そうあってほしい。

しかし虚しい願いだった。現実とは残酷なものだ。大病も、事故も、天災も、いつこの身に降りかかってくるか分からない。すべてに備えようとすると杞憂（きゆう）になるが、予備知識が少しでもあれば、いざというときに混乱を避けることができる。

知っておくべきだった、と嚙（か）みしめるように思いながら、美晴は軽く目頭を押さえた。後悔しているが、過ぎたことを思い悩んでいても仕方がない。今からでもまだ間に合うはずだ。

「まず、基本的なところから知っていくべきよね」

美晴は独り言をこぼし、検索結果の一件目をクリックした。

『異形性変異症候群（いぎょうせいへんいしょうこうぐん、Mutant-Syndrome）は、人間がある日を境に異形へと変貌する病のこと。原因、治療方法共に不明。不治の病とされ、死因としても扱われる。十代後半から二十代の若者に多い。患者は変異者と呼ばれる』

美晴が参照したのは有名なインターネット百科事典だった。世界各地より閲覧、編集が可能であり、多言語に対応しているサイトである。何か調べ物をする際、目にする機会の多いページだった。

基本的な情報以外は何も記載のないそれに、美晴はつい眉を顰めた。もっと詳しい情報が得られるかと思ったのに、肩すかしを食らった気分だ。

誰でも編集可能であるから、ともすれば、主観的な内容に偏ったとしてもおかしくない項目だ。異形性変異症候群による変異者の数は数万人に及ぶ。さらに、発見から年月を経ているのだから、多く知られている病のはずだ。にもかかわらず、平易な文章で当たり障りのない情報が記述されている。

つまり非常にデリケートな項目であるとも読み取れた。詳細に記述することで、主観を交えた書き方をすることで、問題になりかねないということだ。ひょっとすると、何度か編集された結果、このようなものに落ち着いたのかもしれない。

美晴は丸めていた背を反らし、椅子に大きく凭れた。それからふと視線をスライドさせる。優一はソファの上で丸まって静かにしていた。恐らくは眠っているのだろうと思う。

体が変わってしまってから、優一はリビングで過ごしている。二階の部屋にいると不都合が多いからだった。

まず、部屋のドアを開けることができない。これは単純にドアを閉めなければいいだけだが、問題点はほかにもある。自力で階段を下りられないことだ。

上ることはどうにかできるようだった。頭と二対の前脚を使って懸命に体を浮かせ、半身を引っ張り上げるようにして上るのだ。段差に腹や短い脚を打ちつけながらも、時間をかけてどうにか二階まで辿り着くことができる。枝のようないかにも頼りない前脚で体を支えることができるのは、体重が軽いからだろう。しかし下りる際には体のアンバランスさが災いした。頭部が大きいせいで、踏ん張ることもできず落ちてしまう。

実際、階段の一番上から滑り落ちてしまった優一を見たときには肝を冷やした。大惨事になるのではないかと思ったのだ。

幸運にも優一は、壁にぶつかることも床に叩きつけられることもなく、滑り台から降りたときのようにずるりと着地した。落ちてしばらくは動かずにじっとしていたので心配したが、外傷は特にないようだった。

美晴はほっと胸を撫で下ろし、もう二階へ連れて行くのはやめようと思った。そもそも二階の自分の部屋に戻ったところで、優一は以前のようにネットをすることもゲームをすることも漫画を読むこともできないのだから、何のメリットもないだろう。

それで、美晴は今、異形の息子とふたりきりでリビングにいる。


――息子が社会的に死亡して一日が経った。勲夫は既に日常を取り戻し、普段どおり出勤している。葬儀を行う必要がないため、会社を休む必要もないのだ。

美晴が聞いた話では、会社として忌引を取ることは可能とのことだった。

忌引に関しては法律による定めではないため、休暇の有無や日数は会社によりまちまちである。勲夫の勤務先はそういった待遇が比較的良いほうであり、三親等まで忌引を取ることができるそうだ。今回の一親等の場合では最大で五日取得できるとのことだが、これはあくまで通常の場合である。

「異形性変異症候群で忌引を取るやつなんてまずいない」

勲夫はそう断言した。恐らく、会社での前例をいくつか見てきた結果を述べているのだろう。

美晴は勲夫から会社の誰かの子どもが変異したなどという話を一度も聞いたことが

ない。これも敢えて口にしなかったのだろう。ただ、勲夫は優一がそうなることを『覚悟』していたようだったから、現実問題として直面するのが嫌で避けていた美晴とは異なる理由があったのだろうと推測できた。

夫婦とはいえ他人である。頭の中を互いに把握しきっているわけではない。ともあれ、美晴も出勤する勲夫を引き止める理由を持たなかったため、何も言うことはなかった。

親族には昨日のうちに訃報を伝えている。反応は概ね冷ややかだった。言葉こそ同情的な響きを持たせてはいるものの、多かれ少なかれ、呆れが窺えた。

茫然自失状態で、義務感に駆られて清美へ連絡したときもそうだった。美晴の話を聞くなり、清美は深く息を吐いて「それは大変だったねえ」と言ったが、やっぱり、というニュアンスがひしひしと伝わってきていた。

無理もない。異形性変異症候群は引きこもりやニートの若者が罹る病となっているから、罹患したということは、つまりある種の烙印が捺されたことを意味するのだ。

塞いだ気分でページをスクロールしながら、美晴はふと、強烈な見出しに目を留めた。

「社会的弱者の、間引き……」

『異形性変異症候群〜天の配剤・社会的弱者の間引き〜』

こんにちの我が国を賑わしている奇病について。因果なものだと思いながら、私は大変興味深く高みの見物をしている。私は独身であり子を持たない身なので、恐らくこの病とは一生無縁であろう。

異形性変異症候群。何とも恐ろしい病気だが、この病の面白い点は、若年層のみ発症していることにある。それも働き盛りの者や輝かしく青春を送っている者たちではなく、いわゆる社会的弱者として鬱屈した日々を過ごしている者ばかりが罹るのだ。

私はこの状況に鑑みて、これは「間引き」ではないかと考えている。

高齢者人口の増加と少子化で若い働き手を必要としている社会の中、勤労の義務を果たさない者というのは、生ける廃棄物といっても過言ではない。もしくは、社会に棲むバグであると言ってもいい。

そのような者たちが働かずに消費ばかりを繰り返し、社会の重要な根幹を執拗に齧り続けて害を為しているのだ。このままいけば国は沈んでしまうだろう。

しかし「天」はそれをよく見ているのだ。人の科学が及ばぬところにある自然という神秘から生まれたのが、この病だろう。狙い澄ましたように有害な社会的弱者ばかりを狙い、猛威を振るう。まるで神の裁きだと、私は感動すら覚えてしまった。

真面目に誠実に生きている者はこの病に関わることなく生きていくことができる。

だが自堕落で怠惰な生活を送っている者はこの病の餌食となるのだ。そして、彼らを放置し、正しく導いていく努力を怠った親は、異形の始末を任せられることで報いを受けるという寸法だ。

実によくできている。世界の自浄作用とは、かくも天晴れなものだ。

各地で患者数が更新されていくたび、世にはこれほど有害な存在が蔓延っていたのだなと戦慄する。間引きの最中は慌ただしいものだが、これが沈静化した頃、我が国は理想の形へ一歩近づくことだろう。その日が訪れることを、私は何より楽しみにしている。

「勝手なことばかり言って」

美晴は記事を読み終えて憤った。

「神の裁き？　何て傲慢なの。そんなはずない。病は誰にとっても平等なはず」

しかし美晴自身も罹患者が社会的に弱い立場の者であることは重々承知している。勲夫も、清美も、親族たちもそうだろう。それは既に『常識』なのである。

だとしても、超常的な——天の配剤だの、神の裁きだのという言葉を用いられると、反発せずにはいられなかった。……しかも。

「正しく導いていく努力を怠った親、だなんて」

ひどい言い種に泣きたくなった。

それは間違っている。我が子の荒廃を誰が好んで放置などするものか。手は尽くしたが、努力がうまく報われなかっただけだ。

人の親といっても間違うことはある。完璧な存在ではない。なのに責任をすべて親に押しつけるのは間違っているのではないか。親のしつけについてくることができなかった子どもにも、当然問題があるはずだ。美晴はそう思う。

そもそも、この文章を書いた者は独身だというじゃないか。結婚もせず子どもも持たず、親になったことのない人間に何が解るというのだろう。こちらの気も苦労も知らずに好き勝手な批評をして、あんまりではないか。

「こんなもの見てたって仕方ないわね」

もっとほかに、考えるべきことがあるはずだ。美晴は無理矢理思考を切り替えた。それでも、この病に対する世間の目とはそういうものなのだと、思わずにはいられなかった。

5

「もうこんな時間」

ふと時計を見遣り、正午も半ばを過ぎようとしていることに気づいた。昼の支度をしようと立ち上がり、美晴は目を瞬く。ソファにいたはずの優一の姿がない。気づいた途端にぞっとした。一体どこに行ったのかと、注意深く辺りを見まわす。

「ユウくん？　どこにいるの」

まさか外には出てないだろう。体を伸ばしてもドアに届かないのだから、自力で開けることはできないはずだ。

クッションをどかし、家具の下や裏を覗きこむ。優一の姿はない。ならば別の部屋だろうかと廊下に出て行きかけ、このドアもまた、彼自身では開けられないものであると気づいた。

「ユウくん」

犬猫ならば名前を呼べば返事することもあるだろう。けれども、あれは返事ができない。

——どこに行ったの。

焦る感覚は、子どもが行方をくらましたときに生じる不安感とは少し違う。どちらかといえば、居場所を把握しておきたい脅威が視界から消えた際に感じるものだ。

予期せぬ場所から飛び出してきて脅かされることがないように、心の準備をするために、確認しておきたいような気持ち。

例えば、もしあの体を不用意に踏んづけてしまうようなことがあれば——厭だ。

(ダメよ。何を考えてるの)

息子に対してそんな感情を抱くなんて、許されない。

「ユウくん出てきて、お願い」

言いながらキッチンにまわりこむと、その姿はすぐに見つかった。ダイニングとキッチンの境には間仕切りを兼ねたカウンターがある。背後には冷蔵庫があるのだが、ちょうどカウンターで死角となっていた下部に優一はいた。

買ったまま放置していたスーパーの袋の中に顔を突っこみ、もぞもぞと蠢いている。

「ユ、ユウくん。何してるの」

声をかけると、言葉が通じたかのように優一は袋から顔を出した。その口にはキャベツの葉がくわえられている。

曰く言いがたい気分が鉛のように美晴の喉を塞いだ。それは肺の底に沈殿し、重苦しく閉塞する。

立ち竦む美晴を見据えながら咀嚼していた優一は、静かにその場から離れてすごすごと退散しようとした。どこかしょぼくれたように床を這う姿は、悪さしているところを見咎(みとが)められて、気まずげに観念しているかのようにも見える。

「ユウくん、待って」

美晴はその後ろ姿を思わず呼びとめた。

「お昼になっても支度がないから、お腹(なか)が空いたのね。そうでしょ？」

改めて袋の中から齧りかけのキャベツの葉を取り出し、優一の目の前に差し出す。

優一は頭をもたげ、キャベツと美晴とを見比べた。

しゃりしゃり。

優一が顎を動かす。

「何？　どうしたの？」

訊(たず)ねると、優一は少し間を置いて、キャベツを齧り始めた。小気味の良い咀嚼音が響く。美晴は優一がキャベツをせっせと食べる様を、ただぼんやりと眺めた。

やがてキャベツの残りが少なくなり、優一が持ち手のほうへと身を乗り出す。美晴は触れそうな距離へ近づいてきた優一に驚き、思わず手を離してしまった。

「あ……」

床に落ちた葉を追いかけて首を動かし、優一が再びしゃりしゃりと何事かを呟く。

そうしてキャベツを口にくわえると、短い脚を懸命に動かし、のたのたとキッチンから出て行った。

　優一はそのままダイニングへ向かい、リビングへと移動する。ソファによじ登ってまた体を丸め、残りのキャベツの葉を齧ると、おとなしくなった。美晴はその一部始終を見守ったあと、思い出したように自分の昼食の支度に取りかかった。

「……ねえユウくん」

　美晴は目玉焼きを食べながら、ソファに鎮座する優一へ声をかける。

「お母さんの言ってること、理解できる？」

　問いかけに対する返事はない。

「ユウくん、もし、お母さんの言葉が理解できるなら……顔を上げて、こっちを向いて？」

　美晴はそう言って、優一を注視した。しかしどれだけ待ってみても、優一はこそとも動かない。

（通じてるような気がしたのは、気のせいだったのかな）

　途端に目玉焼きがしょっぱく感じられた。

　調べていて分かったことがある。変異者の姿は一様ではない。個別に様々な姿へ変貌するのだという。またその好物についても、人間だった頃と完全に変わってしまう場合、変わらない場合など、変異者によって異なるようだった。

これでは変異者のための医療機関を充実させることは難しいだろう。個別に姿が異なるのであれば、身体構造もそれぞれ異なってくるはずだ。それらを網羅し、治療するということは、現時点で不可能だと言わざるを得ない。

優一はどうやら野菜が好物らしい。それは学んだ。特に、キャベツやレタスなどの葉物を喜んで食べる。芋虫のように。

食事が終われば、特に何をするでもなく体を丸めてじっとしている。寝ているか起きているか、その判別はつけがたい。名前を呼ぶとたまに触角を動かして反応する。しかし言葉を理解しているかどうかは、依然として定かではなかった。

観賞するにしては動きがなく、愛玩するにしては張り合いがない。考えて、いや、と美晴は思い直す。

それはおかしい。それは、息子に対して持つべき感想ではない。

近年の優一はそもそも部屋からほとんど出てこなかった。食事は必ず二階から下りてきて一緒に摂るようにしていたものの、それだけだ。食事中も無言、どこかで鉢合わせても無言。美晴ばかりいつも一方的に話しかけ、優一はろくすっぽ返事をすることもなく、目もほとんど合わせようとしなかった。

だから、ある意味では人間だった頃と変わっていないのかもしれない。

――美晴の心証は大きく変わってしまっているけれども。

「どうするべきなんだろう」

意外にも、変異者とその家族の日常が綴（つづ）られたブログやSNSはほとんど見つからなかった。探せば時々『子どもが変異した』といった類（たぐい）の内容を見かけるが、詳細に関しては触れられていない。

やはり、我が子が変異したという事実は隠しておきたいことなのだろう、と美晴は思う。

それは体裁を取り繕（つくろ）うためなのか。世間から白い目で見られるのを回避するためなのか。以前見た記事に書かれていたとおり、変異した子を持つ親もまたダメ親の烙印を捺されてしまうわけなのだ。自らの汚点を好んで晒（さら）したがるような人間はそういないだろう。

思いながらも、何か分かることはないかと調べ続けていたとき、キーワードからひとつのブログが見つかった。

『家に怪物が出た』

タイトルにそう書かれた記事は、二年ほど前のものだった。

息子の部屋に怪物がいた。幼児くらいの大きさのイソギンチャク。

触手の代わりに人間の腕みたいなものがいっぱい生えてた。マジで気持ち悪い。怖すぎてパニックになり、部屋に立てかけてあったバットで何回か殴ったら、そいつはぐったりして動かなくなった。死んだのかな？

緑色の液体が滲んでカーペットに染みてる。最悪。

現実とは思えない悪夢みたいな光景だった。なんか今、足がふわふわする。

息子はどこ行ったんだろう？　まさかあの怪物に食われた？

とりあえずどこかに連絡しなきゃいけないと思って警察を呼んでみた。でも警察って、怪物の不法侵入についても取り合ってくれるのかな（笑）。

冗談はさておき、息子は本当にどこ行ったんだろう。どこかに逃げてるだけならいいけど、もし怪物を解剖して、その胃から息子が出てきたら、私はこれからどうしよう。

美晴は息を呑む。動向が気になり最新記事を見ようとして、ブログの更新が止まっていることに気づいた。
ブログ主は――文面から若いのだと推測できたが――異形性変異症候群を知らなかったのだろう。このイソギンチャクこそ息子であり、それを自分が殴打したと分かったとき、どれだけ絶望しただろうかと想像する。

知らないのは恐ろしいことだ。哀れなことでもある。母親に気づいてもらえず殴られた子どもは勿論、我が子と分からず暴行を加えてしまった母親の気持ちを考えると、心が痛んだ。

もうとっくに過ぎた話ではあるものの、その後のことがひどく気がかりだった。変異した息子はそのまま死んでしまったのだろうか。ブログ主は、どうなったのだろうか。

美晴には知る術（すべ）がない。ただただ、怖いと思った。

6

「一週間経ったぞ。まだ飽きないのか」

勲夫は唐突（とうとつ）にそんなことを言った。

「何の話？」

「リビングにいるあれのことだよ」

化粧水を使いながら、美晴は鏡越しに夫を見る。

「……ユウくんのこと？　飽きるって、何が？」

「お前は言ったよな。少し時間がほしい、しばらく一緒に暮らしてから考える、って」

「言ったけど」

「その少しって一体どのくらいなんだ」

トゲのある口調にうんざりしながら、美晴は答えた。

「最低でも一ヵ月は必要でしょ」

「冗談だろ」

「一週間で何が分かるって言うの」

「そうかもしれないけどな、俺にはのんびりしすぎのように思えるんだ」

「うるさいわね」

勲夫の言い種に思わず苛立ってしまう。

「お父さんは何もしてないじゃない。なのに文句ばかり言うの」

「視界に入るだけでも気味が悪くて嫌なんだよ。仕事から疲れて帰ってきて、家の中であんなものを見るとげんなりする」

分からないでもなかった。確かに優一の見た目には容易に慣れるものではない。美晴も未だに近づくのが恐ろしいとさえ思っている。

だが優一は穏和なものだ。昼と晩の二回だけ野菜を齧り、ほかはリビングでじっとしている。時々動き回ることもあるが、何か迷惑な行為をするわけではない。排泄(はいせつ)に関しても所構わず垂れ流すような真似はせず、用意したペットシーツの上でのみしている。菜食のおかげなのか、さして臭いもない。

世話をする上での問題は、今のところ特になかった。ただ気味の悪い見た目をしているというだけだ。

――害虫と呼ばれる虫には大きく分けて三種類ある。衛生害虫、経済害虫、そして不快害虫である。衛生害虫は病原体を媒介して感染症の原因となるものや人間を直接攻撃するものを指し、経済害虫は農作物・食品・家畜・家財などに害を与えるものを指す。一方、不快害虫はこれといって実害を与えるわけではないものの、見た目の不気味さなどから心理的な害を与えるものを指している。

この定義で言えば、恐らく優一は不快害虫ということになってしまうのだろう。少なくとも勲夫にとってはそうなのだと言えた。

(でも、息子なのよ)

美晴はそう、己自身にも言い聞かせる。

あれは息子なのだから――母親の自分が見捨てるわけにはいかないのだと。

勲夫は気楽なものだ。優一という人間は死んだのだから、という理屈を振りかざして、見捨てる気でいる。父親の責務は終わったのだと言う。

だが美晴はそうは思わない。親というものは、ひとたび子どもが生まれてしまえば辞めることができないものなのだ。どんな理由があろうと、その役目を放り出すことは許されないと考えている。

出来が悪い子どもだったとして、それを造ったのは親なのだから。製造物に対する責任は取らなければいけない。面倒を見なければならない。

考えながら肌の保湿をしていて、ふと振り返ると、勲夫は既に布団の中に入って寝息を立てていた。

（本当に気楽なものね。人の気も知らないで……）

美晴は内心で独白し、溜息をついた。

異形性変異症候群に関する調べ物は続けている。とにかく知識が必要だと美晴は考えていた。

そうして調べ続けていて、あるとき興味深いものを見つけた。

「『みずたまの会』？　なんだろう……」

どうやら、変異者の家族が所属しているグループのようなものらしい。同じ悩みを持つ家族同士が交流し、情報交換し、苦悩を分かち合って、前向きに暮らしていくための集まりなのだという。

異形性変異症候群は、今や一般的な病のひとつになりつつあります。

お子さんの突然の変化に悩んでいる方は、今この瞬間にも、ひとりまたひとりと増えていることでしょう。

でも、ひとりきりで思い悩む必要はありません！　同じ悩みを抱える家族が集まって、ゆっくり仲間たちとおしゃべりをしながら、傷を癒し明日への活力を蓄えていく……。

わたしたち『みずたまの会』は、変異者の家族たちが希望を持って暮らしていくためのお手伝いをさせて頂きたいなと思います。

誰にも悩みを打ち明けることができず、心細い思いをしている方がひとりでも減り、みんなが笑顔になれますように。

興味のある方はお気軽にご連絡ください。

美晴は、突如目の前が開けていくかのような気分を味わっていた。

まさしくこういうものを探していたのだ。自分たちと同じように変異者を家族に持つコミュニティへ所属すれば、すべてにおいて今よりもっと建設的に取り組むことができるようになるはずだ。

家の中でじっと異形の息子とふたりでいるよりも。否定的な夫の文句をただ聞いているよりも。前向きになって良い方向に進むことができるはずだ。美晴は一筋の光が差すのを感じていた。

「あ、もしもし、こんにちは。あの、そちらの『みずたまの会』のホームページを見まして……お電話させて頂いたんですけれども」

美晴はさっそく連絡先に載っていた番号へと電話をかけた。これしかない、と思えば、その行動は早かった。

「はいこんにちは。入会を希望される方でしょうか？」

対応する女性の声は朗らかで柔らかい。美晴は安堵し、笑みさえ浮かんだ。

「ええ、そうです。こちら、何か条件などはあるんでしょうか？　例えば会費とか」

「変異者を持つ家族であればどなたでも入会して頂けます。会費等もこちらでは一切頂いておりません」

良心的だ、と美晴は思う。やはり非営利目的で人々が純粋に助け合うための集まりなのだ、と。

「そうなんですね。じゃあ、入会する場合の手続とかは……？」

「はい。名簿に簡単なプロフィールを記載してもらうようになってます。こちらは実際に来て頂いて、記載して頂く形になります」

「分かりました。では、近日中に伺いたいと思うのですが……」

「はい。お日にちはいつ頃がよろしいですか？」

今日にでも、と答えたい気でいたが、それはさすがに急すぎるだろう。

「明日以降でお願いしたいんですけど……そちらのご都合などは……」

「私どもはいつでも構いませんよ。手続を行う事務所は常時開放しておりますので。土日や祝日も、十時から二十時まで開いてます」

「分かりました。では……」

美晴は言いかけ、考えながら優一を盗み見る。

実際に入会手続をする際には恐らく優一も連れて行かなければならないはずだ。そうでないと、本当に変異者を持つ家族かどうかが分からない。

とはいえ、どうやって優一を外へ連れ出そうか。総合病院に行ったときのように、ボストンバッグに入れてしまうか。そんな扱いで本当にいいのだろうか？

変異が発覚したあの日、美晴たちはとにかく優一を病院へ連れて行くことを最優先とし、手段にこだわりはなかった。ボストンバッグを選んだのも大きさが適当だったからという理由である。その選択が適切かどうかなどを深く考えている余裕はなかった。

しかし、家族会の入会へ行くのに、変異者とはいえ息子を適当なバッグに詰めて連れて行くのはいかがなものか？　下手をすれば非難されるのではないか？　ろくな親ではないと、囁かれるのではないだろうか？

しばらく迷った挙げ句、美晴は意を決して答えた。

「土曜日のお昼でお願いしたいんですが」

「土曜日のお昼。何時頃でしょうか？」

「ええと……二時頃とか」

「はい。では、土曜日の十四時ですね。承知しました。お名前をフルネームでお伺いしてもよろしいですか？」

「あっ、はい。田無……ええと、私の名前でいいですか？」

「大丈夫ですよ」

「田無、美晴です」

「タナシミハルさん。……はい。それでは土曜日の十四時にお待ちしております」

「よろしくお願いいたします」

通話はそれで終わった。美晴はひと息つき、固定電話の受話器を下ろす。

今日は火曜日だ。土曜日まではまだ日にちがある。それまでに、どうやって優一を連れて行くのかシミュレーションしておかねばならない。

「何か良さそうな……キャリーバッグとかでも買ったほうがいいかもしれない」

——普段街を歩いているとき、異形の姿を見かけたことなどはない。美晴がそれと意識していないだけなのかもしれないが、彼らが目立つところにいないのは確かである。変異者とその家族はやはり、日常生活において身を潜めながら暮らしているのだろう。

例えば優一に犬のようなリードをつけて歩かせるなんてことは論外だ。やはり何かに入れて運ぶ必要がある。

「不自然じゃないもの……雑な扱いをしていると思われないようなもの……」

美晴はぶつぶつと呟きながら、勲夫が帰ってきたら相談しなければ、と思った。

7

勲夫が仕事から帰ってきた。美晴はいつものように夫を迎え、夕食の支度をする。席に着いた勲夫が食事に手をつけようとしたのを見て、そわそわしながら口を開いた。

「あのねお父さん、相談したいことがあるんだけど」

「……なんだ」

答える勲夫は少し嫌そうな顔をしていた。

「そんな顔しなくてもいいじゃない」

「帰って来たときから何か言いたそうだとは思ってたんだよ。どうせろくなことじゃないんだろう」

「もう、すぐそういうふうに言って」

美晴は拗ねたような声を出しつつ、窺うように勲夫を見る。

「実は優一のことで……良い情報を得たのよ」

勲夫は煮物へ視線を落としたまま、ひたすらに口を動かしていた。

「異形性変異症候群の、変異者の家族の会っていうのがあるみたいなの。『みずたまの会』っていうんだけどね」

顔を上げもしない夫にひるまず、美晴は続ける。

「私、今度そこに優一と一緒に行って、入会しようと思うの」

勲夫はようやく美晴の顔を見ると胡乱げな表情を浮かべた。

「入会？　いくらかかるんだ」

「大丈夫。心配しないで、会費は無料だから」

「無料と言ってもな」

味噌汁を啜りつつ、勲夫は眉間に皺を寄せる。

「そういうのは胡散臭いんじゃないか？」

「胡散臭いって」

「家族の会ってのはどういうものなんだ」

厳しい口調で問われ、美晴は気勢を殺がれつつ答えた。

「実際に変異者を持つ家族が集まって、交流したりする……」

「何のために？」

「それは……ほら、元気づけるためよ。同じ問題を抱えた家族同士で助け合ったり。それから、ええと、情報交換もするの。こういうの大事でしょ？　困ったときに相談する相手がいるのも安心できるし、それに」

しどろもどろになりながら言う美晴に、勲夫は深く溜息をつく。

「本当にそれが何か役に立つのか？　気休めだろう。……交流して？　情報交換して？　相談して？　単なる建前じゃないのか。要は女子会とか主婦会とか、そんな類のものと同じだろう。ただ集まってペチャクチャ喋りたいのを大袈裟に『家族の会』なんて称してるだけじゃないのか」

小馬鹿にするような笑みを浮かべながら言う勲夫に、美晴は凍りついた。そんな反応をされるとは思っていなかったのだ。

「もしくは怪しげな宗教団体か？　この霊験あらたかなツボを買えば、息子さんの病は良くなりますよ、なんてな」

「ひどいこと言わないで！」

声を荒らげる美晴に対し、勲夫はあくまで冷ややかな視線を向ける。

「お前は影響されやすいからな。妙な団体に引っかかって洗脳されて、投資なんかされちゃあ困るんだよ」

「そんなのしないわよ」

「俺は反対だ。よく分からん不透明な集まりには行くな」

ぴしゃりと言われ、美晴は眉を吊り上げた。

どうしてそこまで悪し様に言われなければならないのだろう。自分で調べたわけでもなく、美晴から少し話を又聞きしただけで悪いものだと決めつけ、偏見に満ちたことを言うなんて。

勲夫は何もしないくせに、ただ文句だけを垂れて、不満ばかりをこぼす。せっかく良くない現状を打破できそうなチャンスが目の前にあるというのに、摑もうともしないのだ。

「あなたに指図される筋合いはない」

美晴が言うと、勲夫は呆れ返って言う。

「だったらどうして俺に話したんだ？　俺の意見を聞きたかったんだろう」

「そうよ。でも、もういい。私は私の好きにする」

「好きにするのは構わんが。頼むから余計な金を使うことだけはやめろ」

「分かってる」

「家計に響くような真似をしたら、強制的に退会させるからな」

「いいわよ」

憤りながら席を立ち、美晴はリビングへ移動して荒々しくソファに腰を下ろした。端で丸くなっていた優一が弾みで体を浮き上がらせ、驚いた様子で顔を上げる。美晴はリモコンを手に取ってテレビを点けると、音量をいくらか大きくした。

(あんなに分からず屋だったなんて)

勲夫とはこの頃衝突してばかりだ。勿論昔から頑固なきらいはあったが、それなりに意見は合っていたはずだったのに。

――理由は何となく分かっている。勲夫は優一のために美晴が何かをするのが気に入らないのだ。もう見捨ててしまいたいと思っている息子のために、手間も時間も金も、何ひとつかけてほしくないと考えているのだろう。そこに恐らく大きな溝があるのに違いなかった。

美晴はそれで、仕方なくひとりでキャリーバッグを買いに行くことにした。本当は勲夫と一緒に相談しながら買い物をしたかったのだが、あの様子では無理だと判断したのだ。

向かった先はペットショップだ。ずらりと並ぶカラフルなグッズの数々に圧倒されて途方に暮れ、陳列棚の前をうろうろと彷徨う。

「ワンちゃん用のキャリーですか」

しばらく迷っていると、店員がにこやかに訊ねてきた。美晴はいくらかほっとした心地になりながら「ええ。そうです」と答える。

「何だか勝手が分からなくて。どういうものがいいのか……」

「つい迷ってしまいますよね。機能性とか見た目の可愛さとか、選ぶポイントは色々あると思うんですけど、まずサイズから限定していくのもいいかもしれませんよ。飼われてるワンちゃんの種類は何ですか？」

「ええと、種類ですか？」

「例えば小型犬とか、中型犬とか」

ああ、と美晴は頷く。

「中型犬くらいの大きさです」

「……ひょっとしてまだ子犬で、これから大きくなりそうな感じですか？」

「いえ、その、たぶん今より大きくはならないと思います」

店員は少し怪訝そうにしていたが、それでしたら、と商品のひとつを手に取って美晴の前に持ってきた。

「こちらのサイズはいかがでしょうか」

美晴は優一の大きさを頭に思い浮かべながら、店員の持ってきた商品と比較する。

「そうですね、このくらいだと思います」

「分かりました。あとは……形状ですね。リュックタイプとかショルダータイプとか、ホイールのついたキャスタータイプですとか、用途に合わせて色々と揃えておりますが」

美晴は考える。リュックだと背負うことになるので、様子が分からなくなるのが心配だ。キャスタータイプも移動の際にぶつけてしまいそうで落ち着かない。やはりここは、ショルダータイプが一番だろう。

「あの……できれば外から中を覗くことのできない構造で、よりバッグに近い見た目のものがいいです」

「ワンちゃんの姿が外から見えないもの、ですか？」

「そうです」

店員はしばらく考えたあと、普通のバッグとあまり見た目が変わらないようなものを持ってきた。

これなら優一を病院に連れて行ったときのボストンバッグと大差ない気もする。美晴は少し迷ったものの、やはりペット用として売られている商品のほうが仕様としても安心だろうと思い直した。

「じゃあ、これにします。決めました」

「かしこまりました。こちら一点のみのお買い上げでよろしいですか？」

「はい。大丈夫です。あの、選ぶのを手伝ってくださってありがとうございます」

「いえいえ。いいんですよ」

仕事ですから、と店員が笑う。財布から現金を用意する美晴を待ちながら、ふと言った。

「近頃はこういったタイプのキャリーバッグがよく売れるんです。大体のお客様が、外から中の様子が見えないものとおっしゃいますね」

美晴が思わず顔を上げると、店員は微笑んだ。

「運んでる最中のワンちゃんがどんな様子か見やすいように、大きめな窓のあるものがいいとおっしゃる方も勿論いらっしゃいますが……」

一度言葉を切って、店員がどこか窺うように意味深な視線を美晴へ向ける。その不自然な間。

「あの……？」

怪訝に思いながら美晴が口を開くと、店員は再び営業的な笑みを顔に貼りつけた。

「そうですね、ええ、たとえばお客様のワンちゃんのように……人からじろじろ見られるのを嫌う臆病な子もいますからね。何にせよ今はそういう需要が多くて、うちでも色々と仕入れてるんですよ」

　妙に含みの感じられる口調だった。笑みは湛えたまま、やはり美晴の反応を窺っているような気配がある。まるで何かを確信しようと、答え合わせをしようとしているようでもあった。

　居心地の悪さを感じながら支払いを済ませ、美晴は手早くレシートを受け取った。

「ありがとうございました」

　またお越しください、と一礼した店員に会釈を返し、すぐに背を向ける。それでもまだ見定めるような視線が追ってきている気がして、美晴はつい逃げるようにその場を立ち去った。

「……なんだか、変に緊張しちゃったわ」

　外に出て小さく息を吐き、手に持った紙袋をしげしげと眺める。

　探るような視線を受けるのは良い気がしないものの、店員が違和感を覚えるほどに、美晴と同じような意図の客が増えているということなのかもしれない。自分と同じ境遇の人間が実は身近にいるのだと思うと、不思議に心強く感じられた。

　美晴が気づいていないだけで、世の中には変異者を持つ家族が溢れている。彼女たち、あるいは彼らがどのように日々を送っているのか。『みずたまの会』はそれを知る足がかりとなることだろう。

——入会すれば、きっと何かが変わるはず。

分からず屋の勲夫とは違い、自分と同じように我が子を憂える人たちの話を聞くことができる。美晴の苦労もきっと分かってもらえるはずだし、今ここで抱えている悩みも少しは軽くなるはずだ。

同じ立場の人と交流することができれば状況は良くなるはず。

美晴は漠然とそんなことを考えながら『みずたまの会』への期待に胸を膨らませていた。

※

その日はとりわけ気分が重かった。

怠い体を起こして朝食の支度をする。今日はホテルのベッドメイクとスーパーのシフトが入っていた。多少調子が悪かろうと、風邪でも何でもないので仕事には勿論行かねばならない。いきなり私が休むと、他のパートさんにも迷惑をかけてしまう。

「あの子はまだ寝てるのね」

リビングに顔を出さない娘を嘆き、溜息をつく。

ここ三ヵ月ほど娘は部屋にこもりがちだった。

「早く次の仕事を見つけてもらわないと困るのに……」

家計に余裕はない。私が絶えず働いていても、毎月の生活費はギリギリだ。娘が仕事をして給料を家に入れてくれることで、やっと貯金にまわせるようになる。しかし娘が働いていないせいで、今は苦しい。

私たちは母子家庭で、夫と離婚したのは娘が五歳の頃だった。余所の女とできて私たちを捨てた忌々しい夫。それから女手ひとつで娘を育てた。私なりに精一杯、やれることはやってきたはずだった。

けれど娘はその努力を何ひとつ汲み取ってはくれなかったのだ。確かに仕事であまり家にいないせいで、気にかけてやることができなかった部分はあるだろう。でも私は決して遊んでいたわけではない。ふたりで暮らしていくために、生活するために必死で働いてきたのだ。なのに娘はそれを理解せず、拗ねて臍を曲げた。反抗期は散々だった。

大学に行きたいという娘を宥め、高卒で就職させたことに関しては今もなお恨まれている。私だってできることなら行かせてあげたかった。学費さえあれば。娘が奨学金で大学に行けるほどの成績があれば。

そのどちらもなかったのだから、仕方のないことだ。

職場は余程嫌だったのだろう。毎日愚痴をこぼしていて、一年を待たずに辞めた。離職してからは正社員での再就職先を探して応募を続けているが、やはり思うようにいかないようだ。娘に直接指摘することはないものの、理想が高いというか、選り好みしすぎているのも敗因ではないかとひそかに思っている。

求人票の学歴欄に『大卒以上』と書かれているのを見て、娘が私を責めたこともある。

――ほら、お母さん。大卒じゃないと就職先もまともにないんだよ。大学に行きたかった。私は高卒なんて嫌だったのに！

　そう言われても私からは何も言えない。親なら子どものために学費を貯めておくべきだと非難されたところで、仕方ないじゃない、としか言えないのだ。無いものは無いのだから。

――お父さんがいてくれれば良かったのに。そしたら、こんな苦労なんてすることなかったはずなのに。なんで離婚なんかしたの。浮気なんて無視して我慢すれば良かったでしょ。

　娘に泣きながら言われた。ワガママで身勝手で、一体誰に似たのかと思った。

――せめて養育費もらえばいいじゃない。なんでお母さんって、そういうとこちゃんとしないの？

　元夫は行方をくらまし、連絡を取る手段は一切ない。

――私はずっと辛かった。友達はオシャレしてるのに私だけ着古した服ばかり、お小遣いだってみんなより少なくて、コスメも満足に買えない。歯並びだって。子どもの頃に矯正したかったのに、お金出してくれなかったじゃん。親の義務でしょ。母子家庭だって言ったらやっぱりねって顔されるし。貧乏でブスなんてサイテー。こんなのもう嫌！

私だって辛かった。娘が生まれてからずっと、自分のことなんか疎かになって、離婚してからは働きづめでちっとも休んでない。息抜きする暇もなく馬車馬のように働いてきた。

なのに、これだけ頑張って娘を育ててきても、当の娘はそれを当たり前だと思っている。寧ろ不平不満ばかりが募っているようだ。

私だって。あんたさえ生まれてなかったら今頃。

勢いで思わずそういうことを言い返したような気もする。思えば娘が引きこもるようになったのはそれからだ。

大人げないことを言ったとは思う。でも、私の苦労なんか誰も分かってくれない。自分の境遇を嫌って文句ばかり言う娘にうんざりしていた。だから悪かったとは思っていない。

娘もそろそろ二十歳になる。いい加減、大人になってもらわなくては困るのだ。子どもじみた癇癪を起こしても周りが同情して機嫌を取ってくれると思っているのなら、正されなければいけない頃合いだろう。

考えながら朝食の支度を済ませたが、娘はいっこうに姿を見せない。

「まったく」

ぼやきながら、私は娘の部屋へと向かった。娘の部屋は洗面所の斜向かいにあるため、朝の支度をしていれば物音が響く。それで大抵は起きてくるので、珍しいという気はしていた。

一応マナーとして軽くドアをノックする。次いで、私はそのドアを開けた。

「何してるの、朝よ。早く起き――」

言いかけて私はベッドに人影がないことに気づいた。怪訝に思いながら視線をずらし、驚きにびくりと体が小さく跳ねる。

子ども部屋に配置された学習机。その椅子に、何かがぐずぐずに溶けたような物体がへばりついていた。閉め切ったカーテンから薄明かりの差す部屋の中で、肉色のそれが僅(わず)かに照らされている。私は何が起こっているか分からず、しばらく呆然(ぼうぜん)とした。

それはまるで人体を細かくすり潰し、ぐちゃぐちゃに捏(こ)ねてどうにか固めたかのような形状をしていた。その証拠によく目を凝(こ)らして見れば、髪の毛だったり、足だったり、指だったり、人の体の名残(なごり)のようなものが不規則に混ざっている。

「ひ……」

引き攣った声を上げると、奇妙な塊(かたまり)が湿った音を立てながらゆっくりと身じろぎをした。前方にあったらしい眼球が後方へぞろりと這うように移動してきて、私を捉(とら)える。

遅れてついてきたのは唇だった。見覚えのあるその口が、かぱりと開く。叢生のあまりに見苦しい歯並びはまさしく娘のもので、意識が遠のきそうになるのを感じていた。

「ア、ア」

肉塊が、何か、言っている。恐怖のあまりに、すとんと腰が抜けてその場にへたりこんでしまった。

「ア」

何よ。何なのよ。

一体何なのよ、これは！

私は悲鳴を上げながら後退りをして、部屋のドアを思いっきり閉めた。慌てて膝立ちになり、肉塊が出て来ないよう外側からの鍵もかける。――娘が思春期に入って、自分のプライベートを守るためと言い取り付けた外鍵。露骨にシャットアウトされているように感じられて気に食わない存在だったが、まさかこんなところで助けられることになるとは。

心臓が激しく騒ぎ立て、恐ろしさに全身が震えた。自分の見たものに対する理解が追いつかない。あれは。あの化け物は一体。

ふいに部屋の中から、べちゃりと柔らかなものが床に叩きつけられる音がした。次いで、ずるずると這うような音。それはドアへと近づき、やがて体当たりを始めた。

「ひっ！　ひいいっ」

私は叫びながらさらに後退し、洗面所へ逃げこむようにして身を隠す。そうしている間にも部屋のドアは内側からの体当たりに軋み、僅かに揺れていた。

ドアや鍵の強度については信頼している。いくら体当たりをしたところで、簡単に壊れるような代物ではないはずだ。

分かっていても、恐ろしかった。あの肉塊がドアをやぶって出てきてしまうのではないか。怖くてたまらなかった。

――一体、何なの。

混乱しながらも考える。

――あの化け物は何なの。

娘の面影を持ってはいるものの、あれが娘であるはずなどない。ありえない。

「どうしてこんな」

何が起こっているのか理解できない。夢なら早く覚めてほしいと思った。

「どうして」

あまりのことに涙が浮かぶ。鳥肌が止まらない。誰か助けてほしいと切実に願った。

「アア、ア」

部屋から声が聞こえてくる。

「ウウウ。アアー」

どこか赤ん坊のような声だ。

「アケデェー」

体当たりをしながら肉塊が言う。

「アケデヨォ！　アゲデェ」

立ち上がろうとしても足に力が入らず、私は四つん這いで廊下へと逃げた。

「アゲデヨォ、ネェー」

追い縋（すが）るような声を振り払い、リビングへと這う。

「ウウ、ウ、エエーン」

廊下へ通じるドアを閉めてもなお、泣き声が聞こえてくる。

「エエーン、エエーン、アケデヨォー」

「うるさい……」

「ダジデヨォー」

「うるさい」

「エエーン！　オガァザーン、オカァザーン」

「うるさいな!!」

私は自分の体を抱き締めるようにして縮こまりながら爪を噛んだ。

ふと時計を見る。そろそろ支度をして出かけなければいけない時間だ。

でも、こんな状況で出かけられるわけがない。

「オカアザーン、アゲデエー」

肉塊が泣いている。

「ダジデ、ダジデヨォー」

いつまで泣き続けるのだろう。

「オガァザーン」

どこまで私の足を引っ張るの。

「エエエーン、エーン」

震える足を叱咤(しった)してどうにか立ち上がり、私はキッチンから中華鍋を持ち出した。

そうして足音を忍ばせながら部屋へと近づく。

「ウエエエーン、エエエーン」

思えば私はいつも縛りつけられていた。自由がなかった。苦しくても辛くてもそれが当たり前で、少し体調を崩していつもの仕事ができないとすぐに責められた。

私は不自由だった。あれのせいで。

「ネエー、アゲデェー」

とにかく、このうるさい肉塊を黙らせないといけない。

私はドアに忍び寄り、そっと鍵を開けた。


…………。


全身を襲う疲労感に、脱力して座りこみそうになりながらもリビングへと戻った。底が汚れ変形した中華鍋をシンクに置いて、私は食卓に着く。そのまま椅子の背に深く凭れかかり、肺の底から溜息をついた。

部屋はすっかり静かになった。恐ろしいことをしたのだ、という自覚はあったが、解放感もあった。これで私は晴れて自由の身になれたのだと、窮屈な人生から解き放たれたのだと、そういう感覚もした。

時計を見る。遅刻だ。携帯を見れば着信もある。

連絡しなければいけない。遅刻の申し開きをしたところで、リーダーの機嫌が悪ければ、クビになるのかも。

……もう、べつにそれでも構わないとさえ思う。

用意したふたりぶんの朝食はとうに冷めきっていた。

二章

1

土曜日の午後。昼食を食べ終えたあと、美晴はいそいそと身支度をした。

「出かけるのか」

テレビで野球を見ていた勲夫が視線も体も動かさずに前を向いたまま言う。

「ええ。遅くとも夕方には帰ってくるつもり」

美晴は簡潔に答えた。どこに、とも、何のために、とも言わなかったが、勲夫も訊かない。前回のやり取りもあることだ。わざわざ訊かずとも察していることだろう。だから美晴は勲夫へそれ以上のことを伝えなかった。

「ユウくん」

勲夫がソファに座るので、優一は追い出されて部屋の隅で所在なげに丸くなっていた。

「ユウくん、お母さんと一緒に出かけようね」

美晴が声をかけると、優一は触角を軽く動かし、しゃり、と小さく顎を鳴らす。少しの間ののち、どこかへ連れて行かれることを理解した様子でのろのろと逃げるように床を這った。

「ぎい」

木材が軋むかのような音が優一から発せられる。珍しく抵抗しているふうではあったが、美晴は構わず、優一を病院へ連れて行ったときと同じ要領でバッグの中に捕獲した。

電車をふたつほど乗り継いだ先、駅から徒歩十五分ほどの距離に『みずたまの会』の事務所はあった。建物を前にし、地図と見比べながら、ここね、と美晴は確認するように独りごちる。

オフィス街の外れで埋もれるように建つ、貸しビル内の三階。事務所はそこにあった。

エレベーター内にもしっかりと『みずたまの会・事務所』と書かれている。間違いないだろう。少し緊張しながら、壁と同じアイボリー色のドアをそっと開ける。

からんからん、と喫茶店を思わせる軽快なドアベルが鳴った。ドアの向かいにはカウンターが構えられているものの、人の姿はない。美晴が辺りを見まわしていると、奥からいかにも気の優しそうな女性が小走りにやって来た。

「こんにちはー」

女性は四十代半ばくらいに見えた。事務所といっても法人ではないことが分かる、ごくカジュアルな格好。恐らく普通の主婦なのだろう。

「あの、先日お電話させて頂きました田無です。入会の手続に伺いました」

「タナシさんですね。お越しくださってありがとうございます。どうぞ奥へ」

促(うなが)され、美晴は笑みを返した。中は土足厳禁のようで、履(は)いていたパンプスを脱いで備えつけのスリッパに履き替える。

――感じの良い人で良かった。

美晴はそう思いながら、ほっと胸を撫で下ろす。

初めて訪れる場所はやはり不安だ。応対する人がつっけんどんな態度であれば、なおのこと嫌になってしまうものである。しかし少なくとも、先の女性は美晴を歓迎してくれているようだ。そこにひどく安心した。

事務所内は小綺麗で、いかにも女性の好みそうな内装だった。壁の色、小物の色、家具の色、全体を通した雰囲気。何となく温かそうな、癒やされそうな印象を受けた。

応接スペースでソファに座るよう勧められ、腰を下ろす。程なくして先ほどの女性がお茶を持って現れた。

「よろしければどうぞ」

「あら。ありがとうございます」

「お越しになる際、迷われませんでしたか？」

「いえ、特には……」

「そうですか。良かった。周りに似たようなビルがあるもので、分かりにくかったと言われることが多いんですよ」

女性は笑みながら言うと、美晴の前に一枚の紙を差し出した。

「こちらが入会手続の書類です。……といっても、格式張ったものじゃありませんから安心してくださいね。あとそれから、申し遅れましたが、私は『みずたまの会』の代表をさせて頂いております、山崎(やまさき)いつ子と申します」

座ったまま軽く一礼されて、美晴も会釈を返す。

「初めまして。これからどうぞよろしくお願いいたします」

「こちらこそ」

山崎は目尻(めじり)の皺を深め、唇をふっくりとゆるめた。

「ではまず、こちらの書類の必要事項を記入なさってください」

美晴はペンを手に取り、紙に目を通す。入会希望者の名前、年齢、住所、電話番号、そしてメールアドレス。変異した家族の名前、年齢の記入欄のほか、簡単なアンケートが載っていた。『みずたまの会』をどこで知ったか、というありがちな質問だ。

「田無さん。失礼ですが、そちらのバッグは……」

「ああ、ええと、うちの息子です」

「お名前をお伺いしても？」

「はい。優一、といいます」

「優一くん」

もぞりとバッグの中で優一が身じろぐ。

「挨拶（あいさつ）してもいいですか？」

ええ、と美晴は頷いた。テーブルの上にバッグを置き、固く閉ざしていたファスナーを静かに開ける。ややあって、中から優一がこわごわと頭部だけを覗かせた。

「こんにちは。優一くん」

山崎は優一の姿を見ても表情を変えなかった。嫌悪する様子も、奇異なものを見る目つきをすることもなく、ごく自然に微笑んだまま挨拶をする。

優一は声をかけられて驚いたのか、慌てた様子でバッグの中へ引っこんだ。

「恥ずかしがり屋さんなんですね」

「ええ……うちの子は、内気で」答えながら美晴は目を瞬く。「あの、山崎さんはいつもこうやってひとりひとりに挨拶されてるんですか？」

「勿論です。顔を合わせて挨拶をするのはコミュニケーションの基本ですからね」

優しげに笑む山崎を見て、美晴は目から鱗が落ちるような心地がした。

この、美晴よりも十ほど若い彼女のほうが、遥かに成熟した考え方と出来た人格を持った人間であるように思えて、畏敬の念を抱いてしまう。

母親である美晴すら忌避したくなる優一の姿を見ても、取り乱すことなく普通に接することができるなんて。

……そう、母親の自分にも、できないことなのに。

美晴は恥じ入って俯き、誤魔化すようにペンを走らせた。

「異形性変異症候群は特別な病ではないと思うんです」

山崎が穏やかな声音で言う。

「確かに今は限られた世代の限られた層にしか発症していませんが、この病気は本来、誰でも平等に罹るおそれがある病だと思っています。だからこそ、多くの人が集まって支え合い、克服への道を探していく必要があるんです。病を恐れず、変異者を恐れず、人と人との繋がりを見つめ直して助け合う。変異者やその家族に明るい未来の訪れと希望の光が差すことを願って、私は会を発足（ほっそく）したんです」

優しく、力強い語り口だった。美晴は手を止めて顔を上げる。見れば、山崎はどこか凛（りん）とした居住まいをしていた。

「田無さんもこれからは安心してくださいね。力みすぎないよう、ほどよく肩から力を抜いて、前向きな気持ちでこの問題と向き合っていきましょう。困ったことや分からないことがあれば、仲間とシェアして、決してひとりで悩まずにいきましょうね」

「……はい」

美晴は答えながら少し涙ぐみそうになる。自分はこういう心強い励ましの言葉を求めていたのだ、と気づいた。

やはり『みずたまの会』の入会を決断したのは間違っていなかったのだ。きっと美晴にとっても優一にとっても、良い結果となるに違いない。

必要事項を記入した書類を山崎に手渡そうとしたとき、ふいに、ドアベルの音がした。

2

「こんにちは！　どなたかいらっしゃいますか？」

若く活発そうな声がして、はあい、と答えながら山崎が立ち上がる。美晴は我知らず表情を強張らせた。

会員か、もしくは美晴と同じ入会希望者か。

どちらにせよ、優一以外の変異者やその家族と顔を合わせるのは初めてである。

一体、どんな人が現れるのか。

鋭く向けた視線の先に現れた女性は、山崎よりもさらに若かった。見たところ三十代くらいだろう。肩より少し短めでゆるい内巻きの髪に、細身のスキニー。所帯じみた感じはせず、まるで独身のような若々しさがあった。

「あ、こんにちは。先客の方がいらっしゃったんですね」

女性はこちらを見るなりそう言って会釈する。美晴も同様に会釈を返した。

「事前にお伝えできなくてごめんなさいね。田無さん、ご一緒でも良いかしら」

「ええ……大丈夫です」

いきなり変異者家族と同席するのは少し緊張するが、断るのも失礼だろう。美晴が答えると、山崎は微笑みを浮かべた。

「津森(つもり)さん、どうぞおかけください」

「ありがとうございます。失礼します」

山崎に促され、津森と呼ばれた女性は美晴の隣に腰を下ろす。その肩には美晴と似たようなバッグを掛けていた。

「事務所ってこういう感じなんですね」

津森は物珍しそうに辺りを見まわす。

「実はすごくドキドキしながら来たんですけど。ここに来る前に間違って入っちゃったビルがあって、そっちは暗くて古かったからちょっと心配だったんですよ。でも良かった、雰囲気の良さそうなところで」

興奮気味にぺらぺらと話す津森に、山崎が笑みながら頷く。

「このビルとても間違われやすいんですよ」

「そうなんですか。あ、でも次からは間違えない自信あります！」

元気な人だ、というのが美晴の津森に対する第一印象だった。

「なんだかすみません、急に来てしまって。……性分なんですよね。私、ちょっとせっかちというか。本当は今朝お電話して、そのあとすぐに来ようかとも思ってたんですけど、色々と手間取ってしまいまして」

「いえいえ、構いませんよ」

即断即決する性格なのだろうか。津森は明確な時間帯を伝えておらず、飛び入りのように来たらしかった。

「田無さんと津森さん、一度にふたりも入会手続にいらっしゃるなんて珍しいことです。普段はお問い合わせを受けても、手続に来られるのは一、二ヵ月にひとりくらいなんですよ。こうして時間が嚙み合ったのも、きっと何かの縁でしょうね」

山崎がおっとりと言いながら、津森に書類を渡す。入れ違いに美晴が記入済みの書類を返すと、にこやかに受け取った。

「ここの会員って、今何人くらいなんですか?」

書類に記入しながら津森が問う。

「津森さんと田無さんを除いて、六十三人ってところですね」

「六十三人」

津森は意外そうな声で復唱した。

「少ないんですね」

美晴が言うと、津森が顔を上げる。

「えっ、私は思ったより多いなと思いました」

見解の相違だ。

異形性変異症候群は全国で数万の患者を出している病だが、にもかかわらず、家族会に所属しているのは六十三人――これは会員数だから、変異者とその家族で一世帯当たり二、三人としておよそ二十世帯強ということになるのだろう。美晴はこれを少ないと思い、津森はこれを多いと思った。

「『みずたまの会』は全国に支部があったりするんですか」

美晴の問いに、山崎は首を横に振る。

「個人運営の小規模な家族会なので、ここだけです」

似たコンセプトの家族会なら他の県や市にもあるみたいですけどね、と山崎はどこか複雑そうな顔をして言った。

「となると会員はやっぱり市内の人ばかりですか？」

「ごくたまに県外からいらっしゃる方もいますけど、大抵はそうですね。市内とか、県内とか、近くに住んでる方がほとんどです」

「そう考えるとやっぱり多いですよ」

津森が真面目な顔をして言う。

「県っていう括りだと微妙だけど、市として見ると多いのかなって思います。少なくとも私たちみたいな人が六十三人はいるってことでしょ。普段は全然見かけないのに、不思議ですよね」

実際はもっと多くの数の変異者が存在しているはずだ。その中で、家族会に所属するのが六十三人。

やはり少ない、と美晴は思う。残りの大多数の人々は一体どうしているのだろうか。

「私としてはこの『みずたまの会』がひとりでも多くの方の支えになればと思いますが、強制するつもりはありませんし、別の会に所属するという選択肢もありますからね。それに、家族会に所属してない方が不幸なのかといえば、それも違うと思っていますから。助けが必要な方に対し、必要な際に機能する。それがこの会の理想です」

美晴は共感を示して頷く。人の数だけ考え方があるのだから、互助を必要としない人々もいるのだろう。そういった人々のことを容認する姿勢に、山崎の懐の深さを感じた。

手をつけることを忘れていたお茶の存在を思い出し、美晴はゆっくりと啜る。そうしてふと隣に視線を遣ったとき、津森のバッグがごそりと揺れた。

「津森さん、そちらは？」

山崎が美晴のときと同じようにバッグを示しながら問う。

「娘の紗彩です。すみません、落ち着きがなくて」

ごそごそと音を立て始めたそれを一瞥し、津森がすまなそうに眉を下げた。

「構いませんよ。ご挨拶しても？」

「いいです、けど……大丈夫かな」

津森は少し心配そうにしながらもファスナーを開ける。中からひょっこりと顔を出したのは白い毛玉だった。

「あら」山崎が目を丸くして微笑む。「ワンちゃん？　それともネコちゃんかしら」

「たぶん犬です」

ちらりと確かめるように一瞥し、津森が答えた。

白くて柔らかそうな毛に覆われ、頭部と思しき箇所には犬そっくりの耳がある。いつかテレビで見たポメラニアンに似ていた。可愛らしい見た目だ、と美晴は素直に思う。

――異形といってもおぞましいものばかりではないのか。本当に色々なタイプがいるのだな。

(優一もあんな見た目だったら、きっと)

山崎が毛玉に手を伸ばす。つい撫でたくなったのだろう。しかしその手が触れる前に、毛玉は大きく唸り声を上げて吠えた。

驚く美晴の目に、毛玉の顔が映る。そこには人間の顔があった。都市伝説の人面犬を思わせる容貌につい言葉を失う。体つきはほぼ犬と変わらないのに、顔だけが……。

「こら、ダメだろ！」

一喝し、津森が躊躇なく毛玉――紗彩の頭を叩くのを見て、美晴は我に返った。キャン、と小さく鳴いて、紗彩はバッグの中に引っこんでしまう。

「すみません。この子、ちょっと気難しくて」

「いえいえ。……余計なことかもしれませんが、どうか優しくしてあげてください
ね」

山崎の言葉に津森は目を瞬いた。一拍遅れて思い至ったらしく、あ、と口を開ける
と、困ったように愛想笑いを浮かべる。

大方、津森にとってはいつもの対応だったのだろう。咎められて少しばかり気まず
そうにしている。

「あの、ところで」

話題を逸らそうとするかのように津森が口を開く。

「山崎さんも、お子さんが変異者なんですよね」

ぴくりと山崎の口許が微かに引き攣ったのを美晴は見逃さなかった。それはどこ
か、触れてほしくないものに触れられた、といった反応に見えた。

「ええ。そうですよ」

山崎の笑みに苦いものが混ざる。

「二年前に発症したんです。……息子でした」

過去形の言葉に首を傾げる津森を見て、山崎が僅かに目を伏せた。

「今はもういないんです」

「いない……？」

「発症した三ヵ月後に失踪して、もうずっと会ってません。どこで何をしているのか、生きているか死んでいるかも分からないんです」

津森がはっとする。手で口許を覆った。

「ごめんなさい、私……」

「いいんですよ。気にしないでください、よく訊かれることなので」

山崎は元通りの笑みを浮かべながら手を横に振った。

「……当時の息子が何を考えていたか、分からないんですよね。部屋の窓から抜け出したんです。あちこち捜しまわってみたものの、結局見つかりませんでした。どうして出て行ったのか、何か不満があったのか一切分からないままで……すごく後悔したんです」

「そうだったんですか」

「もう誰にも同じような気持ちを味わってほしくないから、『みずたまの会』を作りました。誰かが私みたいに、子どもを失って悲しい思いをすることがないように」

津森が少し涙ぐみながら頷く。

「大変だったんですね」

「ありがとう。でも今はもう大丈夫ですよ。前を向くって決めましたから」

ほう、と思わず美晴は感嘆じみた吐息を漏らした。

もし美晴が山崎の立場だったらどうだろう。優一がわけも分からぬまま失踪した場合、その悲しみから立ち直ることはできるだろうか。辛い経験をバネにして、似た境遇の人を救おうと歩き出すことができるだろうか。……たぶん、できないだろう。

何かを思いつくこと、そしてそれを実行することは容易ではない。単なる夢物語ではなく、自分の思い描いていることを本当にしてしまう力や、行動に移せる力は尊敬するべきものだ。美晴は深く感銘を受けた。

（素晴らしいことだわ）

思いながら僅かに残ったお茶を再度啜っていると、またもドアベルが鳴る。

「こんにちは！」

津森のときよりもさらに大きな声だった。

「今日は千客万来ね」

山崎が立ち上がる。美晴はその後ろ姿を何とはなしに目で追い、視線を戻そうとして津森と目が合った。津森は瞬き、口角を上げて笑みを浮かべてみせる。どことなく茶目っ気のある表情だった。

「いつ子さん、どうも」玄関側から女性の声が聞こえてくる。「今日はどうしたの？人が多いみたいね」

「そうなのよ。珍しいでしょう？」

対する山崎の声は柔らかく、気心の知れた者に対するそれだ。

ややあって、ショートカットの大柄な女性が応接スペースに顔を出した。

「あらこんにちは。入会希望の方？」

美晴と津森が挨拶を返すと、あとから来た山崎が言う。

「おふたりとも、紹介しますね。こちらは春町美弥子さん。『みずたまの会』の一番目の会員なんですよ」

「そうそう、古株なの。どうぞよろしくね」

「春町さん。こちらが津森乃々香さんで、こちらが田無美晴さん」

手前側に座った津森と奥の美晴を山崎が順に示した。会釈する美晴たちを見ながら、春町はどこか満足そうに笑みを浮かべる。

「春町さんは情報通で色んなことをご存じなんですよ」

「ええ、そう。何か分からないことがあったら、あたしにどんどん訊いて頂戴。知ってる限りなーんでも教えてあげるわよ！」

「すごい。頼もしいですね」

自信満々な様子の春町に、津森が両手を合わせて賞賛した。美晴も同意して頷く。

「春町さんもどうぞ座って。今、お茶を淹れてくるわね」

「ありがとう」

促され、春町は美晴の向かいにどっかりと腰を下ろした。

「それで」

指を組み、春町がこちらに視線を向ける。主張の強い紅(くれない)の唇に弧を描き、どこか自信たっぷりな様子で訊ねた。

「さっそくだけど、何か分からないことはある?」

思わず美晴は津森と顔を見合わせる。

「ええと、そうですね、『みずたまの会』では具体的にどういった活動をされてるんでしょうか」

美晴が問うと、あら、と春町は目を大きくした。

「いつ子さんったらまだ初歩的な説明をしてないのね」

「私たち、さっき書類を書き終わったばかりで」

すかさず津森がフォローを入れ、美晴も頷く。

「そうなの。じゃあ、あたしが代わりに説明してあげるわ」

春町は胸に手を当ててみせると、得意気な顔をして口を開いた。

「あのね、『みずたま』では月に四回くらい交流会を設けてるの。ほとんどが週末なんだけど、定例会と、語り部(かたべ)の会と、リラクゼーション会を二回。内容はカラオケだったり食事会だったり」

「リラクゼーション、ですか？」

「ええ。息抜きって大事よ、勿論」

意外そうな顔をする津森に答え、春町が目を細めて笑う。

「根詰めすぎると精神的にも良くないじゃない。心に余裕がないと、他人にも寛大になれないものでしょ？」

そうかもしれない、と美晴は思った。変異した子どもと毎日ふたりきりで閉塞した生活を送るなんて、想像しただけでも気が変になりそうだ。やはり定期的に外部の人間と交流し、心配事から一時的にでも解放されて楽しむことは大事なのだろう。

「お待たせ」

山崎がお茶を持って現れ、春町は視線を動かした。

「いつ子さん、活動内容について訊かれたわよ」

「あら、説明がまだだったかしら」

「今あたしが教えといたからね」

「助かるわ」

山崎はにこやかに笑みながら、春町の隣に座る。

「おふたりは今日から会員ということなので、実際に活動するのは次からになりますね。月の一週目に定例会。二週目に語り部の会。これは昨日だったので、来週のリラクゼーション会からということになります。ただ、こちらは任意の活動になりますので、参加するかどうかは皆さんの自由です。メンバーも会の内容も、幹事にお任せしています」

「任意というと……？」

美晴が首を傾げると、つまりね、と春町が言葉を継いだ。

「会員全員になるべく参加してほしいのが定例会と語り部の会。リラクゼーション会は、参加したくなかったらしなくてもいいの。これは息抜きを求める人たちのための集まりなのよ。まあ、多少気乗りしなくても参加したほうが、無意識に溜まったストレスを解消できるとは思うんだけどね」

「そこは人によって求める息抜きが違いますからね。リラクゼーション会では有志で幹事を決めて、グループを作るんです。食事会に行きたい方は食事会のグループに、カラオケに行きたい方はカラオケのグループに、旅行に行きたい方は旅行のグループに」

「本当に自由なんですね」

感心する津森に、山崎が笑みかける。

「活動内容に制限は設けていません。ただ、そこでの費用については自費ということになりますね。『みずたまの会』として提供するのは定例会と語り部の会のみで、他は会員同士がやりくりするものとなっています」

なるほど、と美晴は思う。つまりリラクゼーション会についてはすべて各会員の自己責任ということだ。ふんふんと頷く美晴の隣で、津森が口を開く。

「定例会と語り部の会はどういうものなんですか？」

「定例会はね、市民センターの一室を借りて、全員で集まって状況報告をするのよ」

「そんなに堅苦しい集まりじゃないから心配しないでくださいね。一言ずつくらいで、先月までの状況を軽く伝え合うんです」

「そう、メインは情報共有と問題解決なの。うちはこういう状況でこうなってます、こういうことに困ってます、みたいな簡単な報告で大丈夫よ。そこで、困ってる部分に関しては誰かにアドバイスをもらったりするの。深刻化する前に解決を図ることができるのよ」

「語り部の会は」

「その名のとおり、語り部の人に来てもらって話を聞くの。ためになるわよ」

「講習会みたいな感じだと思って頂ければ分かりやすいと思います。変異者について多く関わる分野の方から貴重なお話を聞くことで、病や変異者への理解を深めていくことが目的ですね」

話を聞いているうちに、会の目指すべき方向性や目的について、美晴の中で何となくイメージできるようになった。美晴はこういった家族会という集まりに関して深い知識はないものの——個人で考案して運営している集まりにしては、なかなか考えられている、と思う。

「何か質問はある？」

訊ねる春町に対して首を横に振ろうとしたとき、津森が軽く挙手した。

「さっそくなんですけど。来週のリラクゼーション会はどういうふうに参加したらいいんでしょうか？」

言われてみればそうだ、と美晴は失念していたことに気づく。答えを求めて見遣れば、春町は狐（きつね）のように目を細めて笑った。

「本来は自分の好きな会を選んで、その幹事に参加意志を伝えるのが決まりなの。でもせっかくだし、ふたりとも、あたしの会においでなさいよ」

「どんな会ですか？」

「今回あたしが企画してるのは、単純な食事会よ。いきなり知らないメンバーとカラオケに行ったり旅行したりするよりは、ずっとハードルが低いでしょ。ちょうどいいと思うわよ」

どうしましょう、と言わんばかりに津森が美晴を窺う。浮かんでいるのは少し困ったような曖昧な笑みだ。

美晴は少し迷ったものの、春町の言うとおり、初参加なら食事会から始めるのが良いような気がした。それで頷いてみせると、津森も確認のように頷き返す。

「分かりました。参加します」

「あらほんと。嬉しいわあ」

春町は声を弾ませて笑った。

「会費や詳細についてはあとで一斉に連絡するわね」

「じゃあ連絡先を――」

「ああ、大丈夫よ」申し出を断り、春町が軽く手を振る。「あとで名簿の情報を見せてもらうから」

津森はその言葉に軽く開きかけた口を閉じた。僅かばかり考えるような間を置いたあと、立ち上がる。

「それじゃあ私、そろそろ失礼しますね」

「もう帰っちゃうの？」

「この子があまり外出に慣れてないから」

残念そうにする春町に、津森は肩に掛けたバッグを引き寄せるようにしながら答えた。

「ええと、私もお暇しますいとま」

つられて美晴も立ち上がる。

「来週またどうぞよろしくお願いしますね」

ええ、と春町が答え、山崎が立ち上がって会釈をした。特別引き止められることもなく応接スペースをあとにし、スリッパから靴に履き替えて事務所を出る。

ドアを閉めるなり、はあ、と露骨に息を吐いてみせたのは津森だった。

「やっとひと息つける」

美晴が瞬いていると、津森はにっこりと笑う。

「美晴さん、でしたよね」

「……え、ええ。そうですけど」

突然親しげに下の名前を呼ばれて驚く美晴に、津森はどこか窺うような上目遣いをした。

「私の家、ここから一駅なんです。もし時間があればこれからいらっしゃいませんか?」

「……あら。いいんですか?」

「ええ。ぜひ来てください」

急すぎる誘いではあったものの、嫌な感じはしなかった。美晴もまた津森に興味があったので断る理由が特になく、寧ろ色々と話をしてみたいと思えたのだった。

3

津森の家は——本人の申告どおり——電車で一駅揺られた先の徒歩五分圏内にあった。

国道に面したオートロック付きマンションの十階。南向きで明るく日当たりの良い部屋である。

「ごめんなさい、少し散らかってますけど」

言いながら、津森が慌ててテーブルの上に広がったチラシをひとまとめにした。散らかってる、とは言うが、部屋の中は概ねさっぱりと片付いている。

例えば美晴の家などは、綺麗にしているつもりでも物が多いせいかごちゃごちゃとした印象が拭えない。しかし津森は収納上手なのか、部屋は全体的にすっきりとしていて、生活感が抑えられていた。家具や小物も色合いが統一され、どことなくセンスが窺える。

「旦那は単身赴任中で、今は娘とふたり暮らしなんです」

津森がバッグを下ろしてファスナーを開ける。途端に中から紗彩が飛び出し、一目散に駆け出した。リビングの隣にある部屋の戸に向かい、前足で掘るようなしぐさをする。津森が引き戸を開けてやると、紗彩はすぐ中へと飛びこんでいった。

「座ってください。美晴さんは紅茶とか好きですか?」

「ええ」

答えながら、美晴も優一の様子が気になり始めていた。

ソファに腰を下ろし、キッチンで準備をする津森を一瞥したあと、そっとファスナーを開けて中の様子を窺ってみる。

ユウくん、と囁きかけたが、当然返事はない。優一はバッグの中で丸くなってぴくりともしなかった。元々動きが少ないのも相俟って、こういうとき、まさか死んでやしないかと不安になる。

「どうぞ」

アップルティーとパウンドケーキを用意して、津森は美晴の斜め前に座った。

「バッグの中、窮屈じゃないですか?」

津森が優一を指して言う。

「放してもらっても大丈夫ですよ」

でも、と美晴は渋った。初対面の相手の、初めて来た家に優一を放すのは少し心配だ。

「内気だから、怖がって出てこないかも……」

「じゃあ、とりあえずファスナーだけ開けて置いときましょう。出て来たくなったらいつでも出て来られるように」

美晴は頷き、いつも優一が好んで行きたがるような部屋の隅にバッグを置かせてもらった。そうして再びソファに腰かける。

「お子さんは、息子さんですか？　娘さんですか？」

「息子です。優一といって」

「優一くん。おとなしい息子さんなんですね。いくつですか？」

「二十二です」

「へえ。二十二」

津森が少し目を丸くしながら言った。

「うちの娘は二十歳なんです。じゃあ、歳が近いですね」

「二十歳、なんですか？」

違和感があって訊き返すと、怪訝さが声に滲(にじ)んでいたのか、津森が苦笑する。

「はい。私の十六のときの娘なので」

「十六――」

美晴が思わず目を瞠ると、津森はどこか決まり悪そうな顔をした。

「若気の至りとかって言うんですかね。出来婚の学生結婚とかで……相手はそのとき十九で大学生だったんですけどね。親の大反対を押し切って結婚した割に、二年くらいで離婚しました。なんか浮気してたみたいで。やっぱりもっと遊びたかったみたいです」

「そう、だったんですか」

「いきなりこんな話してごめんなさい」

「そんな、私こそいきなり踏みこんだことを訊いてしまって」

「大丈夫です。それに今は再婚してますから」

少々複雑とも言える事情を明け透けに話し、津森は笑う。オープンな性格なのだろうか、と美晴は思った。

「優一くん、いつ頃変異したんですか?」

「ええと、二週間くらい前だったか……」

「じゃあ割と最近なんですね」

「津森さんの……紗彩ちゃんは?」

「うちは三ヵ月以上前です。ちょうど旦那が海外出張中で、色々あたふたしてるうちに時間が経ってしまった感じです」

三ヵ月以上前、と美晴は言葉を頭の中で反芻(はんすう)する。それだけの期間があって、やっけなのか。

と家族会に入会しようという決心がついたのか、あるいは単純に巡り会わなかっただけなのか。

「やっぱり……こんなふうになって、戸惑いましたよね」

美晴の言葉に、津森が苦笑する。

「そうですね。病気自体は一応知ってたんですけど、まさかうちの娘が、って……。初めの一ヵ月くらいは鬱っぽくなってました。世話は義母に任せきりで」

ショックのあまり家事も何も手につかなくなった、と津森は紅茶の水面に視線を落としながら言った。

「元々ちょっと難しい気質の子だったんですけど。変異してからは輪をかけて悪くなってしまって、しかも凶暴で、困ったものです」

言いながら津森が袖を捲ってみせる。その腕には人間の歯形が数ヵ所くっきりと刻まれていた。

「噛むんですか」

津森は首肯し、困りきったように眉を落とす。

「ひどいときでも血が少し滲む程度で治まりはするんですけど、やっぱり痛いですね」

紗彩は人の顔をしていた。その口も歯も人間のままなのだろう。本物の犬と比べれば、牙があるわけでもなし、まだ安心なのかもしれない。それにしたって、想像すると奇妙な心地になる。

「旦那は単身赴任で家にはいないし、どうしていいか分からなくなっちゃって……でも、やっと決心がついたんです。この子と何とか暮らしていかなきゃいけないって。それで色々調べて『みずたまの会』を見つけたんですけど……」

津森は表情を曇らせた。

「美晴さん、『みずたまの会』って正直どう思われました?」

「え?」

唐突な質問に目を丸くすると、津森は少し言いにくそうに言葉を紡ぐ。

「何となく理想とか、こうありたい、みたいなところは伝わってきたんですけど。でも具体的に、ゴールが見えにくいっていうか。最終的にこうなることを目指します、みたいなところがいまいち分かりづらいなって思ったんです。まあ、実際に活動もせず、話を聞いただけで全部分かるとは思ってませんけど……」

ひたすら感心していた美晴にとっては思わぬ意見だった。会員数を聞いて真逆の感想を持ったことといい、美晴と津森とは考え方が対極的な部分があるようだ。

「私は、個人運営にしては色々と考えてあるな、と思いましたよ。山崎さんもおっしゃってたけど、変異者の家族が前に進むための手助けをする会だから……ゴールはきっと人それぞれなんじゃないのかな。全員がこうなるというより、ひとりひとりが最善策を考えて実行できるようになるのが最終的な目的じゃないかと思うんです」

「そうですかあ」

津森はしかし、どこか腑に落ちないような顔をしている。

「あと私、あの春町さんって人、なんかすごくニガテです」

これには美晴も思わず苦笑してしまった。

「はっきり理由はないんですけど、合わなそうな感じだなって」

「だけど、悪い人ではないんじゃないかと思いますよ」

「分かんないですね。私ついつい直感で好き嫌い決めちゃうところあるんで。良い人だろうが悪い人だろうがニガテな人はニガテですね」

でも、と津森が言い添える。

「美晴さんとは何となく仲良くなれそうな気がしたんです。だから美晴さんとお会いできたのが大きな収穫かなあ、なんて」

「まあ」美晴はつい笑って、少しおどけたように言った。「ずいぶんと嬉しいこと言ってくれるんですね。何だかときめいちゃったわ」

「本当にそう思ってるんですよ」

笑いながら答える津森を見ながら、ティーカップに口をつける。

懐かれて悪い気はしないし、実際のところ、美晴も似たような感覚を得ていた。

「私も津森さんとはお友達になれそうかもって思ってたんです」

「えっ、本当ですか？」津森がいかにも嬉しそうに笑む。「じゃあぜひともお友達になりましょうよ」

はしゃいだような声を出す津森が可愛らしく思えた。二十ほど歳の違う津森は、ともすれば娘のようなものだ。

「私で良ければ。よろしくお願いしますね」

「はい。こちらこそ。そうだ、あと、敬語使わないで普通に喋ってもらっていいですよ。何だか落ち着かなくて」

「そう。それならお言葉に甘えるね」

やり取りに初々しさのようなものを感じていると、津森がほっと息を吐いた。

「私、同年代の友達もいないし、娘が変異してなおさら人づきあいが減ってたから、美晴さんと知り合えて本当に良かったです。すごく安心してます」

「私もよ。同じ境遇の人と仲良くなって話ができるのは心強いわ」

そう言って笑み返すと、思い出したかのように津森が言う。

「あのリラクゼーション会の話、ちょっと怖いなと思っちゃって」

「怖い？」

「だっていかにも派閥がありそうで。あれ、絶対固定メンバーだと思うんです。どの幹事のどのグループに入るかで、色々ありそうじゃないですか？　やだなあ。私、派閥とかって嫌いなんです」

確かに、と美晴は思った。

津森に言われて改めて気づくようなことが多い。美晴が鈍いのか津森が鋭いのかと言えば、どちらもそうなのかもしれないが、それにしたって津森は敏い性質のようだ。

「来週は春町さんの食事会に行くから、それでいくと私たちは春町さんグループってことになるのかな？」

「春町さんグループはなんかちょっとなあ……。美晴さん、再来週は別のグループの集まりも見てみましょうね」

「いいわよ」

津森の言葉に笑みながら、美晴は答えた。

友人と疎遠になっていたのは美晴も同様だった。他愛のない世間話に花を咲かせ、ふと気がつけば五時を過ぎている。

「いけない、夕方には帰るって言ってたんだわ」

勲夫のことを思い出し、慌てて立ち上がった。話が盛り上がっていたところだったので後ろ髪を引かれるような思いがするものの、帰らねばならない。

「近いうちにまた会いましょうね」

「ええ。連絡するわ」

答えながら美晴がバッグを持ち上げたとき、中身が空であることに気づいた。

「ユウくん？」

呼びかけながら辺りを見まわす。息子の姿は見えない。

「どうしたんですか」

「ごめんなさい、息子がいつの間にかバッグから出ていたみたい」

ふたりで家具の裏や隙間(すきま)をひとしきり捜したあと、あっ、と津森が何かに気づいたように声を上げた。

「美晴さん。もしかしてあれ」

津森が半開きになっていた引き戸を開け、紗彩の部屋にしているという和室の隅を指す。見ればそこに優一はいた。座布団の上に座る紗彩と距離を開け、睨(にら)み合うような位置でじっとしている。

「ユウくん」

駆け寄ってバッグで捕まえる。出かけるときとは違い、抵抗はしなかった。

「紗彩、あんたいじめてないでしょうね」言って、津森が少し心配そうな顔をする。

「優一くん、怪我とかはありませんでしたか？」

大丈夫、と答えて、美晴は少し間を置いてから再び口を開いた。

「ぎょっとしなかった？　息子の姿」

津森は一瞬、質問の意味が分からない様子できょとんとする。

「娘以外の変異者は初めて見ましたけど。色んなタイプがいるんだなって」

しばらく目をぱちくりとさせていた津森が、ふと笑った。

「ぎょっとするって言ったら、たぶん誰でもそうですよ。うちの娘も顔が人間で、最初見たとき『えっ』と思いませんでした？」

津森の言葉に、紗彩がぴくりと耳を動かした。津森を睨めつけるようにじろりと一瞥し、再び何事もなかったかのように元の体勢に戻る。

「なんでこういう見た目になっちゃうんでしょうね。この病気って不可解なことばかりですけど……外見についてはもう慣れるしかないかな、と」

そうよね、と内心で呟きながら、美晴は自分へ言い聞かせる。

異形は――そういう見た目なのだから、初めて対峙（たいじ）した際には誰しも少なからずひるむものなのだ。たとえ近親者であろうとも。それが普通なのだ、と。

同じ悩みを持つ友人ができた。言ってしまえばそれだけのことなのだが、美晴は浮かれていた。

4

軽やかな足取りで帰宅した美晴を見て、勲夫が「遅いぞ」と顔を顰めたが、そんな小言も気にならないくらい上機嫌だった。

「すぐ夕飯の支度するわね」

勲夫は訝しげな目つきで美晴を一瞥する。何か言いたげではあったが、元通りテレビへと向き直った。

――基本的に無関心なのだ、勲夫は。

例えば美晴が美容院に行って髪を切っても、これといって反応しない。味噌汁の味噌や出汁を変えてみても、新しい献立に挑戦しても、取り立てて何も言わない。ただ、口に合わなかった際には文句を言う。そういう夫だった。

休日などは大抵テレビを見るか寝ているかで、外出するような趣味もなければ交友関係もない。ギャンブル趣味がないのは助かっているが、昼間から野球中継を見ながら缶ビールを空けているような日もよくあるので、酒代はそれなりにかかっている。

それを不満に感じつつ、家計にはまだ少しばかり余裕があるので、文句を言うのは控えていた。

(津森さんのところは単身赴任って言ってたわね)

エビフライを揚げながら、美晴は勲夫の背中をちらりと盗み見た。

(うちなんか二年後には定年で、それからはずっと家に……)

やめよう、と美晴は軽く頭を振る。せっかく気分が上がっているのに、滅入るようなことは考えたくない。

「ユウくん。ごはんよ」

付け合わせに使ったキャベツの残りを優一に与えると、いつものとおりもさもさと食べている。半日連れ回してしまったが、疲れている様子は見られないので少しばかり安心した。

引きこもりになってから、必要最低限の外出しかしていなかった息子。だがこれからは、美晴が運んで外へ連れ出すことができる。

たとえ無理矢理でもそうして慣らしていけば、外出に抵抗がなくなるのではないだろうか。人前に堂々と姿を見せることは難しいが、津森の家なら自由に歩き回れる。異形のタイプは違うが紗彩もいることだし、変異者同士で何らかのコミュニケーションが取れるかもしれない。

一歩前進した、という気がする。

美晴は満足感と共に夕飯を噛みしめていた。

「単身赴任って、家に戻ってくることはないの？」

再び津森の家で、茶菓子を食べながら先日の話の続きをする。

「多くても週に一度くらいですね。頻繁に戻ってくると交通費もかかるし、大変だから」

「まあ、そうよね」

「たまに私も旦那の家に行って掃除したりとか。賃貸だから綺麗にしてないといけないのに、なかなか手入れが行き届かないみたいで」

相槌（あいづち）を打ちながら、美晴が無意識に考えるのは夫のことだった。

勲夫は転勤なしの会社に勤めている。結婚当初はそれが魅力的な条件のうちのひとつだと感じていた。……だが今にして思えば、単身赴任という選択も悪くなかったのかもしれない、という気もする。

「元からあちこち転勤ばかりでしたけど、娘が変異してからも相変わらず不在のままっていうのは……ちょっと、心細いですね。美晴さんのところは旦那さんが家にいらっしゃるんでしょう？」

「でも、うちなんかダメよ。非協力的で文句ばかり言って、息子のことも嫌がってるし」

美晴は顔を蹙めながらそう言った。

——一方の優一はといえば、部屋の隅に置かれたバッグの中にその身を潜めている。先日同様、バッグはファスナーを開けたままで部屋の隅に放置されていた。優一が好きなときに出て来られるようにという意図である。

優一はしばらく中で息を潜めたあと、のっそりと顔を出した。周囲が安全であるかどうか確かめるように頭を左右にめぐらせて、慎重な様子でフローリングに着地する。

「ひどいのよ。息子は死んだんだからあの虫は早く棄ててしまえ、なんて言うの。薄情だと思わない？」

「えっ、冷たいんですね」

「そう。本当にそうなの」

フローリングをゆっくりと這い、優一は和室へと向かった。紗彩が自由に出入りできるよう、引き戸はいつも半開きになっている。

「思えば主人は息子に対していつも厳しくて……引きこもりになってからは、ほとんど厄介者扱いしてたわね。顔見るたびにしかめっ面して。だからって、変異した途端に棄てろと言い出すほどだなんて思わなかった」

優一が頭を左右に揺らしながら和室に一歩踏み入った途端、奥から白い毛玉が一目散にすっ飛んできた。

前脚で頭を押さえつけられ、ぎい、と優一は軋んだ音を立てる。

「息子さん、引きこもりなんですか」

「ええ……もう五年くらいになるわ。高校中退して、それからずっと家にいるの」

「高校中退ですか。大変だったでしょう」

「本当に大変だったわ」

押さえこまれたまま、優一が長い脚を動かして畳を引っ掻く。その力はひどく頼りない。畳に爪を引っかけることすらできず、抵抗として何の役にも立たなかった。

「今でも時々考えるの。もし息子が高校をきちんと卒業していたら、どうなっていたんだろうって。そしたらきっと今頃、変異なんかしてなかったんじゃないか、なんてね。考えても仕方ないようなことを思っちゃったりするのよねえ」

この脚が一体どんな役割を果たしているのか……優一が仮に異形ではなくただの虫であれば、茎に取り縋るような場合に役立っていたことだろう。しかしながら、脚は体の大きさに比べて非力であり、とうてい全身を支えきれるようなものではない。

——昆虫の体は頭部、胸部、腹部の三つに分けることができる。成虫であれば脚は胸部に三対が普通だが、幼虫である芋虫は胸脚と腹脚と尾脚を持っている。このうちの腹脚と尾脚は成虫になる過程で消えてしまうものだった。

通常、芋虫の腹脚は四対から七対が主だ。しかし優一の場合、細長い二対の胸脚以下は、百足綱(むかでこう)のように体節ごとに複数生えている。対ではなく、体節ごとに一本から五本と不規則に備わっているのだ。さらに言えば、生えているのは脚ではなく人間の指で、それも指の先から第二関節までしかない。

芋虫は腹脚に備わった複数の小さな爪によって茎につくことができる。だが優一には不完全な指しかないため、木に登ることも、壁によじ登ることも不可能なのだ。

生物は地球環境で生きるために最適化したデザインを持つというが、異形はその限りではないらしい。物の役に立たない余分な腹脚といい、非力な胸脚といい、自然界で生き延びるには不利な姿をしている。まるで滅びのための進化のような。

「うちの子も実は高校に行ってないんです。ネイリストになるための専門学校に行きたいって言い出して、結局高校の受験はしなかったんですよ」

「……ええと、ごめんね。ネイリストって何だったっけ」

「美晴さんネイルとかしたことありません？　ネイルアート。ほら、こういうのです」

「ああ、そういうのがネイルアートなのね。聞いたことあるかも。オシャレで可愛いわ。素敵じゃない」

「でもネイルって色々あるんですよ。基礎知識や技術以外にも、デザインセンスとか絵心とか、あれこれ問われるものがあるみたいで。……結局、うちの子には向いてなかったみたいなんです。途中で辞めてしまいました」

「まあ、残念ね」

しゃりしゃりと優一が顎を動かす。ややあって紗彩は優一の頭から前脚を退けたものの、今にも唸り声を上げそうな様子で歯を剝き出しにした。非常に警戒しているようだ。

優一はのろのろと体をスライドさせ、壁際の家具に沿って隅へと移動した。

何か言い訳をするかのように顎を動かす。紗彩は相変わらず威嚇の形相で優一を見つめていた。

しゃりしゃり。

「あの、もし気を悪くしたらごめんなさい。この病気って引きこもりとかの子がなるものだって言われてるじゃないですか」

「ええ、そうね。大丈夫よ。気にしないから続けて」

「……うちの子はべつに引きこもりじゃなかったんです。フリーターではあったけどニートでもなかった。なのにこうして変異してしまったのが、不思議なんですよね」

「そうだったの……」

「社会的に弱い立場の人間が罹るんだとかどうとか、言ってる人もいますけど。今はそういう境遇の人が多いだけで、ひょっとしたら本当に誰でもなる可能性があるんじゃないかって思ったりするんですよね」

紗彩はしばらく優一を睨めつけていたが、やがて畳に視線を落とすと、その場で前脚を何度か踏み鳴らした。そうして、ふん、と鼻を鳴らしながら再び優一を見る。

優一は触角を揺らして紗彩を見返した。まるでその場の空気を読もうとしているかのように触角を動かし、しゃりしゃりと顎を鳴らす。

「山崎さんもそんなことを言われてたわ。今は限られた層にしか発症してないけど、本来誰でも平等に罹るおそれがあるんじゃないか、って」

「だとしたら、早く治療法を確立するなり何なりしてもらわないといけないですよね。人間が異形になるっていうのに、国はどうしてこんなにのんびりしてるのか分からないんです。他人事ですよ、結局」

「そうね……」

「自分たちの身に降りかかってくるようになってから動き始めるつもりなんですよ。そうなってからじゃ遅いのに。こんな深刻な社会問題を放置するなんて。私、もし選挙でマニフェストにこの病気のことを掲げる人がいたら絶対投票するのに、って思いますもん」

「まあ、だけど、放置してるってことはないんじゃないかな。その……根拠はないけど、でも変異者のための施設とか、少しずつ増えてるって話じゃない」

「らしいですね。今のところ、どういうときに利用する何の施設があるのか、よく知らないですけど」

座布団の上という特等席に戻って伏せた紗彩を見ながら、優一はそっと前進する。ゆっくり、忍び寄るようにして紗彩に近づいた。

そろそろと前進していた優一の頭が、畳の縁(へり)を越えようとする。まさにそのとき、紗彩は突然顔を上げ、再び歯を剝き出して威嚇の表情を浮かべた。優一が驚いたように後退する。紗彩はそれを認めると、威嚇をやめて元のように伏せた。

しゃり、と優一は顎を鳴らしながら俯く。よく見れば、優一が向かおうとした先は、紗彩が足を踏み鳴らしていたところだ。

再び前進して縁を越えようとすると、紗彩が顔を上げて、ウウウ、と唸る。優一がひるんだ様子で後退すれば、ぴたりと威嚇をやめた。

優一は触角をしおしおと垂らす。さらに後退りして壁に寄ると、しゅう、と小さく音を立てて丸くなった。

「言われてみれば、私もよく知らないわ。調べたら見つかるかもしれないけど……」

「ですよね。テレビの特集とかも、変異者の見た目のインパクトだとか病気の表面的な恐ろしさだとか大変さとか、そういうのばっかりやってるけど、要らないんですよね。都合良く編集された映像見て出演者がどういうリアクションするかとか、どうでもいいです。そんなことより有用な施設の紹介とか、問題提起みたいなことをしてくれればいいのに」

「うーん、それはまあ、そうね。そのとおりね」

「高みの見物っていうか、娯楽的っていうか。サーカスの客席の一番高い安全なところで、芸をする虎を見下ろしてるみたい、っていうか」

「あら。面白い発想」

「ちょっと美晴さん。笑いごとじゃないですよ」

津森を宥めながら、美晴は微苦笑を浮かべる。言い分が理解できないわけではないが、どうにも茶化したような反応になってしまうのだった。

――感受性の強さって、若さの証拠よね。

つい達観したようなことを考えてしまう。

人間は歳と共に丸くなるというが、確かにそのとおりだ。歳を取るにしたがって、不思議と寛容になってくる。悪く言えば諦めで、良く言えば悟りとも言う。

美晴も若い頃は世間のあらゆることに憤っていたものだ。そういった傾向が最も顕著に表れるのが十代だろう。世間の曖昧さを許容するということができず、鋭利な感性を持っているため、周りや自分を傷つけずにいられない。そうして衝突し続けることで、ある程度の角が取れてくる。

津森は三十代半ば、美晴から見ればまだ若い世代だ。様々な事柄について疑問を持ち、こうあるべきだ、こうしなければと情熱を持つのだろう。それがどこか羨ましい。

保守的な己を自覚するたびに歳を感じる。しかし一方で、これが自然な流れなのだろうとも思っていた。

「有用な情報もこれから得られると思うわ。金曜日は食事会だったわよね」

「あんまり気が乗らないですけど……」

「いいじゃない。行ってみたら案外楽しいかもしれないし」

「そうですかねえ」

津森と話していると時間が過ぎるのはあっという間だ。名残惜しい気もするが、夕刻になれば帰らなければいけない。

「ユウくん、帰るよ」

初めて津森の家に来たときと変わらず、紗彩と距離を取りながら隅で丸くなっている優一に声をかける。

（ふたりとも、我関せずって感じね。少しは仲良くなったりしないのかしら）

そんなことを考えながら優一をバッグに収め、津森の家をあとにした。

5

美晴たち初参加のリラクゼーション会——春町が主催する食事会は、正午過ぎにとあるレストランで行われた。

テーブルの奥、向かって左側に春町。その横には三名の女性が座り、手前の一番左に男性、次に美晴、最後に津森の順で計七名が着席した。

「全員揃ったみたいね。それじゃあ始める前に、先週『みずたま』に入会した新しいメンバーを紹介するわ」春町が言って、まず美晴を指す。「こちらが田無美晴さん。それからお隣が津森乃々香さん」

よろしくお願いします、と口々に挨拶して会釈をする。

「田無さん、津森さん。順に紹介するわ。まずこちらが笹山（ささやま）さん、米村（よねむら）さん、鈴原（すずはら）さん。それで、このグループでは唯一の男性が寺田（てらだ）さんよ」

メンバーはほとんどが四十代くらいに見えた。春町は年齢不詳の雰囲気があるが、この中では恐らく津森が一番若く、美晴が一番年上なのだろうと推測できる。

「初めまして。田無さん、津森さん。最初は分からないことばかりで不安になるかもしれないけど、遠慮せず相談してね」

「そうそう。あまり気張りすぎないように、楽な気持ちでね」

笹山と米村がにこやかに言い、鈴原は控えめに笑みを浮かべてみせる。

「はいはい、それじゃあ料理を食べながらゆっくり語らい合うとしましょうか」

春町がそう言ったのを皮切りに、コース料理が運ばれてきて食事会がスタートした。

「ねえ、田無さんのところはお子さん何人いらっしゃるの？」

好奇に満ちた目を向けながら訊ねてきたのは笹山だった。

「息子がひとりです」

「じゃあ、その息子さんが変異したの？」

「ええ」

「歳はいくつくらい？」

「二十二です」

「まあ、そうなの」

この問答はきっと何度もしなければならないのだろう。いちいち口にするのが多少面倒ではあるが、一種の洗礼のようなものだ。津森も同じように質問攻めに遭い、紗彩のことを答えていた。

「ひとりしかいない子どもが変異するっていうのも大変よね」

笹山が溜息混じりに言う。それを受けて、春町がステーキをナイフで切り分けながら口を挟んだ。

「笹山さんのところはふたりだったわね」

「そうそう。それで、春町さんのところは確か三人兄弟なんでしょ？　米村さんと鈴原さんのところもうちと一緒だったかしら」

「うちは笹山さんと同じ家族構成ね。兄と妹。鈴原さんはふたりとも男の子だったっけ」

「ええ、そうです」

鈴原が言葉少なに頷き、ふいに寺田が横入りした。

「うちもひとりっ子ですよ」

あれ、と笹山が驚いた様子で寺田を見る。

「寺田さんち、ひとりっ子だったっけ？」

「そうです。息子がひとりです」

「じゃあ田無さんちとおんなじね」

春町がそう言い、美晴も隣の寺田を見た。目が合うと軽く頭を下げられ、美晴も目礼する。寺田は一見して穏やかそうな男性だった。勲夫の常に不機嫌そうな顔を見慣れているせいか、寺田のことはやけに優男風に見える。

「そういえば笹山さん、あれから愛菜ちゃんはどうなったの？」

「どうもこうもないわねえ。相手の親が猛反対してるみたいで、結婚は延期になりそう」

米村に近況を訊かれて笹山が愚痴をこぼし始めると、春町も寺田と話し始めた。どちらも話題は家族のことであり、人間関係の分からない美晴たちにはなかなか入りづらい内容である。

目配せするように津森が美晴へ視線を送った。美晴は困ったように微笑みつつ、サラダに手をつける。

「あの。鈴原さんのところは、変異したのはお兄ちゃんですか？　弟くんですか？」

津森が話しかけると、鈴原は少し驚いたように目を丸くし、それから視線を彷徨わせた。

「弟のほう、です」

「そうなんですか」

「はい……」

どこかおどおどと目を伏せ、食事に集中するかのように俯く。ゆっくり黙々と咀嚼している様子をしばらく見守り、津森は再び美晴を見た。

美晴はそれほど社交的ではない。どちらかといえば少々人見知りの気もある。

（あんまり得意じゃないわね、こういう空気）

周囲のことをあまり気にかけていると、料理の味も分からなくなるものだ。

「そうだ、ふたりとも。何か悩んでることとかないの？」

春町がふと思い出したように言って、突然その場の会話がぴたりとやむ。全員の視線が集中し、美晴は返答に窮した。

「何かあるんじゃない？　力になれるかもしれないし、話してみたら？」

急に言われると思いつかないものだ。勿論悩みはあるが、この場で話せるような内容となると、途端に何を言えばいいか分からなくなる。

——悩み。優一のこと。非協力的な夫のこと。優一の今後。家族の今後。どうすべきか。何をすべきか。漠然とした将来への不安。それから。

「例えばなんですけど」

口を開いたのは津森だった。

「変異者が怪我をした場合とか病気をした場合って、皆さんどうしてるんですか？」

問いに対して、そうねえ、と笹山が考える素振りをする。

「うちは今のところ元気だから、考えたこともなかったわ」

「私も、笹山さんと同じね」

「うちは元々動きが少ないから、健康状態は正直分かりづらいですね」

「動きが少ない、というのは？」

　寺田の言葉に津森が首を傾げる。ああ、と寺田は苦笑した。

「息子はほとんど植物なんです。あの、木みたいというか木そのものというか……」

「木？」

　これには美晴も驚いて、鸚鵡返しに問い返す。

「木っていうとちょっと違いますかね。観葉植物かな。葉っぱがこう、ぱあっと開いてる、ヤシみたいな……まあ、生えてるのは葉っぱじゃなくて手だったり指だったりなんですけど」

　頭の中で思い浮かべてみると、ひどく奇妙なオブジェクトが出来上がった。葉の代わりに人間の体の一部が生えている観葉植物型の異形。それが、部屋の中で静かに佇んでいる様子を想像すると、美晴は落ち着かない気分になる。

「普段どうされてるんですか？　その、ごはんとか」

　津森が訊ねると、寺田は苦笑した。

「とりあえず日当たりの良い場所に置いて、水と肥料を与えてます。観葉植物と同じような扱いになるんですかね。今のところどうにかなってますけど、正解の対応なのかどうかは分からないところです」

「難しいですね。うちはほとんど犬なんですけど、感情表現とか欲してるものは伝わるから、そう考えると結構やりやすいです」

「いいですね。息子も動物のタイプだったら良かったんだけどな」

心底羨ましそうな調子で言う寺田に、美晴も考える。

優一も分かりにくいタイプだと思っていたが、上には上がいるようだ。

異形になったときにどう変異するかは、個々の性格によるのだろうか。仮に、優一が変異する前から美晴とも勲夫ともコミュニケーションを取りたがらない傾向があったためにああいう形になったのだとすれば、寺田の息子は優一よりも内にこもる気質を持っていたということなのだろうか。……すべてが推測の域を出ない。

「医療施設なら良いところ知ってるわよ、あたし」

紙ナプキンで口許を拭いながら春町が得意気な調子で言った。

「新町(にいまち)で一年前くらいから開業してる、変異者のための病院があるの。確か先生が元獣医なのよね。だから動物タイプの子にはいいと思うわ」

ならば紗彩の場合は診(み)てもらえるだろう、と思いながら美晴は津森を見る。

「へえ、そうなんですか」対する津森は、毒にも薬にもならないような平坦(へいたん)な笑みを浮かべてみせた。「春町さんは実際に受診されたことあるんですか？」

「うちはねえ、残念ながら……。だけどこの辺りで一番近くて利用者の多い医療施設っていうと、そこだわね。さくらい病院」

美晴は水を飲みながら優一のことを考えた。

もし優一が怪我をしたら。具合を悪くしたら。一体どこを頼ればいいのだろう。

虫の病院なんて聞いたこともない。動物には獣医がいるが、虫に医者はいるのだろうか。

「変異者のための施設って、ほかに何があるんですか？」

津森が口許に笑みを作ったまま、春町を見据える。どこか見定めているふうにも見えた。

「そうね。デイサービスとか、一時預かり所とか、ホームとか」

春町は津森を見返しつつ言う。笹山と米村は再びふたりで話し始め、鈴原は相変わらず黙々と料理を口に運んでいた。

「デイサービスは日帰りで専用の施設に行って介護してもらったり、他の変異者と交流したりするようなものね。一時預かり所は、簡単に言えば託児所や保育所と似たようなもので、日中の数時間だけ、ということになるわ。で、ホームは入所して介護してもらうものなの」

「利用者は多いんですか」

「そうね、割と」春町が指を組んでみせる。「タイプによっても違うけど、変異するとやっぱり日々の世話の負担が大きくなるじゃない？　だからホームは人気よ。一時預かり所とかデイサービスはホームと比べれば利用者が少ないみたい。でもやっぱり、ホームにも受け入れ制限や審査があるし、お金もかかるから悩みどころなんだけどね」

「なるほど……ほかには何かありますか？」

「ほかにねえ。細々したものはいくらかあるみたいだけど、あとは」

一旦(いったん)言葉を切り、春町は僅かに考えるような間を空けてから口を開いた。

「専用施設ってわけじゃないけど。保健所かしら」

保健所、と津森が心なしか目を瞠りながら復唱し、美晴は小さく息を呑む。

「犬猫の持ちこみと同じね。生活衛生課で同じように引き取ってるらしいわ。だけど犬猫と違って里親が見つかることなんかほぼありえないから、まあ、最終的には……」

春町は言葉を濁し、それから押し黙る。美晴は目を瞬いて、困惑も露に言った。

「そこも、利用してる人は多いんですか」

眉を顰め、春町が苦い表情を浮かべる。

「結構多いみたいよ。もう世話しきれないし、かといってホームやその他施設の利用ができるほど貯蓄がない人とか……その他諸々の理由でね、連れていく人が多いって聞くわね」

「そんな……」

愕然とした声を出したのは津森だった。美晴も深く息を吐く。

以前勲夫が、優一を保健所に連れて行くか、と言っていた。美晴はあれを単なる悪趣味な冗談だと思っていたが、そうではなかったのだ。

勲夫は保健所で変異者を引き取っていることを知っていたのだろう。事前に調べたのか、誰からか話を聞いたのか、詳細までは分からない。しかし保健所に連れて行かれた変異者が最終的にどうなるか知った上で、そうしろと言ったのは間違いなかった。

——変異者に人権はない。法も適用されない。どうしようと自由なのだと勲夫は言った。たとえ子どもを保健所に持ちこんで殺処分しようと、非難する者などいないと。しかしその根拠はどこで得てきたのか。勲夫の周りの人間が実際にそうだったからなのか。保健所を利用して変異者を手放す親が相当数いるからということか。罹患者数の割に街で変異者の姿を見かけないのは、彼らが身を潜めているだけでなく、一定の割合が処分されているからなのだろうか。

考えているうちに、美晴は自分の体が細かく震え始めていることに気づいた。

「でもね、『みずたま』は家族や変異者がそういう不幸な目に遭わなくて済むようにと発足された会なの」

春町がどこか明るい声でそう言い、美晴は俯きかけた顔を上げた。

「いつ子さんはすごい人だと思うわ、実際。あたし尊敬してるもの。人道的っていうか、人間ができてるっていうかね。世間の白い目を撥ね除けてこういう会を発足するだけでもすごいことだと思うし。だからあたし、毎月寄付してるのよ」

「……寄付ですか？」

津森が怪訝そうな声を出す。寺田は美晴の隣で黙ってパスタを巻き取っていた。

「そう、寄付。『みずたま』は年会費無料だけど、寄付を受け付けてるの。するしないは自由、金額も自由よ。会員の善意に任されてるわけ。だけど定例会のために部屋を借りるのも、語り部の人を呼ぶのも、お金がかかってるわ。全部いつ子さんが出してるけど、より良い活動や末永く会を続けていくためにもそれなりの元手は必要でしょ」

笹山と米村は夢中になって話し続け、鈴原は俯いている。

「強制じゃないわ、勿論。寄付は任意だけど、考えておいてちょうだいね。まあ、会の有用性に気づいたら感謝の意も含めて寄付したくなるだろうから、あたしがこんなことを言うのはお節介かもしれないけど」

美晴と津森は静かに顔を見合わせる。

デザートが運ばれ、コース料理は終わりが近づいていた。

6

その次の週、美晴と津森は春町たちと異なる会への参加を決めた。

春町は一泊二日の小旅行を企画しており、一緒にどうかと誘われはしたものの、他の会の活動も見てみたいのだと伝えて断ったのだ。残念ね、と言われはしたが引き止められるわけでもなく、反応は意外にもあっさりとしたものだった。

代わりに参加したのは、石井という女性が幹事を務める会である。

本日の活動内容はさくらんぼ狩りだ。現地の果樹園にバスで向かい、メンバーと話をしながら摘み取っていく。訪れた果樹園では時間制限を設けていないということで、自分のペースで好きなだけさくらんぼ狩りを楽しめるとのことだった。

「果物狩りって久しぶりに来ました」

津森が果樹園を見渡して嬉しそうに言う。

「私もよ。むかーし一回だけ梨狩りに行ったことがあるくらいね」

「いいですね、梨狩り。ご家族で行かれたんですか？」

「ええ。息子が小学生の頃だったかな」

話しながら、美晴は記憶を掘り起こす。

優一が小学二年生の頃、夏休みの宿題の中に『果物狩りに行ってみよう』という課題があった。それは教師から出された宿題ではなく、都道府県共通で配られている課題冊子の中で触れられていた内容である。

その課題は必須というわけではなかったが、勲夫と話し合い、夏の思い出の一環として家族で梨狩りに行くことにしたのだ。

美晴も優一も果物狩りは初めてだった。頭上に広がる梨の木と、そこにたくさん生っている実に甚く感動したのを覚えている。

背の足りない優一は勲夫に抱えられて梨をもいだ。小さな手に余るほど大きな実を持って、お母さん見て、と嬉しそうに駆けてきた姿を思い出す。

幼い息子は頰に朱を上らせながら笑み、丸く瑞々しいその実を両手に抱えて瞳を輝かせていた。食べてみようか、と美晴がナイフを持ってきても、いやいやと首を振って手放さなかった。その丸い形が気に入ったようで、ナイフを入れたくなかったらしい。食べるのは勿体ないと懸命に主張した。

仕方がないので、美晴や勲夫がもいだ梨のいくつかをその場で食べ、余ったものと優一がもいだものは家に持ち帰ったのだった。

（結局最後まで食べようとしなくて、そのうち悪くなっちゃったから捨てたのよね……）

美晴はどこかしんみりとした気分になりながら思う。

——あの頃は幸せだった、と。

「どうですか？　たくさん採れてますか？」

声をかけてきたのは石井だった。石井は百六十センチの美晴よりも頭ひとつぶんほど低い背丈で、少々ぽっちゃりとした体型をしている。歳の頃は恐らく四十代後半から五十代前半だ。

石井は下ぶくれの顔をふくふくと綻ばせ、親しみやすそうな笑みを浮かべてみせる。

「もう食べてみましたか？　瑞々しくておいしいですよ。この果樹園、さくらんぼの種類が三種類くらいあって、とにかくたくさん採れるんです」

「へえ、いいですね」

「でしょう？　向こうに生ってる品種で、紅さやかっていう黒っぽいさくらんぼがあるんですけど、すごく甘いんです。ぜひどうぞ」

石井はそう言うと、離れたところにいる別のメンバーへ声をかけに行った。そうして全員と満遍なく話をしているらしかった。

　さくらんぼ狩りには十二名の会員が参加していた。前回の春町が主催した食事会よりも人数は多かったが、特にまとまりなく思い思いの様子でさくらんぼ狩りに興じている。

　互いに言葉を交わしても、変異した家族のことが話題に上るようなことはない。どこかしら、その話題を故意に避けているふうでもあった。

「美晴さん、どう思います？」

　津森が電話で訊ねてきたのはさくらんぼ狩りの翌日である。

「どう、って？」

「『みずたま』のことですよ」美晴の問いに、津森は短く答えた。「確かにさくらんぼ狩りは楽しかったです。メンバーも和気藹々（わきあいあい）としてたし、良かったんですけど」

「うん……」

「でも何か、違和感ありませんか？」

　ううん、と美晴は小さく唸る。……違和感。

　津森は敏いから何かに気づいたのだろうが、美晴にはよく分からない。

「どういう違和感？」

　訊き返すと、今度は津森が考えこむように唸った。

「説明するのはちょっと難しいんですけど。何かおかしい気がして……」

「私はべつに、普通だと思ったわ。楽しかったならいいじゃないの。目的どおりでしょ」

「そうなんですけど」

渋るような声音に、美晴は受話器が音を拾わないように遠ざけつつ、そっと溜息を落とした。

美晴は『みずたまの会』を良いものとして捉えている。コンセプトにも活動にも疑問を抱いていないし、現状ではそれなりに満足していた。

しかし津森は違う。『みずたまの会』が何か気に入らないようだ。会の在り方なのか、メンバーなのか、分からない。ただ、こうして話を聞いていると少々水を差されたような気分になってしまう。

「たった二回きりじゃない。それも、どっちも会員同士の交流会だったわけだし。本活動は来週と再来週よね。違和感はさておき、まずはひととおりの活動に参加してみようよ。べつに会費がかかるわけじゃないんだし、ひととおり経験してみて合わなかったら辞めるってことでもいいんじゃないかな」

「そう……ですよね」

誰も強制はしていないのだ。続けるか辞めるかは本人次第であって、仮に津森が

『みずたまの会』を脱会すると言ったとしても、引き止めるつもりはない。ただ、それを決めるにはまだ早すぎると思うのだ。追う気はないが、美晴としても津森がいてくれたほうが心強い。早々に結論を出すのではなく、できれば熟考してほしいと思っていた。

優一は相変わらずの調子で過ごしている。勲夫も優一を露骨に疎(うと)んじる様子は変わらない。日が経つにつれ、以前に増してギスギスし始めた家庭環境は美晴の心をひたすらに重くした。

こういった日々のストレスから逃れるために家族会があるのだと、しみじみ感じている。美晴にとって『みずたまの会』は必要なものだった。

七月の第一日曜日――カレンダーでいえば七月二週目のその日――、福祉センターの会議室を借り切って定例会が開かれた。会員の全体数は美晴と津森を含めて六十五名とのことだったが、実際に集まったのは二十余名である。

山崎は集まったメンバーをひとりひとり見つめ、軽い前説をした。それから時計回りに近況報告するよう促し、初めに口を開いたのは春町である。

「うちは『問題なし』よ。健康状態も悪くないし、大丈夫そうだわ。ただ暑くなってきて少しバテ気味みたい」

「もう夏だものね。熱中症には注意しておかないといけないわね」

山崎はそうコメントすると、次を促した。

「ずいぶんとシンプルなんですね」

津森が小声で言い、美晴も頷く。続いて口を開いたのは美晴と面識のない女性だったが、こちらも春町同様に『問題なし』と告げた。

「我が家も『問題なし』です。何しろ息子の動きがないのであまり報告する内容もありませんが、強すぎる陽射しには注意しています」

この報告は寺田である。観葉植物のような姿になった息子から変化を感じ取るのは難しいようだ。

「うちも……ええ、問題ありません。先月に引き続き、です」

「うちの子もこれといってトピックスはありません。問題なしです」

ぼそぼそと鈴原が報告したあと、からっとした声音で石井が言う。さくらんぼ狩りのメンバーは全員が口を揃えたかのように『問題なし』と言っていた。

本当に問題はないのだろうか？

美晴はつい懐疑的な目で発言者を見てしまう。ひょっとすると彼女たちの問題は既に解消されており、定例会で『問題なし』と報告できるこの現状こそ理想的と言えるのかもしれなかったが、疑念は晴れなかった。

「うちは……」

　どこか重苦しそうに吐き出したのは笹山だった。

「先月の状況が続いていて、膠着状態ってところです」

「笹山さんの先月の状況というと、確か愛菜ちゃんが孝宏くんのことで結婚を反対されたって話だったかしら」

「そうです」笹山が窶れたような顔をして肯定する。「相手方と拗れに拗れてしまったらしくて……結局、破談になりました」

　笹山の隣に座っている米村が、まるで自らのことのように沈痛な面持ちをしていた。

「だから今、娘が鬱状態になってて……このままだったらいくら結婚を目前にしてもまた孝宏を理由に断られるんじゃないか、ってひどく落ちこんでるんです」

「お辛いでしょうね」山崎が共感のこもった調子で言う。「今回のことは本当に残念だけれど、理解者に巡り会える日が訪れるのを待つしかないと思います」

「でもそんな、一体いつになるか。やっぱりどうにかして隠し通しておくべきだったんですよね」

「いえ、それは違いますよ。笹山さん」

　山崎のそれはどこか断固とした声音だった。弱気になっている笹山を激励するふうでもあったし、不正を見逃すまいとする厳粛さもあった。

「仮に孝宏くんのことを隠して結婚できたとしても、いずれは分かることでしょう。結婚は家族同士の結びつきですから、隠し通せることじゃありません。今回、事が進む前に相手方の考え方を知ることができたのは寧ろ幸運ですよ。結婚したあとで無理解なことが分かったら、もっと大変だったでしょうから」

「だけど……」

「そうね、いつ子さんの言うとおりだと思うわ。愛菜ちゃんには可哀相だと思うけど、相手が良くなかったのよ。もっと優しい人を見つけて結婚したほうが良いわね」

すかさず口を挟んだ春町に、笹山はがっくりと俯いた。でも、と小さく呟く笹山に、米村が気遣わしげに慰めの声をかけている。

「この件について、何か良い意見がある方はいらっしゃいますか？」

山崎の問いに一同は顔を見合わせたが、声を上げる者はいなかった。

「悲しいことですが、やっぱり変異者に対する無理解や偏見の目はどうしてもあるんです。私たちは戦っていかなければいけませんが、世間の目を変えるのは難しいことだから、早急には解決できないでしょう。何か大きなきっかけがない限り変異者への固定観念は変わらないでしょうし、変化があってもゆっくりとしか進展しないかもしれませんね。これについては焦らずに構えるしかないと思うんです」

溜息混じりに山崎が言う。

「笹山さんも今はお辛いと思います。でもきっと事態が好転することを願って、愛菜ちゃんの気持ちが落ち着くのを待ちましょう」

「はい……」

笹山は返事をしたが、その沈鬱（ちんうつ）とした表情を見ても納得していないことは明らかだった。

山崎の発言はどこか教科書的というのか、優等生的というのか、道徳的な答えである。理想論。あるいは綺麗事。そういった類の言葉だ。

美晴は山崎の言っていることを理解できたし正しいとも思ったが、同時に今の笹山には響いていないだろうと思いもした。

困難な問題に直面して早急に解決策を欲している人間に対し、時間が解決するといったアドバイスほど役に立たないものはないだろう。たとえそれが的確な助言だったとしても、逼迫（ひっぱく）している人間には有用に映らない上に反感を買いやすい。

(でも、家族間の問題なんて結局、他人が首を突っこんでどうにかできるものじゃないわ)

美晴がそう思っていると、ふいに津森が肩を叩いてきた。

「次、美晴さんの番ですよ」

いつの間にか報告の順番がまわってきていたらしい。美晴は慌てて背筋を正した。

「田無さん。新規会員ということで、まず自己紹介からお願いしてもいいかしら」

「はい。田無美晴と申します。先月の三週目から『みずたまの会』会員として活動させて頂いておりまして……」

何を言うべきか分からず山崎の顔を見ると、穏やかな笑みが返ってくる。

「簡単な家族構成とお子さんのことも添えて頂けると助かります」

「分かりました。ええと……うちは夫と息子の三人家族で、変異したのは息子です」

「優一くん、でしたね。現在どのような状況で、どのような問題点がありますか？気になるところでも何でも大丈夫ですよ」

「はい。優一は——息子は、内向的な性格で学生時代から引きこもっているんですが……変異した今は部屋に戻ることができなくなったので、ほとんどリビングで過ごしています。問題点は、そうですね、夫が息子のことをあまり快く思っていないことで」

「まあ。旦那様が」

「……色々と思うところがあるようで。そのせいで家庭内の空気が重く感じられるのが、悩みです」

美晴の言葉に、山崎はしばらく考えこむような素振りをして、それから言った。

「田無さん、よろしければこの『みずたまの会』に旦那様と一緒に参加なさってはいかがでしょうか？」

「夫と、ですか」

「ええ。理解を深めるためにもご一緒に参加されるのは良いことだと思いますよ。ちょうど来週は語り部の会もありますし」

微笑む山崎に、美晴はつい目を伏せる。良い案だとは思うが、勲夫は『みずたまの会』に不信感を抱いていた。一緒に参加するよう説得できる気はあまりしない。

「あたしもそれがいいと思うわ。一緒に活動することで分かることってあると思うの」

春町も賛成して言う。

「そう、ですね」美晴は苦笑ともつかない複雑な笑みを浮かべた。「夫に話してみたいと思います」

実際のところ、ざっと室内を見渡すと夫婦で参加している人たちもいる。ただ、集まっているのはほとんどが女性――妻のほうだ。津森のように夫が単身赴任中で普段は家にいないとか、各家庭に事情はあるだろう。しかし美晴としては夫婦で参加していないのが普通、両者が揃っているほうが珍しい、という感触だった。

勲夫は承知しないだろう、と美晴は諦めに似た気持ちで思う。そんな胡散臭いところに参加するのは嫌だ、などと一言で切り捨てられてしまいそうだ。美晴の言葉だって聞いてくれるだろうか。勲夫はとにかく意固地で、自分の考えを曲げないのだから。

「それでは次、津森さんね」

「はい。——津森乃々香です。私も田無さんと同時期に入会しまして、先月三週目から活動させて頂いています。家族構成は旦那と娘の三人家族ですが、旦那は単身赴任中なので普段は娘とふたり暮らしをしています」

津森はいつもの調子で淀みなく喋った。特に緊張している様子はないが、表情は普段より少しばかり硬い。

「悩みとしては、娘の紗彩が反抗的で、噛まれたり部屋を荒らされたりすること……ですね」

「以前、少し気難しい性格だとおっしゃっていましたね」

「はい。些細なことで気分を害して癇癪を起こしてるような調子で、私の言うこともあまり聞かなくて」

山崎はその言葉に、ひとつ頷く。

「これについては優しく接してあげることだと思いますね。変異して不安なのは何より本人だと思いますし、情緒不安定になるのも無理ないことですから。どうか見守ってあげてください」

「……ありがとうございます」

津森もやはり、曖昧な笑みを浮かべていた。

「ねえお父さん、ちょっといい？」

就寝前、布団に入ろうとする勲夫を呼びとめる。

「なんだ」

「来週の日曜日に『みずたまの会』で語り部の会があるんだけど……」

勲夫は案の定、眉を顰めた。

「お前がこのところ足繁く通ってる胡散臭い集まりか」

「そういう言い方しないでって言ってるじゃない」

「本当のことだろう。何の実にもならない宗教臭い集まりだ」

「お父さん」咎めるように言い、美晴は溜息を吐く。「話を聞いて」

「聞かんでも大方察しはつく。俺は嫌だぞ」

勲夫は忌々しげな調子で言うと、こちらに背を向けた。

「嫌って、何がよ」

「その語り部の会とやらに一緒に来ないかって言いたいんだろ？」

美晴は口角を下げながら夫の背中を見つめる。

言い当てられるのは複雑な気分だ。自分が他人から見て分かりやすい性格だとは思っていない。それでも勲夫に悟られるのは、やはり長年連れ添った夫婦だからなのだろうか。

「俺は関わり合いになりたくない。巻きこむのはやめろ」

にべもない態度でそう言うと、勲夫は布団を深く被ってしまった。美晴はそれ以上言うことができず、ただ息を吐いて部屋の明かりを消す。

やっぱり、という感想しか浮かばなかった。今更悲しいとも思わない。拒絶されて傷つくほど、勲夫に対して期待していないのだ。

勲夫は美晴の気持ちを汲み取る気など一切ないようだし、話半分に聞いて勝手な結論を出し、打ち切ってしまう。これではどうしようもない。

美晴は天井を見つめながら、暗澹たる気分に苛まれる。

もう勲夫との未来はとうてい見えないような気がした。

7

語り部の会にやってきた男性講師は異形性変異症候群の研究員を自称した。理知的な語り口で病の来歴を話し、現在までに明らかとなっている病状を述べ、それから病に対する持論を展開する。

聞きながら、美晴は眠気を堪えるのに苦労した。何しろ滔々と続く演説の大半が講師による仮説であり、そも人間の体を一夜のうちに異形へと変えてしまうという悪魔的所業のメカニズムはいかなるものであるか——など、美晴にとっては興味のない話が続いたからだった。

講師が熱弁すればするほど反比例して美晴の気持ちは冷えた。知りたいことはそういうことではないのだ。この際、病の原因などはどうでもいいから、対処法や今後どうするべきかといった内容に焦点を当ててほしかった。

一時間に亘る講演が終了したあと、もたらされたのは充足感ではなく疲労感である。

「あんまり為になりませんでしたね」

津森も同意見のようだった。

「そうね。聞いててちょっと疲れちゃった」

「ところで美晴さん、今日は笹山さんが来られてないみたいなんですけど」

言われて、美晴は帰り支度をしようとしている周囲を見渡す。

「確かにいないみたいね。何か用事があって欠席してるんじゃないの？」

「でも、単にお休みされてるだけにしては変なんです」

「変？」

「見てください。米村さんが春町さんといやに親しくしてるじゃないですか」

津森の指さす先を見れば、確かに春町と米村が親しそうな調子で話をしていた。

「……何か変かな？」

「変ですよ。だって米村さん、笹山さんとニコイチみたいにしてたでしょ。あれだけ親しかったら、事前に連絡とかするじゃないですか。来週の語り部の会は行けるか、とか。この会だって結局参加は自由なんだし、笹山さんが欠席なら米村さんも一緒に欠席しそうなものなのに、米村さんはひとりで来られてる……」

美晴はつい首を傾げる。

「笹山さんが来ないからって米村さんも一緒に欠席する、なんてことあるかな。そんな女学生みたいなこと」

「ないとは言い切れないでしょう？」

「でもねえ。考えすぎよ」

笑う美晴に、津森は真剣な顔で首を横に振った。

「私、笹山さんのこと気になってたんです。定例会でほとんどの人が『問題なし』って報告する中で、彼女は悩みを語ってたじゃないですか。それにアドバイスを受けても不満そうだった。だからひょっとすると、次からもう来ないんじゃないかって思ってて。実際、笹山さんは今日ここにいないでしょ？」

「私生活が忙しいから、とかじゃないのかな」

「かもしれませんけど。何となく退会したんじゃないかと」

「退会……」

「それで米村さんは、今度は春町さんと仲良くしようとしてるんじゃないか、なんて」

うーん、と美晴は考えこむ。津森の考えは突飛な気もするが、まあ分かる。だが仮に笹山が退会して米村が春町と親しくし始めたからといって何だ、という気もするのだ。津森が笹山たちと親しかったというなら別だが、美晴の知る限り特別な交流はないようだった。

建物を出てからも小難しい顔をしている津森に、美晴はどうしたものかと困惑していた。講演会後は軽くお茶でも、と事前に津森と話していたが、この空気では何となく足が重くなる。

「やっぱりあの会、何か変な気がする……」

ふいに津森がそう言い始めて、美晴は思わず辺りを見まわした。

「今度はどうしたの」

「前に話したことがあったじゃないですか。『みずたま』って何かおかしい気がする、って……。はっきりどこがどうとは言えないんですけど、どうしても引っかかるんです。何かつい、気になってしまって」

「気になるって言っても……」

言いさして、美晴は口を噤む。数メートル先に信号待ちをしている鈴原の後ろ姿が見えた。

――鈴原は独特だ。口数が少なく、誰かと親しくしているようなところも見せないが、全体的に黒の多い格好と日除けの長袖姿でいやに目立つ。そのせいで、ろくに付き合いがない割には記憶に残りやすく、後ろ姿だけでも判別しやすかった。

「まあ、思うところはあるかもしれないけど」美晴は先ほどよりも声を落として言う。「店に着いてからゆっくり話そうよ」

「でも私……」

津森は言いかけ、美晴と同じように鈴原の姿を認めて一旦言葉を切った。そうして何を思ったか、その背中に「鈴原さん」と声をかけたのだ。美晴は隣でぎょっとして目を剝く。

「私たちこれからお茶しようと思うんですけど、鈴原さんもご一緒にどうですか」

鈴原は幸の薄そうな顔を驚きに染めて瞬いた。

「私……ですか？」

「ええ。お話ししたいなと思うんです。鈴原さんさえ良ければ」

にこやかに言う津森に鈴原は戸惑っていたが、逡巡したのちに頷き、一緒に喫茶店へ向かうこととなった。


「鈴原さんは『みずたま』に入ってから長いんですか？」

コーヒーを一口啜って、津森が向かいに座った鈴原へと切り出す。

「まだ、半年……くらいです」

「へえ。半年前から来られてるんですね」

鈴原はおどおどと目を伏せ、自らの手許に視線を落とした。警戒しているようでもあるし、単に人見知りしているようでもある。

「リラクゼーション会ではいつも春町さんの主催される会に参加されてるんですか？」

「……はい」

「基本はあのメンバーですか？　それともよく変動します？」

「いえ、あの、基本は大体同じメンバー、です」

美晴はこっそりと津森の横顔を窺った。鈴原に対して質問攻めをして、一体どういう意図があるのか分からない。仕方がないので口を挟まず、なりゆきを見守ることにする。

「皆さんとは親しいんですか？　例えば会の集まり以外でも、個人的に食事に行くことかは」

「……少なくとも私は、ない、です。笹山さんと米村さんは特に仲が良かったみたいですけど」

問いに答えるとき、鈴原は必ず一拍置いて口を開く。まるで津森の言葉が届くまでに何らかのタイムラグがあるかのような反応だった。

「今日、笹山さん来られませんでしたね」

これについて鈴原の返答はない。しばらく間を置いても流れるのは沈黙ばかりだったため、津森はさらに言う。

「鈴原さんは何かご存じですか？」

「私は……いえ、何も。でも、そうですね、こないだからの様子を見ても、定例会の話を聞いても、何だか大変そうだったから……辞められたんじゃないかと」

「やっぱりそうなんですか」

確信めいた声音で言う津森を見て、これを確認したかったのだな、と美晴は思った。そのためにわざわざ、取り立てて親しくもない鈴原に声をかけて探りを入れたのか、と。

「でも、べつに珍しいことじゃ、ないんです」

鈴原はどこか慌てた様子でフォローじみたことを口走る。

「『みずたま』は辞める人、結構多いですから。皆さんきっと、色々あるんです。山崎さんだって、頑張ってます。仕方ないんです、きっと」

「辞める人が多いんですか？」

「えっと……その、色々事情があるんだと思います。でもあんまり、長く残ってる方、いないです。今のメンバーじゃ、春町さんが一番長くて、その次が私です。私の前に入った人たちは、どんどん辞めてしまいました」

「そうなんですか」

美晴がつい驚いてそう言うと、鈴原は萎縮（いしゅく）した様子で小さく頷いた。

「て、定例会の近況報告で、初めは皆さん、気になってることとかを言うんです。津森さんたちみたいに。でも段々慣れて、問題なしになるんです。普通は。だけどそのあとで、家庭内に大きな問題が発生してる人は、大抵そのうちに、辞めちゃいます。でも山崎さんは、山崎さんが悪いわけじゃないんです。や、山崎さんはちゃんと、親身に相談に乗ってくれます」

鈴原は訥々（とつとつ）とそう述べる。短い返答の多い鈴原にしては長口上だった。

「私たち、べつに山崎さんに対して不満があるわけじゃないですよ」

「そ、そうですか……」

「ただ鈴原さんと話がしてみたかっただけですから。そうですよね、美晴さん」

「ええ」唐突に話を振られ、驚きつつも合わせる。「良かったらこれを機に、仲良くしませんか？」

美晴が言うと、鈴原は僅かにはにかみながら、嬉しいです、と答えた。

※

受話器の向こう側で娘が泣いていた。こんなにも悲痛な声で泣きじゃくる娘の声を聞くのは、一体何年ぶりだろうか。元々気丈な娘だった。同級生と喧嘩(けんか)しても、怪我をしても、滅多(めった)に涙を見せることなどなかったのに。

「あたし、どうしたらいいの」

嗚咽(おえつ)をこぼしながら娘が言う。

「マーくんとは五年も付き合ってたの。絶対に結婚しようって言ってたのに。なのに、なのに、ひどい。こんなのひどいよ」

何と言えばいいのだろう。私が何を言えば、娘の心は慰められるだろうか。考えても思考は上滑りをするばかりで、ちっとも答えに辿り着かなかった。

「お母さん、どうしよう」悲愴(ひそう)さを増した声音で娘が言う。「あたし、このままずっと結婚できないのかな。お兄ちゃんのせいで、お兄ちゃんが家にいる限り、ずっとこのままなのかな」

「愛菜……」

家においで、と言いたかった。泣きじゃくる娘を直接慰めてやりたかった。

しかし家に来るということは、娘とその彼氏が破談になった原因である息子とも会うことになるのだ。

それなら私が愛菜のところに行くべきかもしれないが、家を空ければ息子の面倒は一体誰が見てくれるのだろう。仕事が忙しいなどと言って見て見ぬふりを続けている夫に任せられるはずなどない。

「愛菜、大丈夫。あなたまだ若いんだから、これから先にチャンスはいくらだってあると思うし」

「そんなの嘘」

慰めの言葉もすぐ否定されてしまう。

「だってあたし、もうあと数年で三十になっちゃう。それに良い人が見つかったって、結局今回みたいなことになるんだ。お兄ちゃんのせいで、お兄ちゃんのせいで……」

呪詛(じゅそ)の言葉が電話口から延々と聞こえてくるかのようだった。

――それが数日前の話だ。

何の連絡もなく、遠方から娘が帰ってきた。身ひとつといった佇まいで、何日もろくに眠れていないのか目の下に隈を濃く作り、ひどい顔色をしながら私たちの前に現れたのだ。そして私はちょうど、異形となった息子に昼ごはんを食べさせていたところだった。

「みつけた」娘は異形の息子を見下ろし、そう言った。「お前がうちの疫病神か」と。

息子が変形し長く垂れ下がった耳を動かし、ヤギのような目を瞬かせ、ネズミに近い形の鼻をひくひくと動かす。二本足で立ち上がる姿は小動物の警戒するようなそれによく似ていた。

見れば娘は手にゴルフクラブを握っている。玄関先に置いている夫のものを一本取ってきたのだろう。嫌な予感しかしなかった。

「愛菜……？」

恐る恐る声をかけてみるが、娘の目は私を見ていない。

「お前のせいであたしがどれだけ肩身の狭い思いをしてるか知らないくせに」

瞬きも忘れたかのように、血走った眼を息子だけに向けている。

「お前がいるせいでどれだけ辛かったか恥ずかしかったかあたしの気持ちを考えたことなんて一度もないでしょ。ずっとそうだった。あたしが中学生のときからクラスメイトにはいつでも笑われて男子にはからかわれて先輩たちからは」

「愛菜」

「お前がいるせいで友達も家に呼べなくて恥ずかしくて恥ずかしくてお前の存在が嫌でたまらなくて家の中で同じ空気を吸うのも嫌で出て行って解放されてやっと自由になったと思ったのにお前のことなんか忘れて生きていけると思ってたのになのにどうしてあたしの邪魔をするのどこまであたしを不幸にすれば気が済むの」

「愛菜、落ち着いて。ねえ」

「おまけに何なのよその姿は」

息子が強く後ろ足を踏み鳴らした。タン、とフローリングを叩く音が響く。

「何なの」

「愛菜、座って。とりあえずそれ置いて。ね」

「うるさい！」

取り組ろうとすると、力一杯突き飛ばされた。棚に背中と後頭部を打ちつけて呻く。娘はこちらをちらりとも見ない。

息子がさらに怒った様子で足を踏み鳴らす。音が響くたび、娘の顔は険しくなった。

「何のつもりよ」

タン、と再びフローリングに響いた音を引き金に、ついに娘が動いた。

「ミミちゃんの真似するな！　お前が殺したくせに！」

ゴルフクラブが息子の丸い背中に振り下ろされ、私は咄嗟に両手で目を覆う。鈍い音と、ピィ、と小さな悲鳴が聞こえた。

ミミちゃん――とは、娘が小学生の頃に可愛がっていたウサギの名前だった。言われてみれば息子はウサギに近い姿をしている。

ウサギは専ら危険を感じたとき、または不快なときや警戒しているようなときに後ろ足を踏み鳴らす『スタンピング』という行為をする。娘はそれを言っているのだろう。

当時の息子はウサギのことを嫌っていて、ウサギも息子を嫌っていた様子だった。息子が近づくとウサギは警戒し、両耳をぴんと立てて足を大きく踏み鳴らしていたものだ。

ウサギは息子が中学二年生、娘が中学一年生の頃に死んでしまったが、その原因は一体なんだったか……。

「疫病神！　下衆！　役立たず！　自分より弱い立場の相手にばかり威張り散らして！　何引きこもってんのよ！　何甘えてんのよ！　許せない、許せない!!」

立て続けに鈍い音が聞こえる。恐ろしくて両手を顔から剝がすことができない。母親の私が娘の蛮行を止めるべきなのに、体が震えて足に力が入らなかった。

「どうしてあたしが、いつも、お前なんかのせいで、お前なんかのせいで！　クズ、クズ、クズ！　お前なんか！　お前なんか！　お前なんか!!」

鈍い音のあとに小さく聞こえていた高い悲鳴は、いつの間にか聞こえなくなっている。あとには湿った肉を叩くような音ばかりが響いていた。

あまりに執拗なそれ。どこかハンバーグを捏ねているときの音と似ている、と思ってしまい、途端に吐き気がこみ上げそうになる。

しばらくして音がやみ、フローリングの床にゴトリと重い音が響いた。私がそろそろと顔を覆った手を退けてみれば、娘が虚脱したように座りこむのが見えた。

「う……」

娘が口許を手で覆う。部屋に入ってきたときよりも一層ひどい顔色をしていた。

「あたし……あたしなんてことを……」

ようやく正気に返ったのだろうか。

思いながら、膝立ちでゆっくりと娘に近づく。

「愛菜」

背後から両肩を掴むと、娘は大きく体を跳ねさせた。細かい震えが伝わってくる。

娘の肩越しに赤黒い塊が見えて思わず息を呑んだ。それは正視に耐えかねる凄惨さで、元の形を想像するのは冒瀆的に思えるようなものだった。

娘を少し強引に振り向かせ、それから抱き締める。娘は震えながらしがみつき、か細い嗚咽を漏らした。

「大丈夫、大丈夫よ」

殊更ゆっくり、背中を慰撫してやりながら声をかける。今この状況で最も辛いのは娘のはずだ。落ち着かせて安心させてやらねばと思った。

――息子の孝宏は暴君で内弁慶だった。家では威勢よく身内を扱き使うものの、一歩外に出ればおとなしくなってしまう。しかしそのワガママな性格が祟って職場に馴染めず、ついに引きこもったのだ。そして、異形になった。

兄妹仲が小学生の頃から悪かったことは知っている。中学生の頃に大きな溝ができたことも。仲を取り持とうとしてみたこともあったが、いつも失敗に終わった。

勿論ふたりとも自分の子で可愛かったけれど、娘のことは常に不憫だと思っていた。今回のことだってそうだ。

だから。

「落ち着くまでお母さんも一緒に泊まってあげる。だからもう、忘れましょ……」

娘をリビングから出し、簡単に荷物をまとめた。旅行用鞄に数日ぶんの服を詰め、財布とスマホと、必要最低限の準備だけをする。

未だ涙をこぼしている娘の肩を抱き、私たちは逃げるように家を出た。

これからどうするか、考えなければいけないことは山のようにあるだろう。それでも今は、煩わしいことなど何ひとつ考えたくなかった。

結局私は娘と逃避を図り、すべてを丸投げにしたのだ。

三章

1

洗濯物を畳んでいる最中のこと、ふいに固定電話の呼び出し音が鳴り響いた。美晴は作業を中断して電話機に駆け寄る。

ディスプレイに映ったのは夫の実家の番号だ。伸ばしかけた手をぴたりと止め、美晴は一度深呼吸をしてから電話に出た。

「もしもし」

「……もしもし、美晴さん？」

「はい。お久しぶりです」

我知らず硬い声音で応対してしまう。条件反射でささくれ立ちそうになる気分を少しでも和ませようと笑みを作ってみるが、それすらどこかぎこちない。

美晴は夫の実家との折り合いがあまり良くなかった。義母のトシ江は勲夫以上に頑固で口うるさく、美晴のやることなすことに細かく文句をつける。例えば帰省の際に持参した茶菓子の量や味、来るのが遅いだの、そのくせ帰るのが早いだの、ネチネチと厭味を言ってくるのだ。

さらに、直接言われることのほかにも苦情は大量にあるようで、後日勲夫のほうに話がまわってくる。そうしてトシ江から話を聞いた勲夫が不機嫌になり、最終的にひどく責められることになるのがたまらなかった。

勲夫は三人兄弟の次男であり、義母と義父は長男夫婦と同居している。この長男夫婦とも美晴は合わず、非常に苦しかった。三人兄妹のうち、比較的話がしやすいのは長女である義妹だけだ。……とはいえ彼女は滅多に実家へ顔を出すことがない。

「あのね、お盆のことだけども」

「はい」

「そっちからちっとも連絡がないからね、私から電話したのよ」

話が見えないが、厭味だけはよく伝わってきた。

盆に帰省するかどうかという話だろうか、と美晴は眉を顰める。まだ七月だし、今までそういった連絡を早々と要求されたこともなかったように思えるが。

「どうするつもりなの？」

「ええと、例年どおり帰省するつもりですが」

「そうじゃなくて」

トシ江が苛立った様子で言葉を遮る。美晴にはまだ義母の言わんとしていることが理解できていなかった。

「何でしょうか」

「何でしょうか、じゃないでしょ。そっちの初盆よ」

「初盆？」

「もう、鈍いわね。優一のよ」

――優一の初盆？

美晴は思わず瞬き、それから振り返る。優一はいつもの調子でソファの上に丸くなっている。

「あの、それは一体どういう……」

「だから」

トシ江の声に苛立ちが深くなる。

「勲夫から聞いてるのよ。優一が死んだって。まあ正しくは、何たら症候群って言うの？　あれになったんでしょ。葬儀はしないって話で納得したけど、初盆もしないの？　どうなの？　形だけでも仏壇くらいあるでしょ。私としてもね、一応孫なんだからそのくらいは」

「ちょっと待ってください」

思わず美晴はトシ江を止めるようにして言った。

いきなりで理解が追いつかないが、妙な話になっていることは分かる。まず訂正を

しなければならない。

「確かに優一は異形性変異症候群になりましたけど、死んだわけじゃありませんよ？

だから仏壇もないし、初盆だってしてしませんけど」

「あなた何言ってるの」呆れ返ったような声音でトシ江がぴしゃりと言う。「まさか

とは思うけど。ひょっとしてまだ、家にいるの……？」

「優一は家にいますよ」

トシ江の言い種に気分を害しながら美晴が言うと、受話器から慄くような声が聞こ

えた。

「ああ、信じられない。美晴さん、お願いよ、年寄りを怖がらせるようなことを言わ

ないで頂戴。心臓が止まりでもしたらどうするの？」

何を大袈裟な、と内心で吐き捨てながら、美晴は敢えて訊ねる。

「問題でもありましたか？」

「あなたね。よくもいけしゃあしゃあと」トシ江があからさまに溜息をついた。

「私、テレビで見たことがあるわよ。あんな化け物と一緒に暮らしてるんでしょう？　一体どういう神経でそんな」

「お義母さん。いくらなんでもそういう言い方は……」

「何言ってるの。どっちが非常識だと思ってるのよ！」

美晴は思わず受話器を耳から遠ざけた。悪い意味で昔気質なトシ江は、勲夫以上に扱いが難しい。

「あなたが良くてもね。勲夫が可哀相だと思わないの？　あんなおぞましい――」トシ江は一旦言葉を切り、また深く息を吐いた。「あなたのせいで動悸がひどいわ。私を殺す気なの？」

うんざりとした気分になりながら、美晴も息を吐く。

「それは大変。落ち着いてからお話しするほうがいいみたいですね？　今日のところは電話を切りますから、この件はまた後日に」

返答も待たずに受話器を置くと、追いかけるように電話が鳴った。美晴は躊躇なく電話線を引っこ抜くと、再びソファに腰かけて洗濯物を畳む作業へと戻る。

「あの親にして、あの子あり……」

呟くと、優一が僅かに触角を動かし、それからしおしおと伏せた。

津森の家に足を運ぶのも何度目になるだろうか。優一を連れて――バッグの中に収めて――電車に乗ることにもずいぶん慣れた。

外出を好まなかった優一だが、津森の家へ連れて行く際にはそれほど抵抗しない。連れて行かれることに納得しているのか、単に抵抗しても無駄だと悟ったのか。いずれにせよ、外出時の美晴の手間が減って助かっていた。

「四面楚歌ってこういう感じなのかな」

電話の一件を話し終えたあとで溜息混じりにぼやくと、津森が茶菓子を載せた盆を運んで来ながら苦笑する。

「厄介そうなお義母さんですね」

「本当に。……そういえば、津森さんのところはどうなの？」

「そうですねえ、うちはべつに。これといって問題なかったです」

紅茶とシュークリームを美晴の前に置き、津森は席に着いた。

「羨ましいわ」

美晴がそうこぼすと、スプーンで紅茶をかき混ぜながら津森が言う。

「私は逆に実家とは折り合い悪くて。というか勘当されてるんで。紗彩が生まれてからも、今になっても、結局会わずじまいですし」

「そうだったの……」

津森曰く、例の学生結婚のことで散々揉めたとのことだった。

「でも義母はとても良くしてくれて。私がコブつきの再婚でも、それについて文句を言われたこともないですし。以前話したとおり、紗彩が変異して私が家事も何も手につかなかったとき、義母が代わりに色々してくれたんです。私のことを実の娘みたいに気にかけてくれたりして。本当に、感謝してもしきれない……」

　津森はどこか遠い目をし、溜息をついた。

「初盆か。忘れてたわけじゃないんですけど、そういえばそうだった。まだ実感が湧いてないのかなあ」

　しみじみとした声に美晴は首を傾げ、少し遅れてはっとする。

「もしかして、津森さんのお義母さんって……」

「はい。今年亡くなったんです」

「……ごめんなさいね。そうとも知らず」

「いいんです。気にしないでください」

　津森は手を振り、笑みを作ってみせた。

「義母が亡くなってから、本当に悲しかったですけど……いつまでも落ちこんだままじゃいられないなって、いよいよ私がしっかりしないとって、そう思えるようになったんです。それで、何か状況が少しでも変われればと思って『みずたま』に入会したたんです」

現状を変えたい、問題を解決したいと考えて家族会に入会した。それは美晴も同じだ。

他の会員もきっとそうなのだろう。いつか喫茶店で話をしたとき、鈴原も言っていた。自分以外の誰かの話を聞くことで、様々な意見を取り入れて多角的な物の見方ができるようになるかもしれない、そうなれば気持ちにも余裕が生まれるはずだから、と。

恐らく『みずたまの会』は多くの会員の希望を担っている。しかしその割に、会員たちの期待どおりに機能しているのかと問えば、どこか芳(かんば)しくない。

原因はどこにあるのか、どうすればより良くすることができるのか、具体案に関しては美晴も津森も提示することができないでいる。問題の指摘だけなら簡単なことなのだが。

「ねえ美晴さん」

考え事から引き戻され、美晴はふと顔を上げた。津森が顔を寄せ、声を潜めて言う。

「向こう、見てください」

促されて、半開きになった戸の隙間から部屋の中をそっと覗きこむ。

いつもの定位置——座布団の上に座って寝ている紗彩と、僅かに離れたところで丸くなって、こちらも寝ているらしい優一の姿があった。

「あら、ずいぶん近づいたこと。前はあんなに距離があったのに、少しは仲良くなったのかな」

「ひょっとすると私たちには分からない何かで意思疎通してるのかもしれませんね」

「そうかも」

ふふ、と津森が微笑ましげに唇をゆるめる。

「最近になって紗彩が少し穏やかなんです。以前はよく噛みついてきたり、吠えられたり唸られたりしてたんですけど。このところはちっともそういうことしないんですよ。もしかして、優一くんのおかげなのかな」

「優一が？」

美晴は眉を上げげた。息子が誰かに対して良い影響を与えている、とは思ってもみないことで、ひどく不思議な気分に包まれる。

——優一のせい、ではなく、優一のおかげ。

美晴はもう一度部屋の中を盗み見た。

「実はですね。前に山崎さんから窘められちゃいましたけど、私、紗彩が言うことを聞かないときは叩いたりしてたんです」

声を潜めつつ、津森がふと言う。

「紗彩が小さい頃からしつけの一環として必要だと思ってそうしてました。反抗期を過ぎてからは叩くようなことも減ったんですけど、変異してからは口で言っても聞かないし、吠えたり噛みついたりしてくるから、また手を上げるようになってたんです。だけどこの頃は紗彩が反抗しないから、私も叩かなくて済むようになりました……」

津森は自らのてのひらに視線を落とし、遠い目をしながらも続ける。

「叩くと自分の手も当然痛いんですよね。子どもだって叩かれて痛いからおあいこなんですけど。……私だって叩きたくて叩いていたわけじゃないんです。体罰はいけないことだってみんな言ってるし、私の考え方って古いのかもしれない。でも、これも私にとっては愛情のつもりなんですよね。実際私も小さい頃はよく母から叩かれてました。そこで学んだこともあった気がするんです。可愛がって優しくするばかりが子育てじゃないって、ずっと思ってきました」

ぽつりぽつりと噛みしめるように話す津森の顔を、美晴はただ黙って見つめていた。

「美晴さんは、優一くんを叩いたりしてましたか？」

「ええと、どうだったかな。あんまり覚えがないわ」

そうなんですね、と津森が小さく息を吐く。

「私は優一くんのことをあまりよく知らないけど、たぶん優しい子なんだろうなって思ってます。美晴さんもそうですし。優しいからきっと、周りの辛い環境に耐えられなくなって引きこもっちゃったんだろうなって」

美晴はその言葉に瞬き、いやね、と笑った。

「そんな大層なもんじゃないよ。優しいっていうか、消極的なの。優柔不断だし。根性が足りないと思うこともあるし。家にこもっていられるうちはいいけど、ずっとそうやってるわけにはいかないんだから……もっと強くなってもらわなくちゃって思うわ」

男の子なんだから男らしくあってほしい。美晴は優一に対して常にそう思っていた。

待望の長男で、『優一』。優れた人間であってほしい、一番であってほしい、そんな願いをこめて名前をつけた。小さい頃は野球をさせてみるなど、色々と試行錯誤したものだ。

しかし優一は親の期待と裏腹にスポーツよりも読書を好み、あまり外に出て遊ぶことのないおとなしい子どもになってしまった。

まだ若かった時分のことを思い出す。キャッチボールをしよう、と誘った勲夫が優一から静かに断られ、肩を落としていたこと。

勲夫は優一が生まれてすぐの頃、息子とキャッチボールをするのが夢だとありがちなことを言っていた。優一が大きくなったら絶対一緒にやるぞとあんなに意気込んでいたのに、当の息子は勲夫の気など知らずに拒否したのだ。

あの、しょんぼりと背中を丸めた勲夫の様子を思い返しただけでも、美晴は未だに不憫だと感じる。どれほど楽しみにしていたか知っているだけに、肩すかしとなった際の残念な気持ちが伝わってきて、やるせない思いをしたものだ。

「……でも、いいと思いますよ。私は」

津森の言葉に、美晴は顔を上げた。

「消極的とも優柔不断とも言えるのかもしれないけど、そういう繊細さを持ってるって、べつに悪いことじゃないと思います。誰かを押しのけて生きることに何の抵抗も感じない性格や、がさつで乱暴で人の気持ちが分からないような性格よりも、ずっと」

どこか寂しげに微笑むその顔を見て、何かが喉元まで迫り上がったような感覚がした。

曰く言いがたい感情の正体を摑めそうで、今一歩、手が届かずにいる。そういう心地。

「私のやり方は間違ってたのかもしれない」

目を伏せた津森がごく静かに呟いた言葉は、美晴の耳には入らず消えた。

2

「あたし魚は嫌いなのよ」

七月四週のリラクゼーション会では再び春町の主催する会に参加した。

以前はレストランでランチだったが今回は居酒屋で飲みということで、雑多な雰囲気に紛れて少しばかり肩から力が抜ける。掘りごたつ式の卓で春町を囲み、計六名。

笹山の姿はやはりない。

「あれ、春町さん焼き魚ダメなんですか？」

「焼き魚も刺身も、とにかく魚はダメなのよねえ」

春町と米村がそう話しているのを横目に、美晴たちもメニューを繰る。

「……春町さん、以前は魚料理も、食べてたんですけどね」

「そうなの？　何かあったのかしら」

「あっ！　私、だし巻き玉子食べたいです」

二時間食べ飲み放題ということで各々が気儘に注文していく。テーブルの上は一気に運ばれてきた料理で埋め尽くされ、所狭しと皿やコップが並ぶ有様となっていた。

「笹山さんって結局辞めたのよね。米村さんは何か事情知ってる？」

軟骨を箸で摘まみながら春町が問い、米村が首を横に振る。

「それが、私には何の連絡もなかったんですよ。語り部の会の前日に電話したら全然繋がらなくて。何かあったのかと思って心配してたのに、当日になったらいきなり着信拒否にされてたんです。おまけに家の都合で辞めたって話でしょう？　薄情だと思いません？」

皮肉をこめた調子で米村が言い、自嘲気味に唇の片端を持ち上げた。美晴はそれを喧噪の中で聞きながら米村の行動に少しばかり納得する。

米村は笹山に裏切られたような心地がしたのだろう。だから笹山を心配する様子もなく、切り替えるように春町と親しくしているのだ。

ここに集う誰もが皆、各々の事情を抱えている。悩みを共有し、打ち解け合ったような気分になっていても、家族のことはここでの繋がりより深く重いのだ。笹山に何があったかは分からないが、米村よりも家族のことを選んだ、それだけのことなのだろう。

「美晴さんってビール飲むんですね。お好きなんですか」

「ええ、そうよ」

「へえ。何となく意外です。勝手にワイン派だと思ってましたから」

「ワインもたまに飲むわね。最近はほとんど飲んでないけど」

「私、この歳になってもまだあまーいお酒しか飲めないんですよ」

確かに、津森が注文したのはカルーアミルクだった。美晴は乾杯時の生ビールに引き続き、二杯目である。単に他のドリンクを頼むのが面倒なだけでもあるが。

視線をずらして鈴原を見れば、早くもウーロン茶を飲んでいた。酒が苦手なのかもしれない。

「そういえばね、田無さん」

突然春町に名指しで声をかけられ、美晴は僅かに驚きつつ顔を上げる。

「あたしこないだ調べたんだけど、例の新町の病院が爬虫類（はちゅうるい）タイプの子も診てくれるらしいの」

はあ、と思わず間の抜けたような返事をしてしまう。美晴の鈍い反応を見て、春町は首を傾げた。

「病院のこと気にしてたの、田無さんじゃなかった？」

「その話題は津森さんですよ」

寺田がすかさず言う。春町は瞬きながら、そうだったっけ、と呟いた。

「津森さんのところは確か、犬だったわね」

「はい」

「お元気？」

「相変わらずです」

貼り付けたような笑みを浮かべる津森に頷き、春町が再び美晴を見た。

「田無さん、こないだの語り部の会に旦那様は来なかったじゃない」

「ええ。その……先約があるとかで、断られてしまって」

「残念だったわね。定例会のときは一緒に参加できるといいんだけど」

「そうですね」

答えながら、無理だろう、と美晴は淡々と思う。勲夫はもう美晴が何を言っても聞く耳を持たないだろうし、既に説得しようという気も起こらない。

「夫婦で会に参加してくれる家族が増えてほしいって、よくいつ子さんも言ってるんだけど。まあ正直難しいわよね。うちだって何年も別居してるし、いつ子さんのところも旦那さんいないし……」

「山崎さんの旦那さんってどうしたんですか？」

春町の隣で米村が焼き鳥にかぶりつきながら訊ねる。

「かなり昔に離婚したって聞いたわ。それでいつ子さん、女手ひとつで娘さんを育てられてねえ。家計もそう裕福じゃなかったから、毎日仕事をかけ持ちで働いたりしてそりゃもう大変だったんだって。苦労人よねえ」

「あれ、でも」美晴は思わず口を挟んだ。「山崎さんのところ、息子さんって話だったような」

それを聞いて、春町はきょとりと瞬く。次いで、津森も便乗するように言った。

「私も聞きました。失踪されたんでしょ？」

入会した日、山崎が津森の質問に答えて話したことだ。息子は二年前に発症して、その三ヵ月後に失踪したきり行方が分からないのだと。あまり触れてほしくない、と表情に滲ませながら、言いにくそうに語っていた。あのときの何とも言えない不自然さが美晴には未だに少々引っかかっているので、よく覚えているのだが。

春町は口を開きかけて一度閉じると、その顔に苦笑を浮かべた。

「……ああ、そう、そうだったわね。そうそう、息子さんだったわ。ごめんなさいね、あたしの記憶違い。年取るとすぐ忘れっぽくなったりして嫌ね。誰かの情報とごっちゃにしちゃったのかしら」

懐からハンカチを取り出して春町が額に浮いた汗を拭う。米村がそれを見て、ふつふつと煮えた鍋の載っているコンロを春町の目の前からそっとずらした。

「だけど本当、いつ子さんって立派だわ。あたしなんかひとりじゃ何にもできないし、『みずたま』に出会ってずいぶん心も軽くなったクチだもの。辛い状況を乗り越えて、自ら他人の助けになろうとしてるんだから、頭上がんないわ」

「そうですよね。私も思います」米村が同意してしたり顔で頷く。「寺田さんもでしょう？」

「ええ、僕も山崎さんには色々と助けられてますね」

振られて、寺田が穏やかな笑みをもって答えた。米村はどこか満足そうに息を吐き、再び春町を見る。

「そういえばね、あたし今度また事務所に寄ろうと思うんだけど、いつ子さんに寄付できる人はいる？　いつもどおりあたしが預かって渡しておくわよ」

テーブルを見渡すようにして春町が言い、寺田と鈴原が荷物を漁り始めた。

「そろそろかと思って用意してましたよ」

「あら寺田さん、さすが」

「あの、春町さん、私も……」

「鈴原さん、ありがとう」

一拍遅れて、米村も慌ててバッグをごそごそと探る。美晴と津森はただ顔を見合わせた。

「あ、あれえ、おかしいな。入れてきたはずだったんですけど」

米村が僅かに声を上擦らせながら言い、気まずそうに頬へ手を当てる。

「家に忘れてきたの？」

「そうみたい、ですね。ひょっとしてテーブルの上に置きっぱなしかも……」

「じゃあ今回は仕方ないわね。それとも、あたしが立て替えておこうか」

「……あっ、そ、そうですね。じゃあ……お願いしてもいいですか？」

上目遣いで言う米村に、春町は目を細めて笑った。

「いいわよ。次会うときに持ってきて頂戴ね」

「ありがとうございます！」

大袈裟なほど喜び、安堵の表情を見せる米村。ほっと息を吐いたのち、ふと美晴たちを振り返る。

「そちらのおふたりは、持ってきてないんです？」

一転して、どことなく優越感が滲んだような声音だった。美晴はつい苦笑する。

「私は持ってきてないわね」

「私も……」

返答を聞いた米村が露骨に両眉を跳ね上げた。

「手持ちがないなら立て替えて頂いたら？　ねえ春町さん」

隣で津森が唇に笑みを作ったまま目を眇めるのを見て、美晴は内心で小さく溜息を落とす。

（なんだか、穏やかじゃない空気）

親しくしているからなのか、はたまた隣にいるからなのか、美晴には津森の不愉快そうな様子がはっきりと肌で感じられた。しかし米村は津森の変化になど気づいていないようだ。恐らく彼女は今、勝ち誇ったようにこちらを見下すので忙しいのだろう。

「せっかくですけど」

口許を微笑ませたまま、案の定トゲの隠せない調子で津森が言う。

「もう少し活動してみてから考えたいので、お断りしますね」

米村が大きく目を見開いた。顔を強張らせ、あからさまに気分を害したような表情をする。

「……ええと、私も同意見です。立て替えて頂くのも何だか申し訳ないし」

便乗するように言えば、米村は美晴を一睨みしてきた。

ここで気の利いたフォローができないのが悩ましい。美晴のできることといえば、こうしてほんの僅かに嫌悪対象を分散させることくらいなものだ。

狼狽して視線を彷徨わせる鈴原を視界の端に捉えながら春町を見た。すっかり心証を悪くして憤慨しそうな米村と違い、春町は意外にも気の毒そうな顔をしている。

「気を遣わせちゃったみたいね。べつにいいのよ。前にも言ったとおり、寄付は強制じゃないんだから。単なる気持ちの問題。ただあたしはいつ子さんと『みずたま』の今後を応援していきたいと思ってるだけだし、それに賛同してくれる人だけ寄付してくれればいいんだからさ」

米村は当惑した様子で春町を振り返った。

「ごめんなさい、私、余計なこと言って」

「いいのよ米村さん。気にしないで大丈夫。それよりほら、どんどん食べてどんどん飲まなきゃ。時間制限があるんだからね」

春町の態度に米村が安堵したように笑み、次いで津森を睨めつける。冷たい火花が散るのを見ないふりしながら、美晴はジョッキを傾けてだし巻き玉子を口に運んだ。


「米村さんって性格悪いですね」

帰りの電車内で、美晴とふたりきりになった途端、津森がストレートに言った。その頰は酒気を帯びてほんのり赤い。

「美晴さん、ムカつきませんでした？　何あの人。信じられない」

「まあまあ」

「私の大嫌いなタイプです。自分の中で勝手にヒエラルキー作って、そのグループ内で権力のありそうな誰かにくっついて優越感に浸るような人って本当に無理。やっぱり私の思ったとおり、笹山さんの代わりに春町さんに寄生する気なんですよあの人」

「寄生、って」

「本当のことでしょ？」

――正直なところ、言い得て妙だとは思うが。

「あからさまに春町さんのご機嫌取って。寄付だって自分も持ってきてなかったくせに、よくもあんな。用意してたのを持ってくるの忘れたなんて言ってましたけど、ぜーったい嘘ですよ」

酔いも手伝ってか、津森は少し早口で勢いよく愚痴をこぼしていく。

「大体何なんですかね、春町さんのあの言い方。賛同してくれる人だけ、って、寄付しないと支援する気がない悪人みたいに言っちゃって」

「それは疑いすぎよ。言葉のあやじゃないの」

「もう、美晴さんは人が好いんだから」

そんなことないけどね、と美晴は内心で自嘲しつつも口を開く。

「私は春町さんの印象何となく変わったかな。てっきり米村さんと一緒になって寄付するようにしつこく言ってくるかと思ったけど、引き下がったじゃない」

「どうせ裏があるに決まってますよお。なんかおかしいですもん、あの空気」

津森が唇をとがらせて言う。

「春町さんを筆頭にしてやたら山崎さんに心酔しすぎっていうか。ちょっと変じゃないですか？」

「そお？」

「大体、春町さんってなんか怪しいんですよね。寄付だって本当に山崎さんに渡してるか分からないし。全部あの人の懐の中に消えてるんじゃないですかね」

坊主憎けりゃ袈裟まで憎い、とはよく言ったものだ。

津森は以前春町のことを苦手だと言っていたが、そのせいで妙な先入観を持ってしまっているのではないかと思う。寄付をそのまま自分のものにしているんじゃないか、などという根拠のない妄想は軽率に口にするべきではない。

「言いすぎよ、津森さん」

咎めると、津森は拗ねたように頬を膨らませた。どこか子どもじみたしぐさだ。

「美晴さんはもっと他人を疑ったほうがいいです。そのうち変な人に騙くらかされないか心配ですよ……」

「こらこら、何言ってるの」

電車が停まり、扉が開いてぱらぱらと人が降りていく。美晴が何気なく外を見れば、そこは津森の家の最寄り駅だった。

「駅着いたわよ」

「ん、あれ、本当だ。じゃあ美晴さん、また次回会いましょうね」

ひらひらと手を振り、どこか覚束ない足取りで津森が電車を降りていく。美晴はその後ろ姿が階段を上っていくところまで見届けたのち、閉まるドアと共にそっと溜息を吐いた。

3

日々は漫然と過ぎていく。朝になり、昼になり、夜を迎える。やるべき家事を繰り返し、優一の世話を繰り返し、気がつけば一日は終わっているのだ。

(こんな調子で大丈夫なのかしら)

美晴は時々不安になる。例えば料理中、沸騰する湯を見つめているとき。洗濯物を干しているとき。浴室で髪を洗っているとき。果たしてこのままで大丈夫なのだろうか、という疑問が胸の内に湧いて、居ても立っても居られないような気分になり、焦燥感に包まれるのだ。

優一が変異したのは五月末のことだった。今は七月も五週目、来週になれば八月になる。

早いものだ。いつの間にか始まった夏も、盛りを迎えようとしている。昼間から子どもたちの姿を見かけるようになったと思っていたら、世間では夏休みが始まっていた。専業主婦の美晴にとっては夏休みであろうと関係がない。変わらぬ毎日を送るだけだ。

美晴は壁のカレンダーから家計簿へ視線を戻し、それから溜息を落とす。

——停滞している、ように思える。日々に進歩が感じられず、漠然と気が急く。このままではいけない気がする。何かしないといけない気がする。……でも、具体的に何をどうすればいいのだろう？　それが分からない。

家族会に入れば何かが変わると信じていた。実際のところ、津森と知り合って交友関係を築くことができ、その結果、情報共有や愚痴をこぼしてストレスを発散することもできている。これは進歩なのだろう。そう思うものの、どこか腑に落ちない。

津森と交友を深める一方、勲夫との関係は日ごとに険悪になっていくばかりだ。価値観や考え方の違いばかりが目立つ。それでつい敬遠してしまう。これも進歩なのだろうか？　状況としては後退しているようにも思えるから、津森のことと勲夫のことで一進一退という感覚もある。

晴れない気分のまま家計簿を捲っていて、美晴はふと目を留めた。

（公共料金が減ってる……）

六月ぶんの公共料金と五月ぶんの公共料金を比較し、電気代、ガス代、水道代のすべてが減少していることに気づく。何か特別な対策でもしただろうかと考えて、思い至った。

優一が変異してから減ったのだ、と。

自室にこもって朝方くらいまで活動していた息子が、異形となってからはリビングでほとんどの時間を寝て過ごしている。水も電気もガスも使わない。減るのは当然だ。

（ちょっとしたエコね）

そう思ったが、喜んで良いものか。浮いた金額は結局『みずたまの会』における交際費に使われているので、これもまたプラスマイナスゼロだった。

……初めの頃に勲夫がずいぶんと危惧していたものだが、優一は今のところ手も金もかからない。常に目の届くところにいるため、最低限行動の把握もできている。引きこもっていた頃は同じ家にいるにもかかわらず、日々の暮らしぶりが不透明だった。それを考えれば、今のほうが美晴にとっては都合が良いばかりだが——。

考えて、美晴は軽く腰を浮き上がらせてソファを窺った。

優一は定位置で丸くなっている。あまりに見慣れた光景だ。こそとも動かず静かにしているので、置物のようにも見えた。

津森の家の紗彩は犬の姿をしているから、活発に動き回って見るぶんにも飽きないだろう。対して寺田の家の子――そういえば名前を聞いていない――は植物型とのことで、動きも鳴きもしないわけだから、いつ見ても変化が感じられないに違いない。寺田はさぞや張り合いがないだろう。それに比べれば。

思いながら、はたと気づく。

美晴は『みずたまの会』で似た境遇の人々と交流することによって少なからず刺激を受けている。誰かの話を聞くことで余所の家族の様子を知り、そして安心している。うちだけではないと。皆が同じように悩みを抱えながら生活しているのだと。植物型の異形に変異したという寺田の話を聞いたときも、胸を撫で下ろしたものだ。優一よりも難解なタイプの子が存在していたのだと。うちよりも困難な家庭があるのだと。

他人と比較してどうなるということもないし、優一が異形に変異していることに変わりはない。なのに問題が解消されたかのような気になって安堵している。妙な話だ。

きっと美晴は次の定例会で『問題なし』と報告するのだろう。優一にとっては何ひとつ状況が改善されていないにもかかわらず、だ。

美晴は日々に慣れつつある。異形の見た目にも慣れた。嫌悪感が完全に払拭(ふっしょく)されたかといえばまた別の話だが、美晴が生活していく上で、優一が異形であることはさほど問題ではない。

だが、優一は？

「……ねえ、ユウくん起きてる？」

問いに返事はない。静寂ばかりが部屋を満たし、音もなく刻々と時間が過ぎ去る。

夏の日が暮れようとしていた。

木曜日の午後のこと。美晴は土曜日のリラクゼーション会に関する確認のため、津森へ電話をかけていた。

美晴たちは再び石井が取りまとめている会に参加するつもりだ。石井はアウトドア派なのか、企画する会は活動的な内容が多い。今回は森林浴を兼ねたウォーキングが予定されていた。

美晴はインドア派というわけではないが、積極的に野外活動をするタイプでもない。森林浴という名目のウォーキングにしても、自発的にしようとは思わない性格である。

だからいざやるとなれば何が必要なのか分からない。持っていくものを自分なりに考えて用意してはみたが、不足がないか今ひとつ自信がなかった。そのため当日どんな格好で参加するかなど、津森と一度打ち合わせをしておこうと思ったのだった。

携帯電話から流れ続ける呼び出し音を聞きながら、美晴はふと怪訝に感じた。普段なら長くても五コール以内に応答するはずの津森がなかなか出て来ないのだ。

――取りこみ中だろうか。

そう考えてかけ直そうかと思った矢先、呼び出し音が突然途切れた。

「……はい」

一瞬、どこか別のところにかけ間違えたかと思った。応える声音は低くか細く、いつもの津森とはまるで違っていたからだった。

「もしもし……美晴です。津森さん？」

「津森です」

「あのね、土曜日のことについてちょっと確認しておこうと思ったんだけど……」

ジーッ……と電波のような雑音が僅かに聞こえるばかりで、津森からの返事はない。

美晴は眉を顰めた。

「……津森さん？　聞こえてる？」

電波が悪いのだろうか。しばらく黙って様子を窺ってみたものの、やはり津森からの返答はない。

「もしもし？　津森さん？」

美晴が再び呼びかけてみると、ごく小さく「聞こえてます」と返ってきた。

「私、土曜の会には行きません。……行けません」

あまりに覇気(はき)のない声でそう言われ、美晴は困惑する。

ソファに凭れていた背中を起こし、心もち前屈(まえかが)みになった。

「どうかしたの？　何かあった？　体調でも悪いの？」

不安でたまらなくなって矢継ぎ早に質問をしてしまう。

普段の津森は明るく活気に満ちた調子で喋る潑剌(はつらつ)とした女性だ。その津森が別人のように虚脱して、応答も鈍く、会にも参加しないと言うのだから、よっぽどのことがあったに違いないと思った。

そして美晴の予想は不幸にも当たっていたのだ。

「……紗彩が死んだんです」

ぽつりと落とされた言葉に目を見開く。

「え……？」

愕然としながら訊き返した。ジーッ、と携帯電話から再び雑音が聞こえる。

「殺された……」

ややあってこぼされた小さな声に息を吞む。津森はのろのろと訂正した。

「いや違う、あれはただの事故で……そう、事故に遭って」

事故、と美晴は口の中で呟く。

「もういないんです……だから、私……」

津森が言葉を詰まらせたかと思うと、受話口から微かに鼻を啜るような音が聞こえてきた。

「ごめんなさい。私、もう、どうしたらいいか……」

震えた弱々しい声。

美晴は軽く口を開いたまま、呆然として電話に耳を当てていた。

「わ、私のせいなんです……、私が、私のせいで、紗彩が」

「津森さん、落ち着いて」

美晴は内心の混乱を抑えながら、つとめて冷静に言う。携帯電話を握る手に知らず知らず力がこもった。

「今、うちにひとりなの？」

「はい……」

「大丈夫？　私が今からそっちに向かおうか？」

考えるような間があったのち、津森はしゃくり上げながら答える。

「大丈夫、です。ごめんなさい。だ、旦那が、帰って来てくれる、予定なので」

「そうなの……」

　ほっとしたような拍子抜けしたような、複雑な気分になった。しかし他人の美晴より夫が駆けつけてくれるほうが何倍も心強いことだろう。

「無理しなくていいからね。落ち着いたときにでも電話くれると嬉しいわ。……それと、もし不参加のこと伝えてなかったら、私から石井さんに伝えておくから」

「……ありがとうございます」

　通話を終えて、美晴はしばらくの間、待受画面をただただ眺めていた。

　紗彩が死んだ。優一と同じ立場の、変異者である紗彩が死んだ。――殺された？

　津森は事故に遭ったのだと訂正したが、どうも怪しい。自分自身に言い聞かせているふうだった。

　紗彩が死んだ。それぱかりが美晴の頭の中に居座っている。その文字列ばかりが鮮明に焼きついてしまっている。途方に暮れ、思考停止に陥った中で、紗彩が死んだ、それぱかりが頭に浮かぶ。

　あまりに唐突だ、という気がした。

　飲み会のあと、降車駅で別れたときの津森の顔を思い出す。まさか一週間もしないうちにこんな悲劇が降りかかろうとは予想もできなかった。

　しかし望まぬ報せというものはおしなべて突然やってくるものだ。優一が変異したときだって急だった。誰かの死、とりわけ事故に前触れなどないものである。

美晴でさえ伝聞だけでこれほどショックを受けているのだから、津森が抱えている悲しみや苦しみは比較できないほど深いだろう。

娘を喪ったのだ。親にとって我が子を喪うことより深い絶望などない。

考えながら、美晴は両手で顔を覆った。

……数分か、あるいは数十分か。しばらくの間そうしていて、美晴がふと顔を上げた。

外から西陽が差しこみ、部屋の中に明暗がくっきりと分かれている。暖かな橙色の中で、陰影はより深く部屋に落ちこみ、じきに来る夜の闇を先取りしているかのようにも思えた。

夕暮れの明かりや風景というものは物寂しい、と美晴はいつも感じる。しかし普段よりもなおそう思えるのは、訃報を聞いて感傷的になっているせいなのだろう。いつもは何気なく見過ごしているただの景色が、鮮烈に胸へと迫るような心地がした。

視線を移した先で優一と目が合った。——正確には、目が合ったような気がしただけ、なのだが。

「ユウくん……」

美晴は異形の息子を見据えたまま、虚ろに呟いた。

「あのね、津森さんちの……娘さんがね、亡くなったんだって……」

優一は頭をもたげ、しゃり、と顎を鳴らした。狼狽したように触角を揺らし、それからしおしおと垂らす。ゆっくりと頭を下ろして顎を細かく震わせ、長い前脚でソファを軽く数回引っ掻くと、その場にぺたりと伏せてしまった。

――ああ、やっぱり優一は言葉を理解しているのだ。

美晴はどこかぼんやりとそんなことを思った。

4

津森から連絡があったのは八月の二週目、盆前のこと。ウォーキング会を終え、定例会が過ぎても音沙汰(おとさた)がなく、心配していたところだった。

美晴はこの二週間、ひたすらに津森のことが気がかりだった。今どうしているのか。どういう状況になっているのか。しかし美晴から連絡を入れるわけにもいかず、気を揉んでいたところに電話があったのだ。

ゆっくり話がしたいからうちに来ませんか、という誘いだった。美晴はふたつ返事で了承した。

優一を連れて行くかどうかは迷った。津森が優一を見て紗彩を思い出し、落ちこむのではないかと懸念したのだ。

散々悩んだものの、美晴は優一を連れて行くことにした。優一だって紗彩に挨拶くらいしたいだろうと考えたのだった。

事実、美晴は支度をしている最中、優一からの視線のようなものを痛いくらいに感じていた。こちらを熱心に見続けている優一が、津森の家に連れて行ってくれと訴えているような気がしてならなかったのだ。


「美晴さん、いらっしゃい」

玄関先まで出迎えた津森が窶れた顔で力なく微笑んだ。ひと目見て憔悴した様子が明らかだったが、そのことに関して触れることはできなかった。代わりに美晴がお悔やみの言葉を伝えると、津森は目を伏せて頷き、奥を示して部屋へ上がるように促した。

「この間はごめんなさいね、大変な時期だとも知らず連絡して……」

「いいんです。私こそ取り乱してしまって、ご迷惑をおかけしました」

「そんなことないわよ。大丈夫よ」

「優一くんも連れて来てくださったんですね。ありがとうございます。紗彩もきっと喜びます」

津森がそう言って通した和室は、ついこの間まで紗彩の部屋として使われていた一室だ。箪笥(たんす)や棚や収納ラックなどが壁際にずらりと並べられ、物置然とした部屋。その中央には座布団がひとつ置いてあり、紗彩はいつもそこに座っていたものだった。
しかし今、部屋に彼女の姿はない。代わりに棚のうちのひとつが撤去され、仏壇が置かれていた。それを目にした瞬間、美晴は爪先(つまさき)から虚無感に襲われて頽(くずお)れそうになった。

黒い額縁の中で笑っているのは人間の娘であり、生前の——変異する前の紗彩であることは考えずとも分かる。犬の姿のときにまじまじと顔を見ることはなかったが、改めて、紗彩の面差しは津森に似ていた。親子なのだから当然といえば当然だが、今までそんなことにも気づかなかったのが妙だという気がした。

「……お線香、上げさせてもらってもいい？」

「ええ勿論」

手を合わせ、遺影の中の紗彩を凝視する。

ごく普通の女の子だ。津森は以前、紗彩はまだ二十歳であると言っていたか。
成人したばかりで、人生なんてこれから、楽しいこともたくさんあるはずだった
前途ある若い娘が、こうして写真の中だけの存在になってしまっている。

胸に迫り上がる苦いものを堪えきれず、美晴は慌ててハンカチで目許を拭った。

「ユウくん、ほら……」

　ファスナーを開けると優一がすぐ顔を出す。遺影を目にしてぴくりと触角を強張らせ、すっかり静止してしまった。美晴はどうすべきか考えたものの、バッグをその場に置いてそのまま津森の待つリビングへ戻ることにした。

　戸の前で一度振り返る。じっと遺影を見つめているような優一の姿が目に入った。優一としてもやはり思うところがあるのだろう。そっとしておこうと思いながら、美晴は目を伏せて静かに部屋から出た。

「順番が前後してしまったけど……」

　テーブルにふたりぶんの湯呑みを置く津森へ美晴が香典を差し出す。津森はそれを認めると驚いた様子で手を振った。

「ごめんなさい、そんな気を遣わなくて良かったのに。紗彩は葬儀もしてないし特殊なんで、頂くわけにはいきませんよ」

「そんなこと言わないで、もらって。これはもう津森さんのものよ」

　少々強引に握らせながら言うと、津森はしばらく逡巡してから、すまなそうに頭を下げた。津森がどうにか受け取ってくれたことに対し、美晴は僅かに安堵する。

「香典返しとかそういうものは構わないでね。あと、お供え持って来られなくてごめんなさい」

「いいんですよ、本当に。……そういえば四十九日前ですもんね。何も考えずにお誘いして、かえって気を遣わせてしまったみたいで」

「津森さんこそ、いいのよ、そういうことは気にしなくても。私たち同じ境遇の仲間じゃない」

でもこれからは――と一瞬考えかけ、美晴は強引にそれを打ち消す。津森もひょっとすると似たことを考えたのかもしれない。笑みに複雑そうな色が混じった。

「……本来なら今頃はまだ弔問(ちょうもん)客の対応に追われてる時期だったのかもしれませんけど。なにぶん知り合いも少ないですし、葬儀もしてなくて、何だか変な感じです。戸籍上ではもう何ヵ月も前から死亡してることになってますし」

津森が湯呑みを見つめながらぽつりぽつりとそう語った。

「変異者をきちんと葬ってあげられるのは珍しいケースなんだそうです。紗彩の場合は動物型だったから、ペット霊園に連絡して無理言って火葬と納骨をお願いできたんですけど、他はなかなかこうはいかないって聞きました」

不幸中の幸いですよね、と悲しげに微笑んでみせる津森が痛々しい。

「葬儀って結局……遺族のためにあるんだなあって、改めて感じました。こうして仏壇と遺影を用意したのも、娘のためというより私のためなんです。こうしておかないと自分の中で整理がつかなかった。自分の子どもが死んだのに葬式のひとつもしてやれないなんて……歯痒(はがゆ)い気もして、気持ちを持て余してどうしようもなかったんです」

　葬式のひとつもしてやれない、という言葉が美晴の中で重く響いた。それは決して他人事ではない。

　優一にもしものことがあった場合、津森のようにペット霊園を利用することは恐らくできないだろう。霊園側からは断られるだろうし、そもそもあの体に焼け残るものがあるとは思えなかった。

　せめて遺灰になるようなものがあれば良いが、もしそれもなかったら、飾れるものは遺影だけだ。最新の写真はいつのものだったかと考えると、無理矢理説得して撮った成人式の一枚に思い至る。

　成長のひとつの節目、慶事の一枚を弔事に流用しなければならないとは皮肉な話だが、これを除外すると高校時代の学生証に使われていた写真くらいしか残っていない。

　息子の生きた証として唯一残るものが二年前の写真のみなのだと考えると、美晴はひどく複雑な気分になる。

　普段からもっと写真を撮っておけば良かった。……しかし今更悔いてみても、変異する前の姿で写真を撮ることなど二度とできないのだ。

「……紗彩が死んだの、美晴さんが電話をくれる三日前のことだったんです」

津森が再び話し始めて、美晴は物思いから引き戻される。

「私の不注意で紗彩が部屋を出て行ってしまったんです。それでマンションの外まで出て……事故に遭って、しまったんです」

津森の声が震えた。見れば双眸が潤んでいる。

思い返すだけでも苦しいだろう。美晴は津森の丸くなった背をそっと撫でた。

「辛いでしょう。無理に話さなくてもいいのよ」

できるだけ優しく声をかけると、津森は涙をこぼすまいと堪えるようにしながら美晴へ視線を向けた。

「美晴さん、私……」

「うん……」

「最後まであの子のことが解らないままでした。母親失格です」

痛みに満ちたその瞳にはっとする。どこか切実すぎる言葉のように聞こえた。

「そんなことない」美晴は即座に否定する。「……そんなことない。津森さんは頑張ってきたわ。少なくとも私は、今まで津森さんを見てきてそう思うもの。だからもっと自分を労ってあげて」

「美晴さん……」

ありがとうございます、とさらに声を震わせながら津森が微かな声で言った。その頼りなさに胸が締めつけられる。子どもを喪った母親の哀れさに、言葉にできない想いが胸中で渦巻くのを感じていた。

「……美晴さんにお伝えしないといけないことがあるんです」

しばらく項垂れて黙りこんでいた津森が、気持ちが落ち着いてきたのか、顔を上げて言う。

「私、『みずたまの会』は辞めます」

迷いのない静かな声だった。充分に考え抜いて決めた答えだったのだろう。

美晴としても告白に対する驚きはない。紗彩が亡くなった今、津森が変異者の家族会に参加し続ける理由はないだろうと思っていた。充分予想できる事態だ。

しかし津森の話したいことはそれだけではなかった。

「それと、この間……旦那が帰って来てから話をしたんですけど、ここを離れて私も旦那の赴任先に引っ越すことになりました」

美晴は目を丸くする。

「そうなの……」

「はい。急なんですけど、遅くとも今月中にはここを引き払うつもりです」

複雑な心地がした。津森がひとりで夫と離れた地に住み続ける必要はないのだから、これだって尤もな判断だ。頭では分かっている。

「……寂しくなるわね」

思ったまま口にすると、津森が腫れぼったい瞼を上げて、私もです、と微笑した。

「短い間でしたけど、美晴さんには何かとお世話になりました」

「いいえ、こちらこそ。私……肝心なときに役に立てなくて」

「そんなことないです。色々と話もできましたし。今だって……本当に感謝してるんです。ありがとうございました」

深々と津森が頭を下げる。美晴もそれに対して頭を下げた。

――それからいくつか、美晴に答えて津森がぽつぽつと話をした。引っ越し先はどこか。これからどうやって過ごしていくか。

赴任先へ引っ越す決め手となったのは、津森の夫の言葉だったそうだ。ひとり離れている津森のことを案じた夫が赴任先に来ないかと提案したらしい。心配し気遣ってくれる夫の優しさに胸を打たれ、甘えてみようという気になったとのことだ。津森の夫は滞在中、傷心の津森を時間が許す限り慰め労り、献身的に支えてくれたそうだ。

娘を亡くした悲しみを完全に癒やすことなどはできないし、きっと一生忘れることはできないだろうと思う。それでも旦那のおかげで、精神的に最悪な状況からは脱することができた。理想的な旦那を持って良かった、改めて旦那のありがたみを感じられた、と津森は言う。

良かったわね、とかけた声は本心からの言葉だったが、一方で美晴は昏い気分になるのを感じていた。

……もしこれが美晴の場合だったら。仮に優一に何か良くないことが起きて、美晴がどれだけ傷心していたとしても、勲夫は意に介さないのではないか。そんな気がした。

少なくとも津森の夫のように優しさを見せてくれることはなさそうだ。優一がいなくなって清々した、などと無神経なことすら言うかもしれない。考えると気分が果てしなく落ちこんでいく。

しかしそんな内心を津森に悟られぬよう、美晴はただ曖昧な表情を浮かべていた。

「それじゃあ、名残惜しいけどお暇するわね」

「あの、今日は本当にありがとうございました。……紗彩も喜んでます、きっと」

「少しでも役立てたなら良かったわ。また引っ越しのときに教えて頂戴ね」

「はい。必ず連絡します」

津森とひととおりの挨拶を済ませ、美晴は再び和室に寄った。

中をそっと見遣る。優一の姿が見当たらない。

「ユウくん」

呼びながら慌てて捜すと、優一はバッグの中で丸くなっていた。いつからそうしているのかは知らない。呼びかけても触角を僅かに動かすだけだ。

息子が今この瞬間に何を考えているか、美晴には分からない。津森が母親失格だというのであれば、美晴だってそうなのだろう。

――津森には理解ある夫がいる。しかし美晴には……。

取り留めのないことを延々と考えながら、気がつけば美晴は家に帰り着いていた。

5

――それじゃあお元気で。落ち着いたらまた電話でもしましょうね。

津森の引っ越しを見送って、美晴は振っていた手をゆっくりと下ろした。

言いようのない虚無感がある。津森とは本当に短い付き合いだったたし、互いのことをどれくらい知っていたかと訊かれれば、ごく一部だけ、という答えになるだろう。

それでも美晴にとって津森は変異者の子を持つ母として初めて出会った同志だった。世代も考え方も異なっていたけれど、良き仲間だったのではないかと思う。

しかし紗彩が死んでしまった今となっては、細い繋がりが途絶え、既に道も分かれてしまったのだという気がした。恐らく美晴と津森が歩む先は今後交わることなどない。そういう、予感。

日々の停滞感は美晴の肩や背に重くのしかかっている。このままではいけないという焦燥も強くなるばかりだ。

津森が退会したあとも『みずたまの会』には通っているが、集まりに参加しても進展を感じられない。春町たちは問題をどこか遠くから静観しているように思えるし、石井たちに至っては完全に自分たちから問題を切り離して見ないふりをしているように感じた。

それなら他の集まりにも参加してみようと思い、橋本という女性が幹事を務めているカラオケ会に参加してみたりもした。すると橋本たちは歌もそこそこに美晴へ興味津々に話しかけてきて、春町たちのゴシップをねだったのだ。

「田無さんって春町会によく参加してるじゃない。だからあたしたち、田無さんはてっきりそっちの人だと思ってたの。今日こっちに来るって聞いてびっくりしたわ」

「ねえ、笹山さんに引き続き津森さんも辞めたでしょ。それってグループの中で一悶着あったからなの？」

「田無さんはイザコザが嫌になって春町会から距離を取ったんでしょ？」

いつか津森の言っていた、派閥、という言葉が頭に浮かぶ。橋本率いるこのグループでは妙に春町を敵視しているようだった。

「春町さんってやたらと寄付を要求してくるでしょ？　嫌よねえ。本当に山崎さんに渡してるのかしら」

「それにあの人、謎なのよ。隠し事が多いっていうか、なんか変なの。『みずたま』の古株ってことでのさばってるけど、本当に変異した子どもなんているのかねえ。旦那も子どももいるように見えないのよね」

「聞いた話じゃ、誰も春町さんの家に上がったことがないんですって。あの山崎さんですらそうらしいわよ。訪ねてみても何かと理由つけて門前払いされるみたい」

「本当は子どもなんていないんじゃない？　それを知られたくなくて隠してるとか」

「変異した子どもがいないなら『みずたま』で活動してる理由って何なの？」

「それはほら、やっぱり寄付金の横領で私腹を肥やすためじゃないの。ねえ田無さん。あなたもそう思わない？」

話を振られ、適当に言葉を濁しながら曖昧に答えた。美晴の反応に少々不満げな顔をしつつ、それでも彼女たちの話は止まらない。美晴は非常に居心地が悪かった。

飛び交う憶測にうんざりする。カラオケ会とは名ばかりで、大抵この調子で噂話に花を咲かせているらしい。歌の代わりに橋本たちの姦しい囀りを聞かされ続け、美晴は辟易しながら帰路についた。

リラクゼーション会でストレスを溜めていては元も子もない。どこに参加しても気が休まらず、鬱憤は溜まる一方だ。美晴は『みずたまの会』から次第に足が遠のき始めていた。

津森の一件から優一の様子も少し変わった。食欲が減り、以前に増して反応や動きが鈍くなったのだ。実のところ優一と紗彩にどれだけの交流があったのか、美晴には分からない。だから優一の心境を窺い知ることもできないが、同じ変異者としてやはりショックだったのだろう、とは感じている。

もっとも、今の優一がどの程度ものを考えることができるのか——変異する前と変わらないのか、はたまた以前よりも思考能力が衰えているのか——すら、想像できないわけだが。

何にせよ、事態はゆるやかに悪化している。美晴は強くそう感じていた。

今のままではいけない。何とかしなければ。……しかし美晴に何ができるのだろう？

思考は袋小路に入ってしまっている。先の見えないことによる不安に押し潰されそうで、圧倒的な無力感に囚われている。

このまま最悪な道筋にゆっくりと流れ着いていくばかりなのだろうか。自分は手をこまねいて見ていることしかできないのだろうか。

——美晴の危惧する最悪な道筋とは、心身共に衰弱した優一が死に、勲夫とも拗れて離縁する、というものだ。結果として、今までどうにか保っていた家庭の均衡が崩れきってしまうのを恐れている。

半世紀ほど生きてきて、人並みに苦労もしながら過ごしてきた。楽をしていたつもりも努力を怠ったつもりもないし、人生について高望みをしているとも思わない。ただただ平凡な家庭を望んでいただけなのに……。そこから逸脱した末に孤独な未来を迎える破目になるのは真っ平ごめんだ。

（私は一体どうすれば……）

いつまでも堂々廻りするだけの思考を持て余して、美晴は深く溜息をついた。

キッチンに立つだけでも怠い。嫌だと思いながら、それでも仕方なく家事をする。代わりにやってくれる人なんていない。夕飯を用意していても感謝はされないが、怠ると文句を言われるのでやらなければならない。

仏頂面で咀嚼するばかりの勲夫のためにわざわざ、三百六十五日休みなくずっと食事を提供する。それに比べれば優一はまだマシだ。無言で無反応という点は変わらないものの、葉野菜を齧るばかりなので調理の手間が省ける。

炊事、掃除、洗濯、買い物。代わり映えのしないルーティンワーク。これといった趣味もなく、楽しみもない。惰性で見るテレビはつまらないし、家計のことを考えれば旅行や外食といった贅沢はできるはずもない。

今までだって閉塞していたことに変わりはない。それでもまだ息子は人間だった。たとえ引きこもっていて親子間の交流がほとんどなくても、いつか改善するかもしれないという希望を持つことができた。

しかし異形となった今、何を望めるだろうか。

(私の人生、どこで踏み外してしまったんだろう)

優一が変異してから？　優一が引きこもり始めてから？　優一を産んでから？　勲夫と結婚してから？　勲夫と出会ってから？　そもそも就職の時点から？　大学に行かず高卒で社会へ出てから？

それとも。

(無意味だわ)

何かを考えることも、これから先の未来も、今この瞬間もすべてが無意味で馬鹿らしく、嫌になってしまった。

(こんな毎日に何の意味があるの)

眠ろうとしてベッドに横たわり、目を閉じていても余計なことばかりが頭に浮かぶ。

次々と浮かんでは消えるネガティブな泡沫。何度も寝返りを打ち、そのたびに布団の擦れる音が寝室中に響き、しまいには勲夫に眠そうな声で「うるさい」と文句を言われる。

（こんな夫……）

美晴がどれほど悩み苦しんでいても、一切汲んでくれない。察してくれない。美晴のことも優一のことも――家族のことを大事にしてくれない夫。

考えていて、津森の顔がふと浮かんだ。

実家から勘当され、十代の若さで娘を産み、その相手とは離婚して現在の夫と再婚したという津森。しかし夫とは離れて暮らすことが多く、ひとり娘はうまく自立できず、異形に変異した挙げ句の果てに事故死した。理解者である義母も亡くしている。改めて波瀾万丈（はらんばんじょう）な人生だ。

対して美晴は、夫の実家との折り合いは悪いが実母との仲は良好で、夫は身近におり、優一も存命している。……だからといって、津森より幸福であるとは思えないのだ。

幸福を他人と比較するなんて間違っているとは承知している。持って生まれた境遇も何もかも違う。価値観も考え方も。それでも、現在の状況だけ見た場合に、津森は美晴よりもマシではないかと感じた。

何より若い。まだやり直しが充分に利く年齢だ。夫との仲も良好なのだから、今から子どもを望んでも『間に合う』。幸せな家庭を再構築することができる。

美晴にはできない。もう子どもは産めないし、だからといって今更勲夫と別れても仕方ないのだ。

五十代半ばにもなって再び伴侶となる相手とうまく巡り会い結婚できる確率など、宝くじで高額当選する確率と同等に低いだろうと――特に根拠はないが――美晴は思う。

ひとりで生活していくにしても仕事を探さねばならないが、美晴の歳では年齢制限でもかなり引っかかる。選択肢が狭まり、限られてしまう。かといって清掃などの肉体労働は体を壊しかねない。腰を痛めたり腕を痛めたりして医療費がかかるようでは本末転倒だ。

再出発するにしたって遅すぎる。取り返しがつかない。ただ老いていくばかりなのだ。

そう、自分は何も望めない。津森と違って。

考えながら美晴はふと気づいた。津森が夫の赴任先に引っ越していくと聞いて、ももやとしたものを感じてしまった理由。立ち直ろうとしている津森を素直に送り出せなかったのは、心から応援することができなかったのはなぜか。

美晴は津森のことが羨ましかったのだ。若さも希望も、夫と二人三脚で支え合って生きていくのだという決心も、彼女の持っているものすべてが眩しくきらきらと輝いているようで妬ましかったのだ。

抱えている苦労や失ったものの大きさ、都合の悪いものからは目を背け、津森の良い境遇と美晴の悪い境遇を比較した。自分より良いものを持っているじゃないかという観点と勝手な物差しで津森を測ったのだ。

（身勝手すぎるわね、私）

自己嫌悪に苛まれながら、美晴は気力が根こそぎ失われていくのを感じていた。

……眠りに落ちた美晴は奇妙な夢を見た。

その空間はひたすら闇が広がっており、音も匂いもない世界だった。美晴は瞬時にこの場所が現実ではないと悟ったが、そういった体験をするのは初めてのことだった。

明晰夢、というものがある。夢の中で夢と自覚することにより、場合によっては夢の内容すらコントロールできるようになるというものだ。

美晴は今まで明晰夢を見たことなどなかった。しかしこの場が非現実的な場所であるということは直感的に理解できた。そして、現実でなければ夢なのだろうという結論に達したわけだった。

温度すら感じられない闇の中、ふと何かの気配を感じて顔を上げる。見渡す限り真っ暗なので、自分がどこを向いているのかも分からない。しかし美晴の見据えているであろう視線の先に、確かに何者かがいるという感覚がある。

――絶望しているのですか。

声というより音と形容したほうが近い何かが聞こえた。それは鼓膜を震わせたというよりも頭の中に直接伝わったような気がしたが、夢であれば不思議ではないと思えた。

――人生が嫌になったんですか。

男でも女でもない。機械とも違うが、平坦で抑揚の感じられないそれが、美晴に対して問いかけてきている。

美晴が答えられずにいると、音はさらに響く。

――もう、やめてしまいたいですか。

何かを言わなければいけない気がした。夢の中だというのに喉をからからに渇かしながら、美晴は答えた。……何と答えたかは覚えていない。

翌朝目を覚ました美晴は背中にびっしょりと汗をかいていた。倦怠感と不快感が胸にわだかまっている、ひどい寝覚めだ。しかし見た夢の内容は時間の経過と共に薄れていき、洗濯機が終了の合図を鳴らす頃には頭から綺麗に抜け落ちてしまっていた。

6

早いもので、八月も終わろうとしている。季節は去るのを惜しむ間もなく移り、呆然としている間に日々は過ぎていく。そうした中で、気づけば齢ばかりを重ねることになるのが恐ろしい。

美晴にとって進展のないままに迎えたある休日の朝、勲夫が新聞を読みながら露骨に顔を蹙めてみせた。

「おい。これ」

見てみろ、と勲夫に促され、美晴は老眼鏡をかけて指で示された記事に目を落とす。

「何？『異形性変異症候群・患者規模拡大の兆し』……？」

大きく書かれた見出しを音読し、美晴もまた眉を顰めた。

――記事をよく読んでみると、今まで発症者が若者に限定されていたはずの異形性変異症候群に、三十代から五十代といった世代の罹患者が新たに多数報告され始めたとのことだ。

「三十代から五十代って、そんな……」

間近で見ていながらもどこか遠く感じていた病が、いよいよ自分の身にも降りかかってこようとしている。そんな感じがした。

記事によれば先週頃から各地の医療機関で報告され始めたのだという。従来までのケース同様に無職で社会から切り離されている立場の者が多いが、変異者家族から新たに変異者が出たというケースも報告されたそうだ。

何しろ不明点の多い病である。発症しやすい遺伝子があるのか、はたまた潜伏期間の長い感染症なのか――研究を詳しく進めていかないことには分からないだろう。

「どうも若いもんだけの病気ではなくなったらしい」

勲夫は美晴に真剣な眼差し（まなざし）を寄越した。

「もう充分待ったぞ。そろそろ決心はついただろ」

「……何の話？」

「あの虫をどうするか」言って、勲夫が心もち声を潜める。「もう気は済んだはずだ」

「まだそんなことを言ってるの」

美晴は呆れの混じった声を出し、反抗的に勲夫を見返した。

「最近はナントカの会にも行ってないようだし、現実を見る気になったんじゃないのか」

「現実、って」

「俺はお前の気持ちの整理がつくまで待ってやってたつもりだ」

言われていることが理解できず、美晴はただ怪訝な表情を浮かべる。

偉そうに何を言っているのか。優一のことに向き合わない勲夫のほうがよっぽど現実から逃げているのではないか。

「どういう意味よ」

美晴が低く短く返せば、勲夫は苦々しく嘆息した。

「いつまでも感傷に浸ってる場合じゃないだろ。前に進まなきゃいけないんだよ」

「何の話？」

「いい加減、優一が死んだことに向き合うべきだ」

「だから――」

「もうあの虫に優一を重ねるのはやめろ」

勲夫の言葉に、美晴は瞠目(どうもく)する。心臓が冷えた手で撫でられたかのような心地がした。

「ユウくんを重ねる……？」

思わずソファを見遣る。そこに優一はいない。いつからか、リビングではなく西側の物置部屋にこもるようになった。変異していようと引きこもり体質は変わらない。優一らしい、と複雑ながらも思う。

「おふくろが盆のことで電話したときに、話すのを拒否したそうだな」

　あれは、と言いかけて美晴は口を噤む。電話線を抜いたのは確かだし、拒否したと言われれば間違いではない。

「すぐに連絡が来たさ。でも俺はお前がまだ混乱してるんだろうと思っておふくろのことは宥めておいたんだ」

　お盆の帰省は結局しなかった。トシ江ともあの電話以来話していない。その裏に勲夫の働きかけがあるとは考えもしなかった。

「何……」

　美晴は半ば呆然としながら呟く。

　何かがおかしい。話の流れも、勲夫の話しぶりも、何かが妙だ。

　胸騒ぎがして、拒絶するように耳を塞いで目を閉じる。これ以上聞きたくない、という気がした。

　頭をもやもやとしたものが覆い、一部分がすうっと冷えていくような感覚。次第に頭が鈍く痛み始め、吐き気すら覚えた。

「ちゃんと聞くんだ、美晴」

　幼い子どもに言い聞かせるかのような調子の声が響く。普段の突き放したような態度とは違って、ばかに優しい声。

「いつかは話してやらないといけないと思ってたが、もう頃合いとしては充分だろう」

強烈な違和感と心臓の辺りが重くなるような感覚。

なぜだか聞きたくない。勲夫は一体、何を話すつもりなのだろうか。

「……何度も言うが、本物の優一は死んだんだ。お前が優一だと思ってるのはただの虫なんだよ」

「それは、だから、変異して姿が変わったからって、息子じゃないなんて……」

「違う」

きっぱりとした声音に遮られて、美晴はひくりと引き攣る。

――異形性変異症候群と認定されれば、患者は社会的な死を迎える。だから優一はもう戸籍上も死んだものと見なされている。そんなことは分かっているが、あくまでそれは表向きの措置であって、現実に優一は異形として生きている。勲夫は頑なに異形の優一を認めず、虫呼ばわりして邪険に扱っている……。それが美晴の認識だった。

「優一は異形になんかなってない」

「そんなわけないじゃない。病院で診断だってされたのに」

困惑しながら言う美晴に、勲夫は首を横に振る。

「お前は優一の死を信じられずにいるだけだ」

「……うそ」

「お前が優一だと思ってるのは、優一とは何の関係もない虫だ。お前の信じてるその奇病はつくりもので、真実じゃない」

「な、何言ってるの、そんな……」

「異形性変異症候群なんて病気は存在しない。優一が死んだことを受け入れられずに、お前が頭の中で作り出した架空の病なんだよ」

美晴は大きく目を見開いて勲夫を見た。

……異形性変異症候群が存在しない？　美晴が作り出した架空の病？

そんなはずない、と強く思いながらも、厭な汗が滲む。勲夫の表情も苦しげで、思わず体が震えた。

まさか。――まさか。

「人間が異形に変わるなんてありえないに決まってるだろ。そんなものはないんだ。全部お前の妄想だったんだよ」

「でも、でも私、『みずたまの会』に行って、何人もの同じ境遇の人たちと会ったわ」

「それも嘘だ。お前は会合になんて行ってない」

「どうして？　そんなはずないわ。じゃあ津森さんは？　山崎さんは？　春町さんは？」

「……誰のことだか分からんな」

面識がないのだから勲夫が知らないのは当然のことだろう。美晴は慌てて立ち上がると、テーブルの上に置いていた携帯電話を掴んだ。震える指でメニュー画面を開いて電話帳を探す。勲夫に証拠を見せようとした。

「ない……」

登録してあるはずの津森の番号がない。『みずたまの会』の事務所の番号もだ。

そんなバカな、と美晴は叫び出したい気分になった。体の震えが止まらず、ひたすらに恐怖を感じる。困惑を通り越して恐慌状態に陥りながら、美晴は頭を抱えた。

「事実を知らせるのは酷だと思って、どうしたものか俺も長いこと悩んださ。妄想の中に逃げこんでいたほうがお前にとっては幸せなのかもしれないとずいぶん考えた。でもな、美晴、逃げ続けていたって仕方ないんだ。どんなに辛かろうと、起きたことを受け止めて現実を受け入れないと先に進めない。目を逸らしたままじゃどこにも行けない。立ち止まったままになってしまうんだよ」

力強くそう言って勲夫が美晴の肩を掴んだ。その手がどこか若々しく見えて、美晴は驚きながら見返す。

「頼む、現実と向き合ってくれ」

真摯なその顔に気難しげな皺はない。そろそろ還暦を迎えようとしている初老のそれではなく、恐らくは三十代半ばの——結婚当初の勲夫が目の前にいた。

美晴は瞬き、首をめぐらせる。見れば食器棚のガラス戸に映る自分の姿も三十代前半の頃に若返っていた。

いや、若返ったのではなく、今まで美晴が見ていた老いた姿は妄想で、この姿こそ美晴の本来の姿なのだとしたら……。

「私……」呆然と呟いた声も普段よりずっと瑞々しく響いた。「ずっと妄想の中で生きてたの？」

問いかけに勲夫が神妙な顔で頷く。

「ああ、そうだ。優一がまだ可愛い盛りで逝ってしまったのは俺だって悲しい。生まれてたった二年で病気になってしまうなんて、あまりに不公平で理不尽だと思うさ。それでも、その現実を直視しなきゃいけない。分かるだろ？」

そうだ、と美晴は記憶の糸を辿った。優一は二歳の頃に風邪を拗らせて肺炎に罹ってしまったのだ。風邪薬を飲ませていたにもかかわらず症状が長引き、咳が止まらず高熱も出るので病院へ連れて行ったところ、細菌性肺炎と診断されて入院することになった。

美晴も付きっきりで看病したのだが、病状が良くなることもなく優一はそのまま——死んだ。

すっと血の気が引くような心地がして、脱力してその場に伏せてしまいそうになるのを懸命に堪えた。

「ユウくんが死んだ……」

言葉にすると、胸を抉られるような痛みが襲った。目の前がぼやけて勲夫の顔もよく見えなくなってしまう。

「ユウくんが……」

では、今までのことはすべて幻だったのだ。優一が成長したのも、高校中退して引きこもりになったことも、異形性変異症候群という病に罹患して異形となったのも、すべてが美晴の妄想だった。『みずたまの会』も、そこで出会った人々も、本当は実在していなかったのだ。

子どもを喪って立ち直ることができなかったのは自分だった。しかし本来の勲夫は、美晴を案じて見守り続けてくれていた。そうとも知らず美晴は現実をねじ曲げて認識していたのだ。勲夫がすぐ傍で支えてくれていることにも気づかず。

「理解できたか、美晴。こっちが現実なんだ。お前は長い夢を見ていたんだよ」

殊更優しい様子で勲夫が言う。労るように肩を撫で、気遣うような視線を向けながら。

「もう、ひとりで苦しまなくていい。今後のことはふたりで考えていこう。悲しみは癒えなくてもできることはあるはずだ」

眦から頬にかけて熱いものが滑り落ちるのを感じた。

ああ、そうだ。美晴はずっと勲夫にそう言ってほしかったのだ。ふたりで頑張ろうと、一緒に苦難を乗り越えようと言ってほしかった。そういう労りを求めていた。

差し伸べられた手に縋ろうと美晴が手を伸ばす。

見えていなかっただけで希望はごく近くにあったのだ。すぐそこにあって、美晴に気づかれるのをずっと待っていた。あとは受け取りさえすればいい。

……そうして、求めて伸ばした美晴の手が勲夫の指と触れ合いそうになったとき。

リビングから廊下へと通じるドアが音を立てた。

顔を覗かせていたのは虫の姿の優一だ。

廊下からもぞもぞと這い出し、美晴たちのいるテーブルの近くへとゆっくりやって来る。

「美晴」

咎めるように勲夫が短く呼んだ。

「虫のことは気にするな」

しかし美晴は彼から視線を引き剝がせなかった。勲夫は単なる虫だと言うが、どうしてもそうは思えない。やはり彼のことが気がかりなのだ。

顎を動かし、しゃり、と音を鳴らす。複眼はしっかりと美晴を捉えているようだった。

「そいつは優一とは関係ない。……おい、あっちに行け」

勲夫はそう言うと近くにあったチラシの紙を丸めて投げつけた。紙の球は彼の目の前に落ち、軽く跳ねて転がる。彼はそれを追うように頭を動かしたあと、再び美晴のほうへと向き直った。

「あんな虫のことはもう気にするな。棄ててしまうんだ」

引きこもりの息子のことも、奇怪な病のことも、息子が異形になったという恐ろしい妄想も、意固地で美晴のことを顧みない勲夫も、すべて美晴の見ていた夢に過ぎない。だから棄ててしまえと、早くこの手を取れと勲夫は言う。

――でも、本当に？

はたと美晴は動きを止めて虫を凝視する。

「本当にそれでいいの？」

耳馴染みのある気弱そうな声。間違いようもない息子の声がはっきりと聞こえた、ような気がした。

上目遣いで美晴を窺うようにしながらも、目だけは強い光を帯びている成人した息子の顔が頭に浮かぶ。そうしてまっすぐ見合ったのは一体いつ以来なのか。

息子は伏し目がちで、目を合わせることを特に嫌った。すぐに視線を逸らし、顔を見ないように余所を向いて通り過ぎる。俯いて猫のように丸くなった背。いつもその姿を目で追っては溜息をつき、美晴は哀しみを胸に閉じこめていた。

いつかきっと、息子が堂々と背筋を伸ばして真っ向から対話してくれる日が来るはずだ。そう願っていた。そうあってほしいと祈っていた。

確かに優一のことを考えれば心労も尽きなかったが、それでも可愛い我が子だ。幼い頃から気にかけ、育ててきた。息子が成長する姿を誰よりも傍で見続けてきたという自負がある。

美晴の期待した姿とは違っていたものの、息子は成人した。それまでの日々が、過ぎ去った年月が、軌跡や記憶が、夢幻などであるわけがないと確実に言える。

……引きこもりの優一は妄想などではない。なかったことにするわけにはいかないのだ。

「あなたの手は取れない」

美晴はゆっくりと首を横に振った。勲夫が驚いたような顔をして、そろりと手を下ろす。

「どうして」

声は愕然とした響きを持っていた。

「わざわざそいつを選ぶのか」

問いに美晴は頷く。

「私も、そろそろ現実を直視して向き合わないといけないから」

望む結果とは異なっていたからといって、優一の存在を頭から否定して良いはずがない。都合の良い夢に逃げてはいけないのだと、自分を戒（いまし）めるように強く思った。


目を覚ますと美晴は寝室にいた。

見れば、デジタル時計が示す時刻は十六時二十四分。夕方である。

「やっぱり夢……」

呟いたのち、自嘲じみた笑いが漏れてしまう。

「夢のほうがよっぽど現実味があったわねえ」

異形性変異症候群なんて存在しない。すべては美晴の妄想である。……そのほうが整合性が取れていて、説得力もリアリティもある。

しかし、人間が異形になるという非現実的事態が実際に起こっているこの世界こそ、美晴にとっての間違いようもない現実なのだ。そう考えると奇妙でたまらなかった。

——これが荘子の見た胡蝶の夢ならどんなにいいことか。

そう考えながらも、美晴はこの現実に心底安堵していた。ほとんど美晴の願望どおりである代わりに息子を幼いうちに亡くしてしまったという世界より、儘ならないことが多くとも優一が何とか生きている世界のほうがずっといい。

肺炎に罹った二歳の優一が、祈りの甲斐あって峠を越し、病魔に打ち克ったという未来を迎えたこの世界のほうが、ずっと。

寝室から出てリビングへ向かう。野球を見ている勲夫を一瞥し、浄水器から水を汲んで一口飲み、それから美晴は西側の部屋へ足を運んだ。

「……ユウくん？」

優一がいない。姿が見えない。

「ユウくん。ユウくん、どこ行ったの」

再びリビングへ戻って家具の隙間や物陰を捜す。どこにもいない。

優一の姿が、どこにもない。

「お父さん、ユウくん見てない？」

訊ねると勲夫は不機嫌な顔をして振り返り、仕方がなさそうな調子で答えた。

「あの虫なら棄てたぞ」

美晴はぴたりと動きを止め、勲夫を見返す。

「今、何て……？」

「だから、棄てた。今朝の話を覚えてないのか」

「今朝の話って」

「新聞に書いてあっただろ。例の病気が感染症かもしれないってことで、いい加減あの虫は棄てたほうがいいって話したじゃないか。第一な、俺よりお前のほうがあれと一緒にいる時間が長いんだ。お前のためにもそのほうがいいと思って」

新聞を見て話したのは覚えている。あとで見た夢と混同してしまっていたが、現実だったようだ。ではどこからが夢だったのか。

「……私、そのとき何て答えたの」

勲夫は冷めた目をしたまま素っ気なく言う。

「頭が痛いから何も考えたくない、寝るから好きにしろって言った。だから俺はあれを棄ててきたんだ」

美晴は言葉を失い、その場にただへたりこんだ。

※

自分の家が好きではなかった。そこで私はいつも否定され、居場所がないように強く感じていたからだった。

父と母、それから祖母、私と妹の五人家族。私はそこで厳しくしつけられて育った。長女という期待と、女の子はこうあるべきという押しつけと。悪いことをすればすぐに怒鳴られ、叩かれ、ときには家から閉め出される。

妹は叱られる私を見て育ったおかげか要領が良く、大人の機嫌や顔色を窺う術をよく知っていた。姉妹の差は徐々に開いていき、妹は大人たちに可愛がられ、姉の私はといえば、妹と比較されて出来損ない呼ばわりされて邪険に扱われていた。

お姉ちゃんだから我慢しなさいと常に言われ続ける私と裏腹に、妹はワガママを許されている。家族は妹に対して非常に甘かった。私には強制しているあらゆることを妹だけ免除し、依怙贔屓（えこひいき）して可愛がるのだ。

妹はいわゆる空気を読む能力に長（た）けていて、どこまでが許されてどこからがダメなのかをよく理解している。その範囲内でワガママを言い、周囲を振り回す小悪魔的な行動を取る。そんな妹の行動は家族から愛嬌として都合良く捉えられた。大人の自尊心をくすぐりながら上手にねだる術を知っているので、人心掌握術にも長けていたのかもしれない。

そして妹は、大人たちをうまくてのひらで転がしていることに対する優越感にたっぷり浸りながら、私を見下し小馬鹿にして笑うのだ。「お姉ちゃんはダメね」と。

しばしば私は妹に腹を立て、髪を掴み、ひっぱたき、その憎たらしい顔を爪で引っ掻いた。妹は激しく泣いて大人を呼び寄せ、被害者として大袈裟に振る舞い、同情を誘ってみせた。そうしてまた私だけこっぴどく叱られる。

暴力的でがさつでひねくれていて問題ばかり起こす長女。それが私の家——佐上家における『私』だった。

自分が家庭内の異物であるという感覚。私がいないほうが家の中の一切の物事がうまくまわるのではないかという感覚。誰にも必要とされていない感覚。それから憎悪。

妹が嫌いだった。妹ばかり可愛がる祖母が嫌いだった。我慢ばかりさせる父が嫌いだった。長女なんだからと言って家事ばかりさせる母が嫌いだった。

家の中のどこにも居場所がないから、友達と遊びまわっていた。門限のことを小うるさく言われても反抗し、夜遊びに興じた。私を排斥し虐げ続ける家族の言うことなど聞くものかと思っていた。

そして高一の頃、三つ上の大学生だった彼氏との子どもを身ごもったのだ。十六歳という年齢もあり、家族や親戚からの当たりは非常にきついものだった。十六歳とはいえ女で十六歳といえば結婚可能な歳であって、法律上は問題ないはず。「まだ高校生なのに」だとか「世間体が悪い」だとか、知ったことじゃないと思った。

私は早く家を出たかった。自分の家が嫌いだった。——大嫌いだった。

だから結婚して佐上をやめた。一刻も早く独立したいと思っていたから、勘当される形で家を出ることは寧ろ清々しかった。結婚相手の姓を名乗れることも嬉しかった。

周囲のくだらない型に無理矢理押しこめられ歪められた自分なんて、早く葬り去ってしまいたかった。きっと私は妹より、父より母より親戚の誰より何よりも『佐上乃々香』という人間が大嫌いで、殺してやりたいくらい憎かったのだろうと思う。

私は過去のしがらみを棄てて新しく生まれ変われるのだと信じていた。旦那と子どもと幸せな家庭を築いて、実家の連中を見返してやるとさえ思っていた。

しかし結婚生活は思っていたよりも早くピリオドを打った。旦那にとって私と娘は重荷だったらしい。不自由だと、俺はまだ遊びたいんだと言っていた。まだ学生だったから、と言ってしまえばそれまでのことかもしれない。私よりも三つ上で頼れるはずの彼は精神面が未熟であり、父親になることができなかったのだ。

若すぎる母親に対する世間の目は冷たい。シングルマザーとなればなおさらだ。それでも私はへこたれなかった。敵の多い環境で育ってきて、雑草のように生きてきた自信があった。

私は強い。だからこのくらいの逆境は耐え抜いてみせる。そう考えながら自分を鼓舞した。離婚後に再び『佐上乃々香』へ戻った自分が嫌で仕方なかったが、苗字くらいどうということもないと自分に言い聞かせて励むことにした。佐上の名前などまたすぐに棄てられる、佐上家の呪縛など簡単に断ち切れる、と。

何より、今はひとりではないのだと、娘を養い守らなければいけないのだと思いながら必死に働いた。

その仕事先で私は津森康明と出会った。彼は優しく包容力に満ちていて、私のすべてを受け止めてくれるような人だった。彼といると気持ちが安らぐのを感じた。心に感じる刺激は少なかったけれど、ひとりの人間として信頼できる相手だと思えた。

私には夫、ひいては子どもを養い育てる父親が切実に必要だった。彼は私がバツイチであることもコブつきであることも気にせずに一緒になろうと言ってくれたので、迷わず再婚することを決めたのだ。

義母もとても優しかった。本当の娘のように温かく接してもらい、こんなにも優しい家庭があるのだと、優しい人たちがいるのだと、目が覚めるような気分だった。巡り会えたことに感謝もした。

すべてが良い方向へ進んでいくような気がしていた。辛いこともたくさんあった中で、これから私たちは前を向いていける、困難だって手を取り合い乗り越えていけると思っていた——。

けれど娘は異形になった。兆候などなく、ある日突然にだ。

私は信じて踏み締めていた大地が崩落したような気分を味わい、とても立っていられなかった。

どうして娘が？

頭にはそればかりが浮かんだ。異形性変異症候群といえば、ニートや引きこもりや……いわゆるどうしようもない若者が罹る病だと聞いていた。しかし娘はそのどちらでもない。少なくとも私はそう思っていた。

……確かに娘の紗彩は三日坊主で飽きっぽく長続きしない性格だ。怠け癖もある。専門学校を中退したことも、定職に就かずフリーターのような家事手伝いのような不安定な暮らしをしていたことも認める。

社会の歯車から外れかけた存在だったかもしれないが、決して社会不適合者などではない、はずだった。

私は信じたくなかったのだ。娘に大きな欠陥があるなど、烙印を捺され後ろ指を指されるような人間であるなど、誰が信じられようか。

今まで必死に固めてきた大地も整備した道もすべてはまやかしで、実のところ娘ともども薄氷の上に立っていたなんて――信じられるはずがない。

そもそも、人間が異形になるなんて。実際目にしていなければとうてい信じられないような事実だ。異形になったのではなく、すり替えられたのではないかと考えるほうがよっぽど健全だと思う。そうなると宇宙人だとかアブダクションだとか、SFめいた話を信じることになってしまうが、このオカルトもどきの現実より納得できるかもしれない。

宇宙人が攫った紗彩の代わりに、紗彩の顔をコピーして貼り付けた犬を寄越した……。

考えていて馬鹿馬鹿しくなる。私がどれだけ仮説を立てて想像力を働かせたとしても、この人面犬は紛れもなく娘なのだ。紗彩の顔に似ているのではない。紗彩の顔そのものなのだから、本人であることを疑えなかった。

そうして私が現実逃避している間、家と私と娘の世話を焼いてくれたのは義母だった。異形となった紗彩のことも他人である私のことも苦にせず面倒を見てくれて、立ち直れるよう優しく励ましてくれていた義母の温かな眼差しを思い出す。

あんなに良くしてくれる人がかつていただろうか。

しかし皮肉にも、心優しい人間は不思議と長生きしないものだ。やはり日常生活で心労となる部分が大きいのかもしれない。義母はあまりに呆気なく逝ってしまった。

そのときの心境といったら——不幸に不幸を塗り重ねられて呆然とするよりほかにないというところだったが、底の底に突き落とされた衝撃で、どこか目が覚めたような感覚もあった。

いつまでも哀しみや絶望に浸ってなどいられない。今度こそ私は娘とふたりで暮らしてゆかねばならないのだ。そう思って私は再び自分を奮い立たせた。

死亡届を受理されてしまった紗彩は戸籍上では既に故人だ。何の保障もなく、何の権利もない。まるで亡霊を飼っているようだ、という気がした。

立ち止まっていては不安だから、歩き続けることを決めたのだ。家族会に入ったことも、行動した実績のようなものを残すためだったのかもしれない。しかし同じ立場の人と関わることができたのは大きな収穫だった。

田無美晴——美晴さんは、面差しがどこか母に似ていた。嫌っていた母に似ているとなれば嫌悪感を覚えて当然のはずだが、そうならなかったのは、彼女が比較的柔らかい雰囲気を持っていたからだろう。

微笑んだ顔を見るにつけ、懐かしいような気分になったものだ。私の家族との数少ない優しげな記憶の中で、ごく幼い頃に向けられたことのあるその表情。

郷愁と寂寞に胸を締めつけられるたび自覚する。これだけ忌み嫌っていても、憎んでいても、どこか心の奥で母の存在を求めていること。子どもの頃に得られなかった何かを渇望しているのだということ。しかしそれは、恐らく今後一生得られることはないのだということ。

美晴さんは母ではない。私ともまるで違ったタイプの人だ。彼女は子どもに暴力など振るわないだろうし、暴言なども吐かないだろう。しかし息子は引きこもりとなり、果ては異形に変異したというのだから、彼女には彼女の問題があるに違いなかった。

異形性変異症候群――この奇妙な病について、私はひとつの仮説を立てている。必ずしも変異した本人ばかりに問題があるのではなく、その親……ひいては家庭そのものに問題があって発症するのではないか、ということだ。

家族会に集まる人々の様子にどことなく共通点があるように感じられた。私は思いこみの激しい性格だと自覚しているので、客観的にどうなのかは分からない。主観を外して考えようとしても、結局のところ自分の目を通して自分の頭で考えている以上、主観にしかなりえないのだ。

自分には問題がある。私はそう感じている。具体的には、娘との親子関係が不充分だったと思うのだ。だから反抗期を過ぎても些細なきっかけから度々疎んじる態度を取られていたのだろう。変異してなお凶暴に歯向かってくるのもそうだ。

今更でもいい。娘のことを理解したい。紗彩が何を考えているのか、私をどう思っているのか、知りたい。

そう考え、私は紗彩の部屋に足を踏み入れた。

娘の部屋は主に服があちこちに積み重なっていて、かなり雑然としている。今に至るまで手をつけられずそのままにしていたが、少し整理してみようという気になった。……そうすればきっと、何かが分かるような気がしたから。

このところぱっとしない天気が続いていたが、久々に夏らしくからっと晴れた日のことだった。天気の好い日には体調も良くなる。活力が湧いてきて、掃除や整理をするには最適な日だと思う。私は部屋の換気のために玄関のドアをほんの少し開け、作業に取りかかった。

娘の部屋に手を入れる作業はどこか遺品整理にも似ているように感じる。実際そうなのかもしれない。この服たちはもう袖を通してくれる主人を持たない。私が着るにしても無理があるから、処分するほかないのだろう。けれどそれにはまだ抵抗がある。私物を処分されれば紗彩は怒るに違いないし、ひとつひとつ広げて皺を伸ばし、畳んで収納するのみに留める。

散乱するファッション雑誌や漫画を棚に戻し、化粧品をポーチの中に収めていく。投げ出されたままのバッグを片付け、床に物がなくなったところで掃除機をかけた。これだけでもすっきりして見違えるようだった。

部屋が綺麗になると心も整理される気がする。片付けや断捨離をするのは好きだ。

さて次は、と小物が散らかっている机の上に目を遣る。適当に配置されたぬいぐるみや、文房具、写真立て、日付の古いカレンダー、何かのストラップやキーホルダー。一貫性やこだわりは見られない。飽き性の紗彩らしいといえばそうとも言える。

収納状況を確認しようと引き出しを開ければ、中は比較的すっきりとしたものだった。レターセットやメモ帳、誰かからのメッセージカード、年季が入った玩具(おもちゃ)なども入っている。使い終えたリップクリームや、ゴミではないかと思えるようなものまであった。

次いで隣の引き出しを調べる。そこには一冊の本が入っていた。思わず手に取って眺めると、ハードカバーのそれはどうやら日記帳のようだった。

——紗彩の日記。

小さく心臓が跳ね上がる。

何を思いながら日々過ごしてきたか、思いの丈が綴られているであろうその一冊。娘を理解するのにこれほどお誂え向きなものはないだろう。

一体何が書かれているのか。三日坊主の紗彩がそもそも日記など書き続けることができていたのか。私は期待しながらそのページを捲った。日記帳の一ページ目に書かれていた日付は一年以上前。中身はごく他愛もない事柄だった。バイト先での先輩がムカつくとか、変な客が来て困ったとか、ありふれた日々の出来事が綴られている。

次の日付はそこから数日空き、二日ほど続いたかと思えば一日が空き、ときには一週間以上空いている。けれど途中で白紙になることはなく、日付は飛び飛びでもどうにか継続しているようだった。

書かれている内容も一行のみのときもあれば、数行に亘って想いが書き連ねられているときもある。日記は紗彩にとって何か特別に感じられるようなことがあったとき、または暇なときに綴られているようだった。

疲れただの怠いだのという文句が多い中で、時折様子の異なる文章が書かれていることがある。どこか抽象的で詩的な響きすら感じられる、自分に酔っている調子の文章。そこに書かれているのは誰かへの恋心だった。紗彩は叶わぬ片思いをしているらしい。

『この気持ちを伝えることは無理だと分かっていても、小さなことで嬉しくなってしまう』

あまりに典型的な、恋する乙女の夢見がちな内容だ。こんなものを盗み見ていて良いのかと思いながらも、娘が一体どんな片思いをしているのか知りたいという好奇心には勝てない。

『たまにありえない想像をしてしまう。もし彼が結婚していなかったなら、私にチャンスはあったのかな、なんて。でも考えるだけ無駄なこと。きっと出会ってもいないし、彼にとって私は何の関係もないただの子どもになってしまうから』

察するに年上なのだろう。そして既婚者である。ずいぶん不毛な恋をしているようだった。紗彩にもその自覚があり、しかし諦めきれない様子で未練の窺える言葉を記している。

『いつか特別な目で見てもらえる日が来ればいいのにと思う。私を子どもではなくひとりの女性として見てもらえる日が来れば……。でも、もしそうなったとしても、彼と私が結婚することは絶対にない。いくらなんでもそんなことはできない』

相手をそこまで好きだと思っているのにどうして消極的な態度になるのか、と思いながら文字を追う。指を動かして文章を辿っていき、ふと無意識にその動きが止まった。

『だったらいっそ、初めから本当に血が繋がっていれば良かったのに』

突然犬の激しく吠え立てる声が耳に入り、私は弾かれたように顔を上げた。

見れば部屋の戸口に紗彩がいる。

「……紗彩」

暫し呆然としたあと、慌てて手に持っている日記を背に隠したものの、既に遅かった。秘密を覗いた私の姿を見咎め、紗彩は憤怒の形相で唸っている。

「紗彩」

ギャンギャンと今まで聞いたこともないような声で吠え立てる紗彩は、人として口が利けるのであれば、私に怒鳴りながら詰問していたところだろう。

どうして勝手に部屋に入ったのか、なぜ机の中を漁って人の日記を勝手に見たのか、と。

紗彩はその小さな体を震わせ、私の脚をめがけて跳びかかってきた。

「痛い！」

脛に強く歯を立てられ、思わずその場に蹲る。ひっぱたこうと反射的に手を上げ、それから腕を下ろした。

悪いのは私なのだと分かっている。それに、あの日記の内容――。

ひっぱたく代わりに私は紗彩に対して疑惑の視線を叩きつけた。そうせずには、いられなかった。

　紗彩が小さく唸り、後込みしたように後ろ足を鳴らす。怒りから一転して困惑したような表情を浮かべ、ばつの悪そうな顔になった。

　犬の体でありながら顔だけは私の知る紗彩のままなので、その表情にはよく見覚えがある。私悪くないもん、と言い訳をこぼすときの顔だ。

　紗彩は所在のなさそうな様子で細く鳴き声を上げ、突然向きを変えてリビングのほうへ走り出した。

「ちょっと、どこ行くの!?」

　フローリングに爪のぶつかるチャッチャッチャッチャッという音が遠ざかっていき、やがて聞こえなくなる。私はそこで、玄関を開けていたことを唐突に思い出した。

「待って！」

　血が滲み鈍痛を訴える脚をどうにか立たせて追い縋る。リビングに紗彩の気配はなく、部屋のどこからも音はしない。外に出たのだろうという直感があった。

　急いでサンダルを突っ掛けてマンションの廊下へと出る。運良くエレベーターが到着しない限り、犬の姿で利用することはできないだろう。となれば階段で下に行ったのだ。

　私も悠長にエレベーターを待ってなどいられず、階段を駆け下りる。紗彩の姿は既にどこにも見えないので、本当にこちらへ来ているかは分からない。杞憂であればいいが心配だった。

マンションは防犯の都合上、階段を降りきった一階と外との間に鍵のついたドアがある。オートロックで内側からのみ鍵なしで開けられる仕組みだけれども、紗彩にドアのレバーは届かない。

一階に辿り着くと、ドアに縋って体と前脚を懸命に伸ばしている紗彩が見つかった。案の定というのか、直感もなかなか侮れない。

紗彩は私に気づくと威嚇しながら体を隅へと寄せた。

「帰ろう」

なるべく優しい口調で紗彩へと語りかける。

「お母さんが悪かった。何も見てないことにするから……」

ウウウ、と相変わらず威嚇の姿勢を解かない娘。

そろりと近づけば、そのぶんだけ後退りをして距離を取ろうとする。

無理矢理にでも捕まえようと身構えかけたとき、急にドアが外から開いた。

「あっ……、こんにちは」

現れた中年女性はマンションの住人なのだろう。ドアのすぐ傍に立っていた私に驚き、どこか不審そうな目をしながらも挨拶を口にした。私もひるみつつ、相手に会釈を返す。その一瞬。

隙を突いて紗彩は開いたドアの隙間に体を滑りこませて走り出した。

「紗彩、ダメ！」

ぎょっとする女性をつい押しのけ、急いであとを追う。紗彩はマンション裏口の駐車場を突っ切り、国道とは逆の住宅街方向へ逃げた。犬の脚は速く、見失いそうになりながらも懸命に追いかける。

「待ちなさい！」

部屋着の適当なスウェット姿で、髪もぼさぼさ。履いているのも突っ掛けと、身なりに一切気を遣っていない格好で住宅街を駆ける。道行く人とすれ違い、奇異な目で見られているのを自覚しながらも私は紗彩を追った。

白い毛玉は転がるように私の前を駆けていく。どこへ行く当てがあるのか、恐らく無我夢中なのだろう。ただ私から逃れるためだけに、紗彩はひたすらどこかへ向かって走っていく。

お願い待って、どこへ行くの。

必死でその小さな体を追いかける。私を振り切るために全力で前へ進む紗彩を、ただただ追いかける。

ふいに私の視界へ飛びこんでくるものがあった。カーブミラーの中を動く小さな影。角の向こうからやってくる車。

「紗彩――！」

果たして私の声は娘に届いただろうか。

急ブレーキの音と鈍い衝撃音。

私は走る足をゆるめ、勢いのままに数歩進んでから、その場に立ち尽くした。あれだけ必死に追いかけても詰まらなかった紗彩との距離が、一メートルまで縮まっていた。

運転席から顔色の悪い中年の男が降りてくる。確認するように車の前へとまわった。

白い毛皮を赤く染めた紗彩は不自然な形に曲がった脚を細かく痙攣させ、血糊を撒いて倒れている。その腹はやぶれて紐状のものが飛び出していた。私は直視できず、呆然としながら男の顔を見る。

「あんたの犬か」

男は私に向かって苦々しげに言った。

「ちゃんと首輪とリードをしないからだ。あんたみたいな無責任な飼い主は困るんだよな。自業自得で済めば良いが、こっちだって気分が悪い。車は汚れるし傷もつくし。ついてないよまったく」

顔を蹙めて溜息をこぼし、男がしゃがみこんで車の下を確認する。

「言っとくけど、ペットの賠償――器物損壊罪は管理責任がしっかりしてないと認められないんだ。今回みたいな場合は過失相殺と言ってね、賠償金も慰謝料も支払えない……」

言いながら姿勢を戻した男が何気なく紗彩へと視線を移し、突然大きく目を剝いた。

「うげぇっ、何だこいつ!? ひ、人の顔してるじゃねぇか!」

紗彩が弱々しく鳴き、前脚を力なく動かして空を搔く。

男は化け物を見るような目つきでそのまま私を見た。どんな言葉よりもその視線が、変異者と親である私に対する社会からの目や評価を、ありありと物語っているように感じた。

「勘弁してくれ、関わりたくない」

そう言うと、男は逃げるように運転席へ乗りこんだ。エンジン音がして、発進した車は紗彩を大きく避けるようにカーブすると、あっという間に見えなくなる。

残された私は少しの間その場に佇んでいた。

辺りの音が消え、しんと空間が静まり返る。その中に私と、倒れた紗彩だけがいた。

ゆっくりと歩み寄り、膝をつく。アスファルトがひどく熱い。本当に今日は良い天気で、よく晴れている。

力なくぐったりと横倒しになっている体は、もうぴくりともしなくなってしまった。

紗彩、と声をかける。

何の反応もない。

薄汚れて斑な赤茶になったその毛並みへ両手を差し出す。掬い上げる。

両手に感じる温もりと、ぬめり。手脚は投げ出され、持ち上げれば重力のままに垂らされた。やぶれた腹からこぼれているものが、私の膝の上を生温かく濡らす。

紗彩は瞬きを忘れた双眸をどこかへ向けていた。恐らく何も映していないその瞳。ゆるく開いたままの口から呼気は漏れていない。

何が起こっているのか……よく、理解できない。頭の回転はひどくゆるやかで、時の流れすらもゆっくりと過ぎていくかのようだった。

体温は徐々に失われていく。手の中でただの物体へと変わりつつある紗彩を胸に抱き、思い出したのは、まだ赤ちゃんの頃の姿だった。

白いおくるみに柔らかく包まれ、目も開かず、ただ小さな手や指を動かして声を上げていた紗彩の——

生まれたばかりのたったひとりの娘をこの手に初めて抱いた、そのときの感覚をただ思い出していた。

四章

1

「おい、どこ行くんだ！」

勲夫の声を振り切り、美晴は車のキーを持つと慌てて家を飛び出した。

（ユウくんを捜しに行かなくちゃ）

悪びれるでもなく、寧ろどこかすっきりした様子で、勲夫は優一を棄てたと話した。問い詰めてみれば、美晴の寝ている間に車を出して、近くの山まで行って置いてきたのだと言う。

（どうしてそんなことができるの？）

勲夫に対する失望と疑心を綯い交ぜにしながら美晴は目的地へと急ぐ。カーナビの走行履歴を見て、必死の思いで軌跡を辿った。

夏の終わりの十六時半。まだ明るいとはいえ、あと一時間もすればすぐに日が傾いてくる。このまま夜となれば捜索はあまりに困難だ。だからといって、先延ばしするつもりなどはなかった。

（早くユウくんを迎えに行かないと）

何しろあの姿なのだ。脅威に対してあまりに無防備すぎる。野生動物に襲われたらひとたまりもないだろう。それが鳥であろうと、猪であろうと。自分で身を守る手段を持たないのだから、赤子とあまり変わらない。

勲夫が優一を棄てに行った山に関しては、走行履歴もあるが、そもそも当たりがついていた。優一が小学生だった頃、飼っていた犬を山に棄てたことがあるのだ。

犬は雑種だった。中型犬で賢く、人の指示をよく聞いた。そもそもは優一が拾ってきた犬で、茶太郎という名前をつけ、とりわけ可愛がっていたのだったか。

しかしある日、何かの拍子に勲夫の手を嚙んだ。理由について美晴は深くを知らない。勲夫に事情を訊いたが、犬が突然嚙みついてきたのだとしか言わなかった。傷は深いもので、三針は縫っただろうか。結局危険だということになり、手放すことになったのだ。

優一は泣いて嫌がったのだが、勲夫の決心は固かった。美晴も万が一のことを考えると恐ろしい気がしたので、勲夫の決定について異議を唱えることはなかった。

犬を棄てる際に保健所ではなく山へ行くことを決めたのは、勲夫なりの慈悲らしい。保健所に連れて行けば殺処分が決定する。それは嫌だと優一があまりに言うので、じゃあ山に棄てよう、ということになった。——無論、山に動物を遺棄することは違法である。

茶太郎なら賢いから、山で逞しく生きるだろう。勲夫はそう嘯いた。しかし、帰巣本能がある犬のこと。ただ置いてくるだけではすぐに戻ってくるだろうからと、地面に杭を打ちつけてそこにリードを繋ぎ、置き去りにしたのだ。

山の麓に車を停め、犬を連れてひとり降りていった勲夫。その帰りを待っている間、優一は唇を嚙みしめて一言も喋らなかった。思えばあれから、優一はあまり自己主張をしなくなり、おとなしい子どもになってしまった気がする。息子の情操教育にも悪影響を与えた出来事であったということは、想像するに難くない。今頃になって罪悪感を覚えながら、美晴はハンドルを切った。

走行履歴の途切れた場所で車を停めた。美晴は唇を引き結び、眼前の林道を見据える。ここから先はナビもないわけだが、進むしかない。帰り道を迷わないようにすることを念頭に置き、車中に常備していた懐中電灯を摑む。決意を固め、美晴は砂利を踏み締めた。

ゆるやかな勾配(こうばい)の続く道をひたすらに登る。果たして本当に見つけられるだろうか、そういう不安はあるにせよ、とにかく捜すしかない。見つけられるかどうかではなく、必ず見つけて帰らなければならない。それに尽きた。

風に葉擦れの音が聞こえ、時折鳥の鳴き声がする。それ以外は静かな林道をただ前進していると、美晴の頭の中には驚くほど様々な思考がめぐり飛び交った。

（ユウくん）

山の中にひとり置き去りにされて、今頃どうしているだろうか。考えると胸が押し潰されそうな心地になる。

さぞ不安だろう。恐ろしいだろう。優一の気持ちをひとしきり考えながら、ふと気づく。

異形となった優一が何を考えているか、今までまともに考えたことがあっただろうか。

美晴は瞬き、吐息をこぼす。思い出したかのように蟬(せみ)の声が聞こえ、すぐに途切れた。

――得体の知れないものに変わり果てた息子のことを、人間ではなくその見た目のまま別の生き物として扱っていた事実。

人の言うことなど理解していないだろう。人の思考など持ち合わせていないだろう。そう勝手に推測して初めから優一の内心に気を配るのを放棄していたこと。

……いや、それは果たして、優一が異形になってからのことだっただろうか？

ひょっとすると今まで一度も、優一の身になって何かを考え、その内心について深く理解しようと考えをめぐらせたことなどなかったのではないか？

美晴の首筋を汗が流れ、街中よりもいくらか冷たい空気が軽く撫でていく。夏といえども山中は涼しい。このまま夜は肌寒くなるのだろうか。優一は、寒くないのだろうか。思いながら美晴は息を弾ませつつ足を動かす。

なぜ優一がおとなしい子どもになってしまったのか。なぜ自分の意見を言わず、主張せず、どこか卑屈に顔色を窺うような上目遣いばかりするようになったのか。

反抗せず、暴力を振るわず、御しやすいため良い子だと思っていた。その結果が不登校と引きこもりであり、顕在化した問題点にばかり目を向けた。

美晴の思う幸せな人生とは、人並みに大学を出て、人並みの会社に就職し、人並みに家庭を持ち、人並みの老後を送ること、である。

ではその『人並み』とはどういうことを言うのか。

ごく平均的な生活の水準。貧しくもなく、裕福でもなく、中程度のもの。

勿論上を目指せるのなら、そうであっても構わない。ただし下ではいけない。底辺であってはいけない。……なぜいけないのか？　苦労するからだ。辛い想いをするからだ。苦しい想いをさせたくないからだ。不自由な生活を送ってほしくないからだ。人の親であればみな思うことだろう。普通の親なら、我が子の幸せを願うことだろう。

だから優一には美晴の思う『普通の子ども』であってほしかった。そうでなければいけなかった。正しい方向に導こうとしているのに、聞く耳を持たない息子に苛々した。

だが、言ってしまえばそれはすべて美晴のエゴなのだろう。

優一が望む人生とは何か、よくよく話を聞いてみたことがあっただろうか。優柔不断な息子のこと、まともに将来設計などできやしないと考えていなかったか。優一はきっと決めきれないから、代わりに自分が決めてやらなければいけないと思っていなかったか。

ああ、と美晴は小さく息を吐く。

優一は子どもだから、模範を示してやる必要があると思っていた。自分の考える道こそが正しいと。それを歩かせなければいけないと。でなければ不幸になると思っていた。

整備された綺麗な道。周囲に危険なものはなく、輝かしい未来へ向かってまっすぐ延びているような道。しかし、人生においてそんなものが誰にでも平等に選び取れるものだろうか。

ひょっとすると、美晴が提示し続けていた正道は、優一にとっては足場が悪く一歩を踏み出すにも躊躇するような細道だったのかもしれない。あるいは、美晴が今登っているこの林道にも似た、見通しの利かない傾斜だらけの道のように感じられていたのかもしれない。

さほど進んだとは思えないが、疲労に足が止まった。息切れと足の痛みを感じながら立ち尽くす。

遠くからひぐらしの声が聞こえている。その、まるで寂しさを煽るような響き。人でごった返す街の中とは違い、山中は閑かだ。周囲に動くものの気配などはない。このまま歩み続ければ、さらに隔離されていくのではないかと美晴には思えた。

美晴が信じ続けていた『普通の人たち』や『みんな』という何か大きな括りから、枠組みから、切り離されてしまうような感覚。それはひどく恐ろしいことのように思えた。

周りにいる人々と足並みを揃え、その他大勢として溶けこむことに安心を覚えるのは、牧場で群れている羊たちと同じような心地なのだろうか。

特別な幸福も不幸もない生活。出る杭として打たれない生活。何かに狙われることのない生活。

しかしながら、この山の中において、まさしく美晴は『孤独』な存在であった。

山の奥へ進めば進むほど、後戻りできない感覚に陥る。そして下手を打てば山中で遭難し、行き倒れて誰にも知られず骨を曝すことになるのではないかという不安すらある。

勲夫を説得して案内させれば良かったか。警察に連絡して捜索を依頼すれば良かったか。考えはするが、勲夫が頑として承知しないであろうことは容易に想像できた。白を切られて、どこに置いてきたか覚えてないと言われてしまえばそれまで。仮に捜索の依頼をしたとしても、対象が変異者であれば取り合ってもらえないだろう。

今まで何度もはっきりと示され続けてきたのに、勲夫が本気でこんな強硬手段に出るとは思っていなかった。どこかでまだ勲夫の優一に対する情を信じたかったのかもしれない。

変異しても、形式上は死亡届を出しても、血の繋がった親子なのだから。口で過激なことを言ったとしても本心から見限ることはないはずだと。昔気質で口が悪く不器用な勲夫の、本心の裏返しのようなものだと。憎まれ口の範疇だと。あるいは美晴を脅しているだけなのだと。そう、信じたかったのかもしれなかった。

美晴の認識が甘かったのだ。親子神話のようなものを固く胸に抱きすぎてしまっていた。息子を見捨てるなんてとんでもない、ありえないという思い込み。自分がそうなのだから、勲夫もそのはずだという決めつけ。何故、その認識こそがありえないのだと思い至らなかったのだろうか。

額に浮かぶ汗を拭い、美晴はついにその場へ座りこんだ。膝を抱え、顔を伏せてしまう。視界は闇に覆われ、脳裏に勲夫と優一の姿が浮かんだ。

——家族の絆、みたいなもの。絶対的な愛情。親なら子どものことを一番に考えているはずだという妄信。

美晴の中では正しかったかもしれないが、勲夫の中では違っていた。ただ、それだけのことなのだろう。

では勲夫は優一のことを愛していなかったのか、と考えるが、そこまでは分からない。優一が生まれたときに勲夫が見せた笑みも、指を握らせながら「お父さんだぞ」と語りかけた優しい声も、本物だったはずだ。何日も頭を捻って名前を考えたことも、どんな玩具を買い与えるかで喧嘩したことも、真剣に息子を想うからこその出来事だったに違いない。

愛情は確かにあった。——しかし、今はこの有様だ。

要らなくなってしまったから棄てる。望む形と違っていたから。与える愛情を拒否されたから。だから、駄犬も愚息も山に棄てた。勲夫にしてみればそういうことなのだろうか。……美晴には、分からない。

勲夫とは育った環境が違う。だから、考え方もまるで違う。それは当たり前のことなのに、夫婦だからある程度の足並みは揃っているはずだと思っていた。だがよくよく思い返してみれば、美晴が勲夫に合わせたことはあっても、逆はどれだけあったのだろう。

もし、勲夫に合わせていなければ夫婦として成り立たないのだとすれば……。

美晴は考えかけて、顔を伏せたままかぶりを振る。今は、そんなことを考えている場合じゃないはずだ。

長い休憩で息は充分整ったが、顔を上げて立ち上がり、先に進む気力はまだ湧いてこない。

「ユウくん……」

もう分からなくなってしまった。正しいことなんて。

どうすればいいのか、どうするのが良いことなのか、正解なのか、見当もつかない。

こんな山の中で膝を抱えて蹲り、美晴は独りだ。

頼ることなど、縋ることなどできない。……誰にも。

周囲の雑音が聞こえない静けさの中で、美晴はただ、自分と向かい合った。

この場で確かなものといえば、己の頭と体のみ。もし心が挫(くじ)けて引き返せば、優一とはもう一生会えないかもしれない。

それで本当に良いのかと、美晴は今一度自分自身に問うてみた。

どうすべきなのか、何が正しいのか、という問いはひとまず脇に置いておく。他人から与えられる模範解答ではなく、美晴自身が優一とどうしたいのか。今生の別れを受け入れるのか。それとも。

答えは、思いのほかすぐに返ってきた。

2

剝き出しの腕を撫でる風が一層冷たさを増し、美晴は顔を上げて空を振り仰いだ。辺りは薄暗く翳り、夜の様相を呈し始めている。

車を降りるときに見た時刻は十七時を過ぎていたか。時計も持たずに家を出てしまったため、今が何時なのかすら分からない。せめて連絡手段くらい確保しておくべきだったが、美晴には携帯電話を携帯する習慣がなく、必需品としての意識が欠けていた。

足が痛くなるため休み休みの進行だったが、感覚としては中腹まで登ってきたつもりだ。勲夫はこの山をどこまで登ったのか、どのように優一を置いてきたのか、すべては想像するしかない。あまり麓に近いと良くない、かといって頂上まで連れて行く必要もない、と考えれば、足が萎えてきたところで登山をやめて置いてきたのではないかと思えた。

ならばじきに見つかっても良さそうなものだ。ルートさえ間違っていなければ、の話だが。

「あと少し……」

美晴は自分を奮い立たせるかのように呟く。

「あと少しだからね」

優一を切り捨てる、という選択肢は美晴の中に存在していなかった。どう考えても、たとえ人の形を成していないとしても、息子はやはり息子だったのだ。

記憶を掘り起こせば幼い頃の思い出ばかりが輝く。素直な息子だった。優しい息子だった。美化しているのは承知だ。幼い頃の記憶が良いものであればあるほど、後年の優一に対する落胆は大きい。こんなはずではなかったと何度も思った。

しかし、引きこもりの息子に対し、心から『もう要らない』と考えたことは一度としてなかった。もうひとり産んでいれば良かったとは、何度か浮かんだかもしれない。それでも美晴にとっての息子は優一だけで、それがすべてだった。

「……ユウくん」

　あの体では満足に動くことなどできないだろう。それとも、山を下りようと試みて移動しただろうか？

　鳥に狙われていないだろうか。……怪我はしてないだろうか。

　勲夫に連れてこられながら、優一は何を思っただろうか。肉親に見放され野山に打ち棄てられる、まるで大昔の姥捨て山か間引きのような行為に際して、絶望しただろうか。それとも。

（もう一度だけチャンスがほしい）

　間違っていたというのなら、正すための時間と機会がほしい。もう一度やり直したい。

（どうか、私にチャンスをください）

　誰に対する祈りというわけでもなく、美晴は胸の内で願った。何度も斜面を上り下りして、足の疲れはピークに達しようとしている。

　――前方の林のほうから草叢を掻き分けるような音を聞いたのは、そのときだった。

　美晴は思わず身を竦めて足を止める。風の音かと思ったが、そうではない。

「なに……？」

　注意深く辺りを見まわしてみる。人が歩いてくる、といった調子ではない。まるで四つ足の何かが敏捷に駆ける音のような。

野犬か、それとも。

思い至った瞬間に血の気が引く。山の脅威は当然、この場にいる美晴にも猛威を振るう可能性がある。

この場を離れるべきか動かないでいるべきか迷い、立ち竦んだ。逃げれば追いかけられるのではないか。しかし留まっていても襲われるだけではないのか。

草叢が揺れる。何かが近づいてくる。分かっていながら満足に身動きが取れない。美晴は固唾を呑んで身を縮めた。

目の前に躍り出てきた四つ足の獣。垂れた耳に細い顔、斑模様と内巻きの尻尾、そして骨のチャームがついた水色の首輪。その犬には見覚えがあった。

「茶太郎？」

美晴がおずおずと声をかければ、犬はふっと身を翻して前を歩く。しばらく進むと、少し離れたところで振り返り、じっとこちらを見つめてきた。

「え……？」

訝しむ声を上げる美晴に、犬が一度前を向き、すぐさま振り返る。こっちだ、と示しているようでもあった。立ち尽くしていると、犬はどこかもどかしげに何度も同じ動きを繰り返した。

「ついてこいって、言うの……？」

戸惑いながらも足を踏み出すと、それを見て取って、犬が再び歩き出す。美晴が歩みを止めれば犬も足を止め、進めば同じように前へ進んだ。やはりどこかへ案内したがっているのだろう。

美晴は不思議な気分がした。茶太郎を棄てたのはもう十五年も前の話だ。あれから生き延びていたとして、美晴の記憶と違わない姿で現れることなどあるはずないと思うのだが、それでも目の前の犬は茶太郎だという確信があった。根拠を問われても答えられない。ただ美晴の直感が、そうだと言っている。

犬は途中で林道を逸れて林の中へと分け入った。敷かれた道を大きく外れることに抵抗はあったものの、今の美晴には導かれるままあとを追うことしかできない。

陽はほとんど落ちかけて、木立の隙間から見える空は紫がかった色をしていた。あまり見ることのない色合いに奇妙な感覚を覚えながらも、犬のあとをついていく。

一体どこへ連れて行こうとしているのだろう。

思いながら、美晴はひたすらに足を動かした。同じような景色が続き、ふと振り返っても初めに進んでいた林道の場所を捉えられなくなった。

いよいよ右も左も分からないような場所を歩いている。遭難が確定したようなものだ。

――もし茶太郎が自分を棄てた美晴たちに恨みを持っていたとすれば、わざと迷わせて帰れなくしたとしてもおかしくないのではないか。賢い犬だったからそのくらいの知恵はまわるだろう。ひょっとしてこれは、罠ではないか。報復ではないか。

美晴がそう考えていると、犬が歩きながら首をめぐらせた。まるで美晴の内心を見透かしたかのようなタイミングに目を瞠る。

つぶらな黒目が美晴を見つめ、前へと向き直る。そこにいかなる意図があるのか、美晴には分からない。しかし少なくとも悪意や敵意のようなものは感じ取れなかったので、進むに任せた。

前を歩く犬の首輪についたチャームが揺れている。これが良い、と優一が言うので買い与えたものだ。茶太郎を可愛がり積極的に世話していたのは優一ひとり。美晴は優一が小学校から帰って来るまでの間に最低限の世話をしたのみだった。散歩にも連れて行ったことはあっただろうか。茶太郎が家にいたのはあまりに短い期間だったから、それすらよく覚えていない。

思えば美晴はいつも責任から少し遠いところにいたのかもしれない。厳しい勲夫の方針に逆らうでもなく、多くのことを任せ、壁でもひとつ隔てたかのようなところから口出しをしていたに過ぎなかったのかもしれない。

考えをめぐらせていると、己の至らないところがいくつもいくつも浮かび上がってくるようだった。美晴は僅かに俯き、草叢を見つめながら足を動かす。

このままどこへ行くのだろうか。自分の果たすべき務めを満足に果たせなかったのだから、向かう先は地獄だろうか。

そんなことを考えて自嘲し、何気なく顔を上げる。

目の前の犬が振り返ったのは同時だった。美晴を見たあと、すぐに前を向いて足を速める。

「待って！」

その背を追って数歩駆け出し、はたと足を止める。美晴はいつの間にか、木々に囲まれた林の中から、開けた場所へと辿り着いていた。

ところどころに枯れ木の細い幹が倒れこみ、奥は鬱蒼と木々が茂って濃い闇を作り出している。行き止まりのような場所で呆然と立ち尽くしていると、すぐ目の前に錆びた鉄杭が一本打たれているのが目に入った。そこにはリードのようなものが固く結びつけられ垂れ下がっている。

「茶太郎？」

美晴の前を歩いていたはずの犬の姿は忽然と消えていた。今更のように周りの薄暗さが気になり、懐中電灯を点灯する。慌てて辺りを照らしながら見まわし、ふと、気づく。

鉄杭から数メートル離れた木の側に、見覚えのあるバッグがぽつねんと置かれていた。

美晴はどこか信じられないような気分でバッグのもとへ静かに歩み寄った。

——知っている。このバッグのことはよく知っている。なぜなら自分で買いに行ったから。何度も肩に掛けて出かけたから。

そして、この中に入っているはずのものも。

よく、知っている。

しゃがみこんで膝をつき、美晴は固く閉ざされたファスナーに手をかけた。

ジーッ……と音が鳴る。バッグが少しだけたわみ、細く開いたその口から中が垣間見える。

覗きこむ美晴に反応してゆっくりと首をもたげたのは、まさしくあの優一だった。

「ユウくん！」

思わず手を伸ばすと、優一は驚いたようにバッグの中へ頭を一度引っこめた。そうして、少し経ってから様子を窺うように再びおずおずと頭を上げる。

その姿はどこからどう見ても奇妙で、見慣れた人間の姿でもなく、決して愛らしいとは言いがたい異形の姿だ。

それでも美晴にとっては紛れもなく、捜し求めた息子の姿である。

再び優一を見つけられたことが何より嬉しく、虫の姿を見ても以前のようにただ気味が悪いとは感じられなかった。

「ごめんね、ユウくん。今まで怖かったでしょ」

美晴はバッグごと優一を抱き締めながらそう言った。

「でも、もう大丈夫だからね。お母さんがついてるからね」

しゃりしゃりと優一が顎を鳴らす。どういった意味合いなのかは分からない。それでも、伝えたい何かがあるのに違いないと美晴は思った。

再びそろりと優一の頭部へ手を伸ばす。今度は優一も驚いて引っこむことはなかった。

撫でてみればすべすべとした手触りである。美晴が想像していたような、ざらざらとした、いかにも不快な感触ではない。

優一が異形となってから、こうして直に触れたことさえなかった。息子だと分かっていても恐ろしかったのだ。嫌悪したのだ。

しかし触れてみればなんということもない。その体の手触りは、温度は、まるで赤子のように滑らかだ。美晴はそれを今、初めて知った。

「……さ、一緒に帰ろう」

既に辺りは暗く、星の明かりも心許ない。だが美晴には不思議と家まで無事に帰り着けるという確信があった。

　バッグを肩に掛けて来た道のほうへ引き返す。林の中を進んで辿り着いた気がしたが、目の前には林道が拓(ひら)けていた。

　どこからか案内するように現れた犬の姿を思い出し、鉄杭を振り返る。固く結びつけられたリードの先には、よく見れば薄汚れた青緑色の首輪があった。

「茶太郎、だったのかしらね……」

　土にまみれた骨のチャームを目にし、美晴はその場で小さく手を合わせた。

3

「どうしてそれを持って帰ってきた？」

　待ち構えるようにして玄関に立っていた勲夫からそう言われることは、美晴にとってもおおよそ想像どおりだった。

　勲夫がいつからそこにいたのかは分からない。恐らく表の車の音でも聞いてやってきたのだろうが、経緯に関してはさほど興味がなかった。

「協力する気のない人には関係ない話だわ。それと、その言い方はやめて頂戴」

「その言い方とは何のことだ」

「あなた、全然分からないのね。優一をモノ扱いしないでっていつも言ってるでしょ」

「まだそれを優一だと思ってるのか」

「あなたこそ、まだそういうふうに言い続ける気？　頑固を通り越して子どもが駄々捏ねてるのと変わらないわよ」

「その言葉、そっくりそのまま返してやろうか」

「謹んでお断りさせて頂きます」

憎まれ口を叩いて、勲夫を振り切るようにしてリビングへ急ぐ。ソファの上にバッグを下ろし、ファスナーを大きく開いた。

「さあユウくん、うちに着いたよ。暑くない？　それよりお腹が空いてるかな？」

「いよいよおかしくなったようにしか見えないぞ」

追いかけてきてそんなことを言う勲夫を一睨みし、冷蔵庫へ向かう。野菜室からキャベツを一玉取り出し、いつものように三枚ほど葉をちぎった。

「お前はそれでいいかもしれないが」

勲夫がたっぷりとトゲを含んだ調子で言う。

「俺はどうなる？　もうこの虫を見ながら生活するのは耐えられん。我慢の限界だ」

「それは大変ね」

美晴は素知らぬ顔で目も合わせずに答えた。

「しばらく留守にしたら？」

「俺に出て行けって言うのか。ここは俺の家だぞ」

「じゃあ、私たちに出て行けと？」

勲夫は眉を顰め、苦い顔をする。

「お前まで出て行かなくてもいい。虫だけどうにかすればいいだろ」

「本っ当に分かってないのね……」

美晴は優一にキャベツを与えながら、深く溜息を吐いた。

「私は優一と暮らすの。嫌なら出て行ってよ。それも嫌なら、私たちが出て行く」

「無茶苦茶言いやがって」

「自分の子どもを山に棄てるほうが無茶苦茶よ」

「もういい」

そう捨て台詞を吐くと、勲夫は根負けした様子で部屋に戻っていった。美晴はそれを横目で見て、もう一度溜息をこぼす。

視線を落とせば、こちらを窺うかのような優一と視線が合い——あくまで気がする、という話なのだが、どこか心配そうに見え——美晴は困ったように微笑を浮かべた。

「大丈夫よ。……大丈夫だからね」

時計を見れば二十時半にさしかかろうとしている。少し遅い時間になったが美晴はこれから晩ご飯だ。

勲夫はもう食べたのだろうか。シンクに食器はなかったが、ゴミ箱にはコンビニ弁当の容器が捨ててある。

必ずしも美晴が勲夫の食事を作らなければいけないわけではないのだと、容器を見ながらしみじみ感じた。いい大人なのだから、腹が減れば勝手に自分で調達して食べる。そんなのは当たり前のことだ。

自分が本当にするべきこととは何か、と美晴は考える。今最も必要なこと、それは少なくとも勲夫の機嫌を取ることではない。

美晴の助けを切実に欲している存在はすぐ傍にいる。変異してしまった優一……その心身に己だけでは抱えていけない問題を背負った、美晴のただひとりの息子。美晴が家族として、母親としてできることは、その支えになることだと思えた。

「ユウくん、これからは――」

キャベツの葉を齧る優一の頭部を撫でながら美晴が言う。

「お母さんと一緒に新しくやり直そうね」

自分が何をどこまでできるかは分からない。それが優一のためになるのかどうかも。それでも向き合いたいと美晴は考える。

試行錯誤をしながら、何か間違うことがあっても、失敗することがあっても、ひとつずつ改善して互いにとって良い日々を送れるようにする。

あまりに漠然として、理想論で、難しくも感じられる。それでも美晴は決めた。可能な限り真摯に息子と接していくことを。

優一が葉を齧るのをやめ、頭を動かして美晴を見上げるようにした。意図までは理解できないが、美晴はただ微笑んで載せたままの手を再び動かす。

しゃり、と優一は小さく顎を鳴らし、またもそもそとキャベツを齧り始める。

美晴はしばらくその様子を黙って見つめていた。


図らずも契機となったのは翌日のことである。

美晴が部屋に掃除機をかけていると、突然インターホンが来訪者を告げた。

「はーい」

応答し、掃除機を立てかけて玄関へ向かえば、鍵を開けると同時に些(いささ)か乱暴にドアが開かれた。

「お、お義母さん」

「邪魔するわよ」

トシ江は有無を言わせぬ口調でそれだけ伝えると、了承も得ずに押し入ってくる。

「ちょっと、いきなり何なんですか。困ります……」

足音を大きく立てながら歩いていく背を追いかけつつ言えば、トシ江は急に足を止めて振り返ると美晴を睨めつけた。

「勲夫から聞いたんだけど、まだ化け物を飼ってるんだって？」

「優一は――」

「もう我慢ならないって聞いてあんまり可哀相でね、わざわざ電車に乗って一時間かけて来てあげたのよ」

御足労をおかけします、とでも言えばいいのだろうか。美晴自身は頼んでもないことを押しつけがましく言われ、ありがた迷惑――いや、甚だ迷惑である。

「あなたたちが解決できないことなら、私がしてあげるしかないでしょ。勲夫のためだもの」

「お義母さん、一体何を」

トシ江はずかずかとリビングへ入っていくと、辺りを見まわした。そうして、ソファの上で寝そべっている優一を見て、ヒッ、と声を上げる。

「まあ！　嫌だ、美晴さん！　こ、こんな恐ろしいものを！」

大声を上げて慄いてみせるトシ江に、優一が顔を上げて僅かに身構える。

「ちょっと、お義母さんやめてください」

「あなた、あなたねえ！　こんな……ああ怖い！　どうしてこんなものを野放しにしてるの！」

優一は触角を揺らし、少しの間トシ江の反応を窺うようにしたあと、身じろぎをした。ソファからべちゃりとカーペットの上に着地し、逃げるように這いずる。その動きは愚鈍かつ滑稽であり、哀れさすら感じさせるものであったが、トシ江にはひどくおぞましい印象を与えたようだった。

「逃げるつもりよ！　美晴さん、この化け物を捕まえて頂戴」

「何言ってるんですか。お義母さんが騒ぐから優一が怯えてるんです」

「怯えてる……ですって？　恐ろしい思いをしてるのはこっちよ！」

トシ江は髪を振り乱しながらそう言い、腕に提げていた小さなバッグからスプレー缶を取り出した。それが何なのか、美晴が確認する間もなくトシ江は素早く缶を振ると、何の躊躇も容赦もなく優一に向かって噴射する。

「ピイイイイ!!」

聞いたこともない甲高い悲鳴を上げて身を捩らせた優一を見て、美晴はトシ江を羽交い締めにして取り押さえた。

「何するんですか、お義母さん！」

「それはこっちの台詞よ。放しなさい！」

暴れるトシ江から、美晴はスプレー缶を取り上げる。よく見れば、そこには『殺虫剤』の文字があった。

「優一！」

スプレー缶を遠くへ転がし、慌てて優一へ駆け寄る。苦しそうに身悶えする優一の表皮が僅かに赤味を帯びていた。

「何てことを――優一に何てことをするんですか!!」

美晴の剣幕にトシ江は少しひるんだようだったが、ふん、と鼻を鳴らして皮肉げに口許を歪めてみせる。

「自分の手を汚す勇気もないあなたたちに代わって、駆除してあげるんじゃないの。それをなあに？　恩知らずねえ。見なさい、殺虫剤が効くってことは害虫なのよ。感謝されたっていいくらいでしょ」

いけしゃあしゃあとしたその言い種に、美晴は憎悪のこもった目で義母を睨んだ。

結婚当初からネチネチと嫌な目に遭わされ、嫌なことを言われ、それでもどうにか耐えてきたが――ここまで非道いことをするとは思っていなかった。

長年の鬱積が一気に爆発したような気分で、美晴は憤然と立ち上がる。

「この、人殺し！」

「な……」

「出て行って！」

美晴は激情のまま、トシ江の肩を掴んで玄関まで押し出した。狼狽したトシ江が何事か喚（わめ）くのを無視し、ついにドアを開けて外へ閉め出すと、素早く鍵をかける。

「あんな化け物を飼っておいて、何言ってるの！　どっちが人殺しよ、勲夫がストレスで参っちゃったらどうするつもりなの？　この、気狂い嫁！　非常識にも程がある!!」

ドアを叩きながらトシ江が叫んだ。聞いていれば勲夫の心配ばかり、トシ江にとっては息子の勲夫が何よりも大事なのだろうと分かるが、美晴にとって大切なのは優一だった。

「殺虫剤を吹きつけるなんてあんまりよ……」

震える声音で弱々しく呟き、美晴は顔を上げてドアの向こうへ声を投げかける。

「それ以上うるさくしたら近所迷惑です！　警察に通報しますよ」

「何が警察よ、こっちが通報したっていいくらいだよ！　被害者ぶるんじゃない！」

ドアの外から叫ぶトシ江を放置し、美晴は優一のもとへ駆け戻る。優一はもう身悶えてはいなかったものの、表皮はかぶれたように赤くなったままだった。

「可哀相に……」

そっと触れると、優一は僅かに身を跳ねさせた。緩慢に頭を動かし、ただ美晴のほうを向いて何か訴えるかのように見つめてくる。物言えぬ優一にはそのくらいしか伝達手段がないのだと思うと憐れだった。言葉を話せていれば、痛いとか苦しいとか現状や不平不満を訴える手段があるものを――。

（でも、思えばろくに聞いてこなかったかもしれないわね）

いつからか優一は、美晴や勲夫に自分のことを伝えるのをやめた。感情も、考えていることも、自分の状態も、助けすら求めてこなくなった。それは恐らく優一が美晴たちへの期待を失い、信頼も失った結果なのだろう。伝えても無駄だと思っていたのかもしれない。

――だが、過去のことや今までのことは変えられなくても、これから先のことは変えていける。時間をかけて根気よく失った信頼を取り戻していくしかない。

今の優一のことは言葉の通じない動物と同じ、寧ろ乳児と同じように考えたほうがいいのかもしれない。

ただそこに存在するだけで、生きていてくれるだけで嬉しかった、生まれたばかりの頃のように。多くを望まず、ありのままを受け入れる。そして、子どもからのサインは決して見逃さないこと。

「病院行きましょ。それから、もっと安全なところに行かないと……」

濡らしたタオルで患部を拭いてやりながら美晴は言い、ある決心をしていた。

4

訪れたのはさくらい病院である。春町が以前話していたのを思い出してやって来たのはいいものの、果たして優一のことも診てもらえるのか、美晴は気がかりだった。

少し緊張しながら中へ入ってみれば、そこには動物病院の待合室さながらの光景が見られた。ひとつ違うのは、連れられているのが単なる犬や猫ではなく異形であるという点だが……。

「あの、すみません」

受付で声をかけると、くたびれたような中年の女性が振り返った。

「初めてなんですけど……診て頂けますか？」

美晴の問いに、受付の女性は言葉もなくただ一瞥して問診票を出す。まず記入しろということのようなので、美晴は態度の悪さに少し戸惑いつつもボールペンを手に取った。

問診票の内容は初診の際に書くような一般的な内容のほか、異形のタイプを選択する項目があった。犬、猫、鳥、小動物、その他。項目としてあるのはそれだけで、美晴はその他を選択して備考の欄で手を止める。

　虫、と単純に書いていいものか。しかし優一が正式にはどういった類の虫を模した異形なのか、美晴にも分からない。

　迷った末、結局『虫』とだけ書くことにした。もしこの病院が獣医の延長線上のものだったとして、果たして虫を診てもらうことはできるのだろうか。そもそも、虫を治療する病院などあっただろうか。

　とにかく出してみるしかない。美晴はそう思い、問診票を受付に返した。

　受付の女性は問診票に視線を落として軽く眉を上げると、「お待ちください」とおざなりに伝えて奥のほうへと消えていった。医師と相談するのだろうか。断られたら、どこへ行けばいいのだろう。

　キャリーバッグごと優一を胸に抱えながら、空いた席に腰をかける。ひと息つき、それとなく周りに目を遣った。

　あるものは大型犬のような形で、首にリードが繋がれている。またあるものはキャリーバッグの中で息を潜めてじっとしている。

　異形を連れた人々は一様に暗く不安げな表情を隠そうともせず、陰鬱（いんうつ）な雰囲気を醸（かも）し出していた。そのすべてが女性である。若くて四十代、それから美晴と同じくらいの年代、少し上の初老とも呼べる年代の女性たちが、異形を連れてじんわりと俯いているのが奇妙な光景だった。

ここにいる人々がどういう経緯でこの病院に集まっているのかは分からない。かといって声をかけるのは憚られる。ここが単なる動物病院で、人々が連れているのが異形でなくペットであれば——まだ気軽に話すことができたかもしれない。

だが、なまじこの場所にいる人々の抱える秘密や問題を部分的に共有しているだけに、おいそれと他人の事情へ足を踏み入れがたく感じる。美晴もまた、知らない人間からあまり深くを聞かれたくないと思うからだ。

ふいに、鳥とも獣ともつかない形の異形が、甲高い声で喚き始めた。それは人語と鳥の囀りと獣の鳴き声を混ぜたようなもので、意味を拾えるものではなく、ひたすらに耳障(みみざわ)りな騒音であった。

異形を膝に乗せていた白髪混じりの老女が、慌てたように声をかける。

「みいちゃん、ダメ。静かにしないとダメよ」

それでも異形は眼球をぎょろぎょろと動かしながら、ひたすらに喚いている。壊れた玩具のようだ。ガラガラと騒々しい機械音を吐き、狂ったように動き回る哀れな玩具。

「みいちゃん」

なかなか静かにならない異形に、老女が狼狽したような声を上げた。

周囲からじろりと刺さる非難の視線。白眼視。早く静かにさせろという無言の圧力。しかしどうすることもできず、老女はただ狼狽えるばかりだ。美晴はそれを視界に捉えながら、息苦しさと居たたまれなさを感じていた。

騒ぐ子どもを持て余す親という図式は珍しいものではない。だからこそ胃が搾られるような思いがする。

誰も口には出さない。しかし、明らかに迷惑だと言わんばかりの空気が漂っている。当事者である老女もそれを承知していながら、静かにさせる手段が分からない。ただ、迷惑をかけているという罪悪感、早く収めなければいけないという焦りが強く渦巻いている。

ついにどこからか、舌打ちが聞こえた。誰から発されたものなのか、この際それは重要ではない。老女は蒼白な顔で異形を抱えて立ち上がった。異形の顔を覆い胸へ押し潰すかのようにしながら、待合室を出て行く。

くぐもった喚き声が遠ざかり、それでようやくほっとしたような空気がどこからか流れた。

「田無さん」

まるでタイミングを窺っていたかのように呼ばれ、思わず体が小さく跳ねる。美晴は顔を上げ、そそくさと立ち上がった。気まずさの拭えないこの場所から一刻も早く移動したいという気持ちがあった。

通された診察室で待っていたのは、三十代半ばほどの男性医師である。美晴を一瞥すると、どうされました、と素っ気ない声で問いかけてきた。胸ポケットの名札に桜井の文字。ではこの医師が院長なのだろうか、と美晴は思う。

「あの、息子が殺虫剤を浴びまして……皮膚が赤くかぶれてしまったので、診て頂けないかと……」

おずおずと答えながら、バッグのファスナーを開ける。底に縮こまって隠れようとする優一を覗きこみ、桜井が溜息をこぼした。

「『虫』ねえ。なるほど」

独り言のように呟き、うんざりした様子で僅かに眉を顰めると、桜井はバッグの中に両手を入れて優一を診察台に引っ張り出す。

「確かに背中の辺りが赤くなってますね」

「はい……」

渋面を作る桜井を、美晴は俯きがちになりながら上目遣いで窺った。

「殺虫剤の種類と成分は？」

問われて、あっ、と美晴は思う。あの忌々しい凶器は部屋に打ち棄てたまま。拾って成分を確かめるという発想はなかった。

「一口に殺虫剤といっても種類があるでしょう。スプレー式のエアゾール剤とか、液剤とか、燻煙剤とか」

「ええと、スプレーです。その、エアゾール剤、ですかね」

「どんなタイプでした？　ゴキブリ用、コバエ用、ダニ用……」

「……分かりません。詳しく見ていなくて」

美晴が答えると、桜井はまた溜息をついた。

「詳細が分からないと困るんですよ、お母さん。ただでさえ異形は分からないことだらけなんですから」

「すみません」

言って、美晴はつい項垂れる。桜井の言うことは尤もで、機転も注意も欠けていたのだと反省せざるを得なかった。

「……例えば家庭用殺虫剤で一般的に使われているピレスロイド系殺虫剤なんかは、昆虫にとっては強い神経毒です。人体には比較的影響が薄いとされてはいるものの、勿論大量に誤嚥した場合には嘔吐や眩暈、下痢、悪心、昏睡など副作用があります。皮膚に接触した場合は、石油系溶剤によるかぶれも起こる」

桜井は一度言葉を切り、中腰になって優一と目線の高さを合わせると、まじまじとその顔を覗きこむようにした。複眼に桜井を映し、優一が弱々しく触角を動かす。それがいかなる感情による反応なのか解らず、美晴はもどかしさを覚えた。

「見たところ目立つ症状はかぶれだけのようですが、神経毒の影響があるのかどうかまでは何とも言えません」

「検査とかは、して頂けないのでしょうか？」

美晴が問いかけると、桜井は姿勢を戻してこちらへ向き直る。

「残念ながら、設備がそこまで追いついてないんですよ。この病院は元々動物病院でしたから、犬猫や小動物に準じた生き物ならある程度の応用は利くんですがね。昆虫となると体の構造があまりに違うので」

「そう……ですよね」

無茶を言っているという自覚はあった。異形性変異症候群という病自体がそもそも治療法の見つからない難病中の難病である。その中でこうした対症療法としての医療機関が存在しているだけでも良いほうなのだ。個々の症状に合わせた医療設備の対応までを望むのはあまりに時期尚早なのだろう。

とはいえ、美晴にとって優一は唯一の存在であり、このまま環境が整うまでの数年あるいは数十年をただ待つということもできない。一個体にとっての時間は有限であまりに短いものだ。それが歯痒い。

「体の構造が人体に近いのであれば、かぶれへの対処としては患部の洗浄と軟膏（なんこう）の塗布というところです。呼吸の異常や痙攣などが見られないのであれば神経への影響は心配ないかと思いますがね。ひとまず軟膏をお出ししておきますから」

「……ありがとうございます」

美晴は顔を曇らせたまま、桜井に向かって会釈した。

重苦しくなった気分にさらなる追い討ちをかけたのは、診療料金である。

言われた金額に耳を疑い、明細書に記された請求額に目を疑った。

――想像していたよりも、桁（けた）がひとつ多い。

「あの……カード、使えますか？」

使えますよ、と淡々とした声が言い、美晴は少しげんなりとした気分で財布を探った。

果たして動物病院でもこれだけ請求されるものだろうか。今更ながら、保険が利かないこと、人権が適用されないことがどういうことか、その現実を思い知ることとなった。

5

さくらい病院でのショックを引きずりつつ、半ば呆然と電車に揺られること十数分。帰宅した美晴は気合を入れ直して、すぐに支度を始めた。ボストンバッグを押し入れから引っ張り出し、その中に着替えなどを手早く詰めこんでいく。

(もうここにはいられないわ)

トシ江がいつまた訪れるかも分からないし、何より優一への理解のない勲夫と暮らしていくことに限界を感じていた。

どんな結論を出すにせよ、頭を冷やす期間は必要だ。離れて過ごすことで問題と冷静に向き合えるようになるのではないか、と美晴は考えた。

行き当たりばったりに当てもなく出て行くなんてことはさすがにできない。美晴は実家の清美に連絡をした。しばらく厄介になることは可能かと訊ねれば、清美はあっけらかんとした口調で了承したのだ。

「いいよ、戻っといで。あんたもひとりじゃ大変だろ。しばらくうちにいるといい」

「……ありがとう。しばらくお世話になるわね」

どこかねぎらうような声に涙ぐみそうになる。受け入れてもらえることに美晴はひどくほっとしていた。

「しばらく便りがなかったからねえ、どうしてる頃かと思ってたよ」

美晴たちを迎え、清美はお茶を淹れながらそう言う。

「連絡してみようかとも考えたんだけどね。かえって邪魔したらいけないと思って」

「そうね……忙しかったと言えば、そうなのかも」

『みずたまの会』のこと、津森のこと、様々なことに気を取られて実家に連絡するという段にならなかった。

「ちょっと待って、お父さんにお線香上げてくる」

荷物を下ろし、美晴はそそくさと和室へ向かった。仏壇に手土産を供え、蠟燭(ろうそく)に火を点けて線香を立てる。そうして、父親――定史(さだふみ)の遺影を見つめ、鈴(りん)をひとつ鳴らして手を合わせた。

(お父さん、ただいま。久しぶりね)

心の中でそう声をかけ、顔を上げる。

五年前にがんで他界した定史とは三回忌ぶりだった。故人はもうどこにもいないけれど、こうして仏壇の前の遺影を眺める行為を「会った」と称するような感覚がある。葬儀も仏壇も遺族のためにあるというのはまさしくそのとおりだと、津森の言葉を思い出しながら美晴は思った。

結婚して子どもを産んで、守るべき家族が親から子へと変わった。それでもやはり親とは特別なものだと感じる。

兄は幼い頃に事故で亡くなっており、弟は遠く離れた地で生活しているため、あまり顔を合わせることがない。美晴にとってただひとり、頼れる身内である清美という存在。この年齢になってもなお母親というものは特別な存在のようで、ただ近くにいてくれているというだけでも頼もしく、心強いものだ。

リビングへ戻り、美晴はふと周りを見渡す。温かな陽の射す窓際、外で風に揺られる数少ない洗濯物。整頓(せいとん)された部屋がずいぶんと広く見え、清美はこの家にひとりで住んでいるのだと改めて実感する。

「ものが少なくなったわね」

美晴が言うと、清美も改めて辺りを見渡した。

「少しずつ整理してるのさ。終活って言うんだったかね、ぼちぼち準備したほうがいいだろうと思って」

「終活？」

思わず美晴は眉を顰めた。終活……つまりは死ぬ準備をしていると、親から聞かされるのはあまり気分の良いものではない。

「何もしないよりはしたほうがいいだろ。あんたたちに苦労をかけたくない。この家のことも考えとかないとねえ」

「まあ……そうだけど」

相続に関しては多くのことを考える必要がある。懸念事項について早く明確にしておくのに越したことはないが、やはり親の死後のことを考えるのは複雑な心地がするものだ。

「お母さんには長生きしてほしいわ」

ぽつりとこぼせば、清美はからからと笑った。

「そうね。あたしはまだまだ、くたばるつもりなんてないよ」

「……うん」

つられるように美晴も少し笑みを浮かべる。清美がそれを見て頷き、視線を移しながら言った。

「それにしても本当に変な病気だねえ、異形性何たらってのは。あの優一が本当にこうなっちゃうなんて」

清美の視線の先にあるソファには、優一が丸くなっている。我が物顔で躊躇いもなくソファによじ登った様子から、優一が清美を警戒していないことが読み取れた。

「びっくりしたでしょ」

「話には聞いてたけど、実際見るとね。でもま、何だか愛嬌があるじゃないか」

「そう？」

意外な言葉に驚く美晴へ、清美が笑いかける。

「うちにはあたししかいないんだ、あんたたちは気兼ねなくゆっくりするといいさ。ちょうどあたしも寂しくなってたとこだしね。勲夫さんとのことはよーく考えな。何も焦る必要なんかない」

「お母さん……」

優しい言葉に触れ、美晴は心が軽くなるのを感じた。

ひょっとすると、こうして甘えたかったのかもしれない。肯定されたかったのかもしれない。あなたは悪くない、大丈夫、心配しなくていい。そんな単純な言葉でも心が解(ほぐ)れることはある。

自分がそれを受けてこうも安堵するのなら、優一もそうではないだろうか。

母親から前向きな肯定の言葉をかけられること、甘えること、受け入れられることを欲しているのではないか。少なくとも美晴はあまり優一を褒めてこなかったし、欠点ばかりが目について、それを嘆くことのほうが多かった。

「私……優一への接し方を間違えてたんじゃないかと思うのよ」

清美は何も言わず、ただ目を上げて美晴を見る。

「どうして言うこと聞かないのかとか、どうして引きこもりになっちゃったのかとか、色んなことを考えたわ。でもその原因が私にあるんじゃないかとはあんまり思わなかった。だって私は、普通に、みんながしてるように、子育てしてきたつもりだったもの。でも、そうじゃなかったのね」

育児書も読んだし、人の話も聞いた。こうするべきああするべきと念頭に置いていたつもりだった。それでもうまくいかなくて、厭になった。心はとっくに折れてしまって、あとは惰性で過ごしてきた。

「親として、母親としてできることをやってきたつもりだったのに」

美晴の言葉に清美は頷き、幾分柔らかい調子で言う。

「気づけただけでも良かったんじゃないかい。何がいけなかったか分かったんなら、次からは違うようにすればいいんだよ。何にも難しく考えることない」

「そう……？」

「そうさ。それに思い詰めなくたって、子どもは勝手に育つもんだよ。親なんか、その手伝いをしてやるだけでいいんだ。子どもの様子を見て、その時々に合わせて必要な手助けさえしてやれば、あとは自分で大きくなるもんなんだからね」

「必要な手助け……」

いつだって手を引き導いてやらねばならないと思っていた。道を踏み外さないよう管理してやらねばならないと思っていた。それがうまくできなくてこうなったのではないかと、自分を責めもした。だが清美は違うと言う。

「立ち上がり方が分からない子には、その手を摑んで引き上げてやること。自分の足で立とうとしている子には、摑まれるように手を差し伸べてやること。歩こうとしている子には、周りから危険なものをどかして安全な道を確保してやること。その子が何をしたいか、見てやることとさ。闇雲に何かすればいいってもんじゃない。ときには見守るだけのほうがいいこともある」

清美は言葉を切って、煎餅をひと齧りした。

「子育てに正解はないんだ。人間関係と一緒さ。ただ相手をひとりの人間として見て、信頼して、尊重するのが大事なんだよ。親だからって子どもに何でもしてやれると思ったらそりゃ間違いだ。全能の神じゃあないんだから。例えばあたしがあんたにしてやれることといえば、あんたがいつ家に来ても迎えてやれるようにすることくらいなもんさね」

言うと、清美はどこかおちゃめに笑う。

「大したことないだろ？」

美晴は首を横に振った。

「充分よ」

勲夫から携帯に着信が入ったのはその夜のこと。大方、家に帰ってみればもぬけの殻で、問い詰めるために連絡してきたのだろう。開口一番に「今どこにいるんだ」と怒鳴られ、美晴は苦笑も浮かばなかった。

「実家ですけど」

「実家？　なんでまた急にそんなことするんだ」

「お義母さんがうちに突然押しかけてきて優一を怪我させたからよ。あなたがお義母さんに告げ口してけしかけたんでしょ？」

「人聞きの悪いことを言うな。俺はただ状況を伝えただけだ」

美晴は話しながら自然と苛立ちが溢れてくるのを感じた。視界の端では、清美が優一に軟膏を塗ってやっているのが見える。

「どうして私たちのことをお義母さんに話すの。卑怯者。いい歳して親の手を借りて恥ずかしくないの」

「何だと？　だったら実家に帰ってるお前はどうなんだ」

棚上げして責めたことを衝かれ、美晴は一瞬ひるみつつも言った。

「とにかく、あなたが優一のことを考えてくれないなら、離婚だって考えてますからね」

「おい。──正気か？」

「私はいつだって正気よ！」

「冷静になれよ。そんなことを軽々しく言うんじゃない」

「あら、重く伝えてるつもりだけど。……だから、考える時間を作るために家を出たの。分からない？」

電話の向こうで聞こえよがしの溜息が落とされる。美晴はさらに苛立って眉を吊り上げた。

「あなたが反省しない限り、私も優一も戻らないから」

返事は待たずに通話を切った。うんざりしながら息をつくと、清美がぽつりと言う。

「向こうのお義母さんの気持ちも分からなくはないけどねえ。子どもはいつまで経っても子どもだし、息子のことなんかなおさらそうさ」

「ちょっと。お母さんったら、向こうの肩を持つ気？　誰の味方なのよ」

「気持ちは、分かるって話だよ。やってることは良くないことだけどね」

ふいに優一がこちらを見ていることに気づいた。優一も話の内容を理解していることを思い出し、何とも言えない気分になりながら見返す。

「……お母さんはユウくんとお父さんのどちらかを選べって言われたら、ユウくんを選ぶよ」

息子からの返事はない。それでも良かった。

たとえ言葉のボールが返ってこなくてもいい。今までどおり、寧ろ今まで以上に、ただボールを投げ続けるだけだ。

6

日々は美晴が想像していたよりも穏やかに過ぎた。

清美と家事を分担しながら、優一の世話をする。清美と買い物に出かけ、一緒に料理を作る。今までひとりでやってきたことを清美と話しながら行うのは、不思議に楽しかった。

優一のかぶれも五日を過ぎる頃には完治した。特に後遺症もない様子なので、美晴はほっと胸を撫で下ろした次第だった。優一は相変わらずソファの上の定位置に陣取るばかりで活動的ではないが、美晴たちがテレビを見ていると一緒に見ているようだったり、気がつくと近くにいたり、以前よりも家族と時間や空間を共有しているという感覚がある。

会話がなくとも、ただ傍にいるだけでも何となく気分が違う。美晴はそう気づき、極力優一を交えた生活を意識した。

食事の際は優一を連れてきて、同じように食卓を囲む。同じ献立を食べられないにしても、一緒に食事を摂ることが大事だと考えたのだ。

「おいしいかい、優一。そのレタスはね、美津代さんから頂いたものなんだよ」

「美津代さんって、老人会の？」

「そうそう。あそこは農家だから、たまに畑で穫れた野菜を分けてくれるんだ」

シャキシャキと新鮮な葉を咀嚼する音が聞こえる。半円を描くように食べ進めていく優一を見ながら、美晴は箸を動かした。

「美津代さんのとこはミカンの木もあるんだけどね、それがこないだ大変だったらしいんだよ。近所の悪ガキどもに盗まれたのなんのって話でねえ」

「未だにそういうことがあるもんなの？」

「あるさ。敷地の近くを遊び場にしてる小学生が勝手に持っていったとか。それで美津代さんがその家に文句を言いに行ったら、母親が『うちの子はそんなことしない』なんて怒っちゃって大変だったって」

「嫌ねえ。そういうの……何だったっけ、モンスターナントカって言うんでしょ？」

「本当に迷惑な話だよ。美津代さんもさ、気が弱いもんだから。うまいこと言えなくて、『分かった分かった、もういいです』って帰ってきたんだってさ」

「でもそれじゃ、また盗られちゃうんじゃない？」

「あたしもそう言ったのさ。美津代さんダメだよ、悪いことは悪いんだからきっちり言わなきゃって。それで……」

清美の話を聞いている間に食事が終わったらしく、優一がのっそりと身じろぎした。ソファへ移動するでもなく、そのまま座椅子で丸くなる。美晴はどこか微笑ましい気分でそれを眺めた。

母親から子どもへ注ぐ愛情は無償の愛だとよく言われる。とはいえ、母親になれば誰もが子どもに無償の愛を注げるわけではないし、一切の見返りを求めない殊勝な心懸けができるようになるわけでもない。

良いことをすれば褒め、愛情を注ぐ。悪いことをすれば叱り、愛情を注がない。美晴は優一をそんなふうに育ててきた。しつけとして正しいことだと信じていたからだ。

反面、つい過保護に物を買い与えるなど、あれこれと手をかけてしまうような矛盾はあった。何が正しいか分からないなりに、善かれと思うことをしてきたつもりだ。しかし結果として一貫性のない行動となり、優一を困惑させていたかもしれない。

厳しく育てたほうが良いというのが美晴の世代の主流であったが、最近では育児の常識も異なるらしい。愛情に制限はつけず、スキンシップを多く図り、求められるだけ与えたほうが良いとされる。幼少期から充分な愛情を与えることで自立心を育むということらしかった。

——世に普及している知識、常識について疑うことはある。テレビを見ていれば顕著だ。例えば健康食品に関しても、少し前まで体に良いとされた食品が、今度は体に悪いと紹介される。そしてその逆もある。

情報はすぐに新しく塗り替えられ、真逆になる。何が正しいか分からなくなる。翻弄され混乱しながらも、物事の『正しさ』とは絶対的なものではないことに気づく。そうなると、正しさはそれほど重要ではないのかもしれない、とさえ思うこともある。べつに正しくなくても生きていけるのだ。

ともかく、すべてを疑って反発していては生きづらい。情報を取捨選択しながら腑に落ちる内容を信じていくしかないのだろう。結局は自分で判断するしかない。昨今の育児事情についても美晴は半信半疑だが、その中から信頼できそうな情報や、今の優一に応用できそうな情報をかき集めて試行錯誤している次第だ。

優一には自信が足りない。その自信を育むためには自己肯定感が必要だ。何があっても大丈夫だと思える、心の支えとなるものや、逃げこむための場所。それを今からでも養うことはできないものかと、美晴は考えている。

人の形をしていないから、言葉を喋らないからといって、疎かにするべきではない。姿形が変わったのに思考だけは変わらず元のままだとすれば、何よりも辛いのではないか。美晴はやっとそんなことを考えるようになった。

だからなるべく家族の一員として接していきたいし、できる限り愛情を伝えて安心感を得てほしいと思う。

優一の嫌がることはなるべくせず、求めることをする。甘やかしではなく甘えさせること。過保護や過干渉になりすぎないこと。先回りしてできることをしてやるのではなく、できないことを手伝ってやること。

曲がりなりにも優一は成人していて、育児を一からやり直すということはとうてい不可能である。美晴もそれを承知している。

対応を変えたところで今更何が変わるかは分からないが、焦ることはないのだ。時間をかけて向き合っていけばいい。それが美晴の出したひとまずの答えだった。

美晴たちが家を出て二週間が経つ。あれ以来、勲夫からの連絡はない。

仕事で忙しいのか、連絡をしても仕方ないと思っているのか、実情までは分からない。迎えに来るでも連絡を寄越すでもなく、反省の色を見せるでもない勲夫に、美晴は夫婦の情が日ごと冷めていくのを感じていた。

（結局、あの人にとって家族ってそんなものだったのかもね）

お荷物の息子と、都合の良い家政婦のような妻と。いなくなれば困るが、必死に頭を下げて頼むほどではない。そういうことだったのではないか。

だとすれば美晴は今後の身の振り方をよく考えなければいけない。清美と同居するにしても、職探しは必要だろう。清美の年金を当てにして暮らすわけにはいかないのだから。

思いつくと早いもので、美晴はさっそく求人誌を集めた。機械に疎い美晴にはパソコンを扱う仕事などは選べない。年齢制限の壁もあるので、清掃スタッフの求人を中心に探す。

少し前までは体力に自信がなく、肉体労働など以ての外だと思っていたが、実家でのんびりと過ごすことによって不思議と活力が湧いたのを感じていた。それに家事は清美と分担できる。疲れて帰宅したあと、さらに家事までひとりでやらねばならない暮らしではないのだから、選択肢が広がったような気がしていた。

交通費は支給されるか、制服の有無は、シフトの時間帯は、時給はどうか。念入りに調べてめぼしいところを見つけると、美晴はすぐに電話をかけた。特に問題なく面接が決まり、美晴は準備をしながらその日を待った。

そうして迎えた面接の日。電車に乗って二十分の事務所へ着くと、すぐに人の好さそうな顔をした担当者が迎えてくれた。

面接というよりほぼ面談で、三十分ほど話しただろうか。美晴としては悪くない感触だったがさすがに即採用とはいかず、結果は後日連絡するとのことだった。

通勤距離や勤務時間帯などを考慮しても不利なところはないだろうと思っていたが、美晴の場合はブランクがあまりに長いので、そこだけが気がかりだ。……清掃スタッフならブランクは不問のパターンが多いため、大丈夫だろうとは考えているが、ふるいにかけられ落とされる可能性はある。

ごちゃごちゃと考えていても仕方がない。ダメなら別のところを探せばいい。なるべく楽観的な気持ちでいるよう努めながら、駅構内を歩いていたときのことだった。

「田無さんよね？」

ふいに背後から肩を叩かれて美晴が振り返ると、立っていたのは春町である。

「あら、春町さん」

「お久しぶり。元気だった？」

「ええ。──春町さんは？」

問い返せば、春町はどこか陰のある笑みを浮かべてみせた。

「あたしは……まあ、元気よ。でもちょっと色々あってね」

「色々、ですか？」

不思議そうに返す美晴に、春町は考える素振りをする。

「ねえ田無さん、良かったら今から少しだけお茶しない？　……べつに嫌だったら、無理にとは言わないんだけど。『みずたま』のことで話したいことがあって」

時刻は午後二時を過ぎたところで、このあとの予定は特にない。

「いいですよ。ここで会ったのも何かのご縁でしょうし」

津森は春町のことを妙に嫌っていたが、美晴は春町に対して悪い感情を持っていなかった。駅で偶然会って、ちょっとお茶をするくらい構わないと思ったので、誘いに乗ることにしたのである。


「……すっかり秋めいたわねえ」

春町が喫茶店から外の景色を眺め、ぽつりとこぼす。そうですね、と美晴も相槌を打ちながら、激動の夏の日のことをどこか懐かしく思い返した。

「『みずたま』……何も言わずに行かなくなってしまってごめんなさい」

言うと、春町は瞬いて微苦笑じみた表情を浮かべる。

「ああ、いいのよ。『みずたま』はきちんとした退会の制度がなくて、自由だったもの。辞める人は口頭連絡とか、まあ、自然と来なくなるほうが多かったものねえ」

春町の言い方に些細な違和感を覚えた。しかし美晴がそれを指摘する前に、春町は口を開く。

「実はね、田無さんが来なかった間に――『みずたま』はなくなったの」

え、と目を剝く美晴に、春町は小さく息を吐いて手許のコーヒーカップの側面を指でなぞった。

「何から話せばいいのかねえ……。田無さんもたぶん知ってると思うけど、『みずたま』ってグループが細かく分かれてたでしょ？」

「ええ……派閥みたいなものがあるとは感じてましたけど」

「そうそう、そうなのよ。……派閥ねえ。やっぱり人がたくさん集まると、そうなってしまうもんなのかしら。あたしのとこと、石井さんのとこと、橋本さんのとこと。まあほかにもいくつかグループがあったんだけど、寄付金のことで橋本さんと揉めちゃってねえ」

「橋本さんと……」

やっぱり、という感想が美晴の中で第一に生まれる。橋本は春町のことをあからさまに敵視していた。だからいつ衝突してもおかしくないような、意外ではないような気がしていた。

「あたしは寄付のことについて強制してないつもりだったし、いつ子さんを応援する気持ちで有志の人から募ってたつもりだったのよ、本当。でも橋本さんはそうは思わなかったみたい。現にあたしから圧力をかけられたって言ってる人がいる、って言い出してね。誰かと思ったら米村さんだったのよ」

「まさか……」

美晴はそう言ったが、笹山から春町への変わり身の早さや、津森の米村に関する分析を思い返せば、考えられないことではなかった。しかし春町にとってはそうではなかったらしい。

「そう、まさかよね。あたしもびっくりしちゃって」

春町は眉を寄せて困惑の表情を浮かべながら続けた。

「米村さんったら、あたし主催の会に参加するためには寄付を支払わなくちゃいけないとか、それが参加費みたいなもので、払わなかったら除け者にされると思ったみたいなの。ほらこないだ、徴収のときに田無さんと津森さんは払わなかったでしょ。それからふたりとも来なくなっちゃったから、追い出されたとでも思ったみたいでね」

「タイミングが悪かったんですねえ……」

「そうなの。本当そう」大きく手を振り、春町はコーヒーに口をつけた。「まあ、勘違いさせるようなことしたあたしも悪かったかもしれないけど、そんなふうに言われちゃ、やっぱり気分が悪くって。それで口論になっちゃったのよね」

「そんなことが……」

美晴は想像するだけでも辟易として、溜息交じりに言う。その場にいなくて良かった、面倒なことに関わらなくて良かったと思いつつ、ある種自分のせいでもあるような、微妙な気分になっていた。

「だって橋本さんったらよりによって定例会の真っ最中に言うのよ。みんながいる前で、春町さんのことを告発します、なんて言い出したの。ムカつくと思わない？　公開処刑っていうのかしら、こういうの。米村さんも、脅されてたんですう、みたいなこと言うし。まったく、あんな人だとは思わなかった」

ぶつくさと言う春町を見ながら、美晴は何となく津森を思い出していた。どこがどうとは言えないが、ふたりは似ているように思える。津森が春町を嫌う理由について、ひょっとすると同属嫌悪だったのではないかと推測しつつ、「災難でしたね」と相槌を打った。

「それにあたしだけならともかく、いつ子さんにも飛び火しちゃって……。橋本さんたちが、家族会はそもそも変異者を抱えて困窮した人の集まりなんだから、お金を取るのはおかしいしそういうことがないように監視するべきだって、守銭奴だって責め始めたの。何かしらね、今まで散々お世話になってきといてあの物言い、今思い出したって腹が立つわ」

春町は苛々とした調子でそう言うと、深く息を吐く。一転して、暗い表情になった。

「……新田さんって覚えてる？　橋本さんとよく一緒にいた、眼鏡のくるくるパーマの人。あの人がね、いつ子さんのことを勝手に調べたらしいの。それでみんなの前で言ったのよ。失踪した息子さんなんて嘘でしょ、って」

「えっ……？」

美晴が目を丸くしていると、春町は目を伏せたままひとつ頷いた。

「そう、本当はね、いつ子さんのところは娘さんだったの。あたしはいつ子さんから直接聞いてたから知ってたわ。だけど、あたし以外の会員には隠してた。なんで息子ってことにしたのかは、あたしはよく分からないけど、失踪したって言ったほうが良かったのは分かるわ。だって本当のことを伝えたらあまりにショッキングだものね」

「ショッキングって、どういうことですか」

春町は僅かに躊躇うような間を置き、それから口を開く。

「いつ子さんの娘さんが変異したのは、まだ病気の情報も出揃ってないような、あまりに早い段階だったのよ。だからいつ子さんはひどく混乱して――それまでの生活で精神的に追い詰められてたのもあったんだけど――娘さんを殺してしまったんですって」

衝撃的な告白に、美晴は一瞬息をするのを忘れて固まってしまった。

あの優しそうでおとなしそうで上品な雰囲気の山崎が、変異した我が子を殺していたなんて。いくら過去の話とはいえ、いくら罪に問われないこととはいえ、易々と受け止められる事実ではない気がして、美晴は言葉を失う。何と言って良いのか分からなかった。

「驚くわよね。誰だってそう。あたしだって、最初に聞いたときはびっくりしたわ。でもいつ子さんは本当に後悔して、自分と同じ道を歩む人がひとりでも減るようにって思いながら家族会を立ち上げたのよ。あたしはいつ子さんを尊敬してるわ。今だって、勿論。だけど事が事だけに……いきなり聞かされたみんなは、ね」

定例会に集まった会員の前で過去の罪を暴露され、山崎は紙のように白い顔で、言葉もなくただ唇を震わせていたそうだ。あまりに不憫だった、と春町は言う。

「たくさんの会員が辞めたわ。……鈴原さんも辞めた。残ったのはあたしと、寺田さんと、それからあと何人か。だけど口頭連絡してないだけで抜けた人もいたでしょうね。だから本当に残った人は少なかったの。いつ子さんもがっくりきたみたいで」

「それで、『みずたま』はなくなったんですか?」

「……いつ子さんが事務所のお金を全部持ち出して、消えて、それっきりね。いつ子さんとは連絡もつかなくなっちゃった」

「そんなことが……あったんですか……」

美晴は圧倒されたようにそれだけを言う。何も気の利いた返しが思い浮かばないし、言葉も見つからない。

美晴の知らない間に大変なことが起こっていた、その実感と、虚無感。知らないところで事件が起こり、知らないうちに最悪の形で終息した。自らも無関係ではない話なのに、事後報告で聞かされる、この蚊帳の外の感覚。実際仕方のないことで、美晴がその場にいたとしても何ひとつ変わらなかっただろうが、強い無力感があった。

「こんなこと、知らないほうが良かったかしらね」

「いえ、そんなこと——何も知らずに何ヵ月も過ぎてから、いつの間にか『みずたま』がなくなったって知るほうが嫌ですもん」

「だったら、良かった」

声には安堵が滲んでいた。春町はまた目を伏せ、カップの中にスプーンを入れて掻き回す。特に意味のある行動でないことは指摘するまでもなく明らかだった。

「……あの」

「なに？」

「春町さんは、山崎さんの過去の話を聞いても……受け入れられたんですね」

美晴の言葉に目を上げ、春町は皮肉げに唇を歪めた。

「だって、あたしもおんなじよ。いつ子さんを責められるわけないじゃない」

まさか、と言いたげな美晴の視線を受けて春町が頷く。

「あたしも変異した自分の子を殺したの。いつ子さんの比じゃないわよ、殺した挙げ句に食べちゃったんだから」

いよいよ何も言えなくなる美晴に、春町は自嘲ともつかない笑みを浮かべた。

「あたしの息子は魚型の異形でね。しばらくは水槽に入れて飼ってたの。でも、これからどうしたらいいか分からないし、夫はいないし、ほかの息子も家に寄りつかないし。異形の息子と家にふたりきりでいて頭がおかしくなっちゃったのか、ある日気づいたらフライパンで焼いてたのよ」

——そのときのことは、よく覚えていないのだと春町は言った。

断片的な記憶の中、水槽内で無気力に浮かぶ息子をじっと見つめていて、それで、次の瞬間にはもう調理していた。

油を引いて、塩こしょうを振って、両面とも綺麗に焼き上げて皿の上に載せた。

春町はそれを見下ろしながら、奇妙な感覚がしていたと話す。

思い返してみても、食べるために焼いたのか、死んだから焼いたのか、記憶が曖昧で分からない。

とにかく春町はそれを食べようと思った。おいしそうに焼き上がった我が子を、食べる義務があるように感じていた。

そうしていざ、パリッと焼き上がった皮ごと箸で摘まみ、口に入れてみると――魚の味ではなかった。しかし臭みもなくまろやかでどちらかといえばおいしいと思えた。

苦もなく食していき、途中でワインも開けた。そうやってほぼ平らげたとき、ふと皿に残った目玉が視界に入った。

それは人間の眼球で、……息子の眼球だった。

気づいた瞬間、吐き気がこみ上げてきたのだ。とうてい、胃の中におとなしく収めておいて良いものではないという気がした。

息子の肉であるという意識もせず、美味な食事としてほとんど完食した事実。何の違和感も持たず奇行に走った己自身。死んだ息子の眼球と目が合った瞬間の、臓腑(ぞうふ)の跳ね上がるような感覚。何もかもが恐ろしかった。

取り返しのつかないことをした。頭を抱えて咽(むせ)び泣きながら、春町は胃が空になるまで喉に指を突っこんで吐き続けた。

「それで……『みずたま』もなくなったし、家には嫌な思い出しかないから、引っ越すことにしたのよね。もう思いきって遠くに行っちゃおうと思って」

春町のいつものあっけらかんとした声音で、美晴は我に返ったように瞬いた。

「だから、田無さんともきっともう会うことはないと思うの。……最後だと思ったら、変な話までしちゃって、悪いわねえ。忘れて頂戴」

忘れろと言われて簡単に忘れられるような内容ではないが、美晴はとりあえず頷く。春町はどこか寂しそうに笑った。

「田無さんのところの優一くんは元気？」

「ええ……相変わらずですけど、元気にやってます」

「そう。良かった」

春町は脱いだ上着とバッグを抱えながら立ち上がる。

「何もなくても、やっぱり生きてるのが一番よね。あたしが言うのも変だけど、優一くんのこと大事にしてあげて。仲良くしてあげてね」

ここはあたしが払うわ、と、春町が伝票を手にしながら言った。

7

ただいま、と力なく言った美晴を見て、清美は少しぎょっとしたような表情を浮かべた。洗濯物を畳む手を止め、気がかりそうな視線を送ってくる。

美晴はそんな清美には気づかず、どこかに魂を落としてきたかのような幽鬼さながらの様子で、肩にかけたバッグを下ろすとソファに沈みこんだ。

――何だか、どっと疲れてしまった。

思考は停止したままで疲弊感だけが濃くのしかかっている。美晴はそのまま目を瞑り、肺の底から深く息を吐いた。

春町の話は衝撃的だった。『みずたまの会』のことも、山崎のことも、春町自身のことも。美晴はまだ、どう受け止めていいのか分からずにいる。

一時の間だけだったとはいえ、心の拠り所にしていた場所はいともあっさり瓦解してなくなった。自分の関わっていないところで、実感も残さないまま霧のように消えてしまったのだ。そうなると『みずたまの会』とは何だったのか、まるで幻でも見ていたかのような気分になる。

家族会は美晴たちのような変異者を持つ家族にとって、希望や憩いとなる場所だったはずだ。ひとりで悩み苦しまないよう、同じ傷を持つ者同士が集まって、痛みを分かち合う場所だったはずだ。

それとも単なる傷の舐め合いに過ぎなかったのだろうか。目指すべき道は間違っていなかったはずなのに、どうしてこんなふうに廃れてしまう結果となったのか、残念でならないと美晴は感じた。

……だが、痛みや傷を分かち合うだけではダメなのだ。起きてしまった事態や抱えた問題について悲観しないことは最重要であるが、ただ耐えることや慣れることだけを会得しても根本的な解決には至らない。

目の前の問題を見つめ、理解し、向き合うことがもっと必要だったのだろう。『みずたまの会』は家族の気晴らしや逃避にばかり重点を置いてしまった。そうして、一番解決すべき問題を無視し、放置する結果となってしまったのだ。

多くの変異者がその家族の手にかかって死んでいることを、美晴も知っていた。そこに至るまでの道筋は人それぞれ、様々な理由があっただろう。変異者に対する恨みや憎しみという個人的な感情もあれば、事故や過失もある。

そう、世帯によって様々な事情や状況があるにもかかわらず、大多数が最悪の結末を辿ってしまうのはなぜなのか。ほかならぬ家族によって、誰よりも近しいはずの身内によって、殺されているのはなぜなのか。

家族が変異者に対して抱いている感情とは最早、殺意ですらないのかもしれない。あるのは問題を切り離したいという辟易とした想い、自分の人生の足を引っ張る元凶を処分したいという想いなのかもしれない。

人権を奪われ、社会的にも死亡してしまった者の『残り滓』を、何の義理があって後生大事にしておかなければならないのか。

あれは息子ではない、勲夫だって何度もそう言った。

変異者は異形であって、人間ではない。

もう自分の子でもないというなら、一体何のためにそれと四六時中顔を合わせて頭を悩ませながら生活していかなければならないのか。

だから――手放す。断捨離のような感覚で。古いぬいぐるみを棄てるような感覚で。

ひょっとすると、家族たちは理由がほしかったのではないか。手に余るほどの重荷を、合理的かつ、倫理的または社会的に赦(ゆる)される形で投棄するだけの理由が。

既に産んでしまった子どもを要らないとは言えない、棄てるわけにも殺すわけにもいかない。そう理性で抑えていたとしてもやはり、不要なものは心底不要なのだ。うんざりしていたのではないか。厭だ厭だと思っていたのではないか。できることなら、自分と無関係な存在にすることを願い、重荷を下ろして自由になりたいと思っていたのではないか。

美晴は考えながら、鼻の奥の痛みと目頭の熱を感じていた。

優一を見て、何度もこんなはずではないと思った。どうしてこんな子になってしまったのか、どうして余所の優秀な子とは違うのか、何度も考えた。

娘が生まれていれば違ったかもしれない。娘はもっと美晴を理解して、仲睦(なかむつ)まじい親子になれたかもしれない。そんなふうにも思った。

すべて優一という存在を真っ向から否定する考えだった。

だから、なのではないか。

心のどこかで美晴もそう感じていたのではないか。優一が優一でなければ、もっと違う子であれば――つまり、自分の理想とする子どもでない優一は要らないのだと、心の深いところで感じてしまっていたのではないか。だから優一が幼いまま死んでしまったという夢まで見た。そうなのだとすれば。

優一を異形にしたのは美晴なのではないか。

「うっ――」

考えた途端、嗚咽が溢れ出した。ぼろぼろと涙が両頰をこぼれ落ちる。拭う暇もないほどに。

子どもにとって唯一であるはずの父母、誰よりも味方であるはずの親に否定され続ければ、歪んでしまうのも無理はない。異形の姿となる前に、心もとっくに異形になっていたのだろう。自分がただ自分として在ることを許されなかったのだから。

テーブルに置かれたティッシュへ手を伸ばし、目許を拭う。涙はそれでも次から次へと溢れてきた。

自分でも何の涙なのか分からない。悲しいのか、苦しいのか、悔しいのか、自責のた。

念なのか。止まらないそれに困惑していると、清美がお茶を持ってきて傍らに座った。

「――ほら」

目の前にコップを差し出されて、美晴は思わずきょとんと清美を見る。

「喉、渇いただろ」

清美はただそれだけを言うと、ごく自然に視線を逸らした。美晴は鼻を啜り、コップに注がれた麦茶を見つめる。手に取り、口をつけて僅かに傾けると、食道から胃まですっと冷えた感覚が浸透するのを感じた。

「面接で何かあったのかい」

清美が静かに言う。美晴が答えずにいても、先を促そうとすることはない。

「違う……」

美晴がようやくそれだけ口にすると、清美は目を上げた。黙って次の言葉を待つ清美に、美晴はひとつしゃくり上げて、深い皺の刻まれたその顔を見返す。

「言いたくないなら、無理には聞かんよ」

責めるでもなく、美晴を気遣うように言う清美にまた瞳が潤んだ。

「違うの」

聞いてほしいと思った。

話を聞いて、受け止めてほしい。——慰めてほしい。甘えさせてほしい。

湧き上がる感情に困惑しながらも、震える唇を開く。

「お母さん、私——」

言葉はうまく続かなかった。思うことはあるのにうまく言葉にならず、伝えたいことが伝えられず、ひどくもどかしい。それでも、清美はただじっと美晴の言葉を待っていた。

「私……」

次の言葉が出せずに喉や胸を閊えさせていると、清美がそっと美晴の背を撫でる。それで思わず、美晴は清美に縋りついた。

老いた母親の小さく頼りない体。それが今の美晴には大きく温かく感じられる。まるで幼い子どもに返ったかのように母の胸へ縋って泣けば、清美は応えるように腕をまわし、背中を優しく励ますように叩いた。

果たして、幼い頃こんなふうに清美に泣いて甘えたことがあっただろうか。そう記憶を辿りながら、深層での愛情に対する飢えを実感すると同時に、癒やされていくのも感じる。

我知らずわだかまっていた幼い美晴の孤独。それが今になってようやく光を浴び、浄化されていくのだという感覚があった。

「私、優一にひどいことをしてた……」

「優一に？」

「もっと、お母さんみたいに、優一にしてあげられたら良かった」

嗚咽混じりの声でそう言うと、清美は少し考えるように首を傾ける。

「あたしは正直、あんたたちにはそれほど構ってやれてないと思うけどね。それはあんたも分かってるだろ？」

美晴は体を離して清美を見た。清美は微かに笑みを浮かべてひとつ頷いてみせる。

「今だから、やれることってあるのさ。あんたもそうだよ。優一に申し訳ないと思うんなら、これからできることをやっていけばいいんだから。そう決めたって自分で言ったろ」

「うん……」

時間をかけて向き合うと、そう決めた。美晴が優一に対してできる贖罪（しょくざい）があるとすれば、それだけなのだから。

美晴は辺りを見まわし、座椅子の上で身を固くしている優一を見つめた。帰ってきたときからずっとその場にいたのだろう。じっとこちらの様子を窺っているかのような優一に、美晴は言う。

「今までごめんね、優一」

涙を拭い、声を震わせたまま続ける。

「お母さん、優一のことたくさん追い詰めたりしたね」

理想像を押しつけ、所有物のように扱い、否定し続けていた。それが良くないことだと気づかなかった。自分がされたら不快に思うだろうということすら、念頭に浮かばなかった。

自分は親で、優一は子で、だから正当な扱いなのだと思っていた。これが普通だと錯覚していた。

どうしてなのだろうか、子どもであった時分は親に対して思うところがあったはずなのに、親の立場へ変わった途端それが分からなくなる。完全に視点が変わってしまっているくせ、子どもの気持ちが分かっていると思いこむ。そんなふうにして、螺旋状に負の連鎖が続いていくのだ。

だがそれはどこかで断ち切らなければいけない。己の過ちに気づけたなら、少なくともそこで足を止めることができたなら、違う結果を実現できるはずだ。

「あなたにとって良いお母さんじゃなかったかもしれない。でも、お母さんはこれからも、何があっても、優一の味方だから」

今更薄っぺらい言葉だろうか。そうだとしても。

「今までもこれからも、あなたをずっと大事に思ってるからね」

独り善がりで自己満足的な謝罪なのかもしれない。優一には正しく意味が伝わっていないかもしれない。

それでも美晴にはこうして伝えるしかないのだ。理解してもらえる日が来るまで、言葉や態度や行動で伝え続けていくしかない。これから先も、いつまでだって——ずっと。

数日経ち、面接した会社から採用の連絡が来た日の夜のことだった。

「美晴、——美晴！」

切羽詰まったような声が聞こえ、美晴は食器を洗う手を止める。

さっとタオルで濡れた手を拭ってリビングへ向かうと、清美が困惑したような顔で見上げてきた。

「優一が……」

ただならぬ様子に慌てて優一の姿を見遣り、美晴は小さく息を呑んだ。

優一は横倒しにごろりと転がって、ぴくりともしない。

「優一……？」

どうしたの、と声をかけながら、嫌な予感に苛まれる。

そろりと手を伸ばして体表に触れれば、いつもよりも硬い手応えが返った。

「ねえ美晴、まさか——」

何か不調がなかったか、美晴は先ほどまでの様子を思い浮かべる。

食事のときもいつもどおりだったはずだ。もっとも、普段からそれほど活動的では
ないので、元気なのかそうでないのかの判断は難しかったが——目立って妙なところ
もなかったはず。食事もいつもの葉野菜を普段どおりに食べていた。

……それならどうして？

「まさか優一、死んでるんじゃないかい……？」

優一の体は尾のほうから石のような灰色に変わり始めていた。

8

「美晴、まだそれを見てるのかい」

呆れとも憐れみともつかない声で言われ、美晴は振り返らずに答える。

「……うん」

全身が灰色に染まり、石のように硬直して動かない優一。この状態になって、そろ
そろ一週間ほど経つだろうか。

死んだんじゃないか、と清美は言う。美晴もそういう気がしている。でも、そうで

ない可能性が捨てきれない。

硬い手触りの体表を撫でてみる。軽く叩けば、コンコン、と音がした。

「私って、諦めが悪いのかもね」

「知ってるよ」

美晴の言葉に、溜息をつきながら清美が言う。

「だけどいつまでも置いとくわけにはいかないよ。分かるだろ？」

「うん……」

美晴はじっと優一を眺めながら、どこか上の空で返事をした。

「もう少しだけ、お願い……」

確証がほしい。本当に優一が死んでしまったのなら、そうだという確証がほしい。諦めて気持ちの整理をつけられるだけの証拠がほしい。

考えながら、美晴は僅かに涙ぐむ。

ようやく過ちに気づいて、残りの人生をすべて費やす覚悟をしたばかりなのに。これでは美晴の気持ちが浮かばれないし、優一も可哀相ではないか。

もっと早くに気づいていればという後悔を抱えて苦しむのも一種の罰だろうか。そう思う一方、これで終わりではないはず、という感覚がある。

まだ先がある、それを信じたい、という気持ち。それは決して、単なる悪あがきではない。少ない望みに遮二無二（しゃにむに）賭けているわけでもない。

その感覚はあまりに漠然としていて、他人へ納得のいく説明をすることなどできそうになかった。根拠は示せないが、このまま待つべきだという感じが、美晴の中にただ在る。もう少しだけそれを信じて待っていたかった。


世間では暗いニュースがあとを絶たない。異形性変異症候群は世代の幅を広げ、次々に事例を増やしていっている。とっくに一部の若者の問題として片付けることができなくなり、以前より深刻化した。行政もこれを受けてようやく変異者支援の取り組みを大々的に始めたという話だから、悪い話ばかりではないのだろう。今頃になってようやく重い腰を上げたか、と皮肉のひとつも言いたくなるのはまた別の問題だ。

急速に変わっていく。時代が。取り巻く環境が。人の意識が。その変化の奔流の中で、美晴は今まさに、生きている。そのことに対する心配がないと言えば嘘だ。こうなるべき、こうあればいいという朧（おぼろ）な理想や指針が分からなくなった今、果たして自分の辿り着くべき場所はどこなのか、自分のいる道がどこへ続いているかも読めない。

誰もが言い知れぬ憂慮や不安の中で生きている。明日、どこで誰がどうなるか分からない。ともすれば自分の形さえ唐突に失うかもしれない。そんな中で、内心の懸念を悟らせまいと無理に明るく振る舞い、幸せであると自分自身すら偽り、苦しみから目を背けて、考えないようにして生きている人のなんと多いことか――。

年老いた母と、衰えつつある自分と、生死の分からない息子のようなものを傍に置いた暮らし。美晴はそんな自分の境遇を改めて客観視する。

世間一般から見れば『ありえない』と言われるだろう。あまりにも希望のない、細い糸の上で辛うじて立っているかのような家族の形。不安定で歪で、哀れさすら誘うかもしれない。

しかしまた考える。この客観視すら主観であると。

これはあくまで美晴の思考だ。他人ならこう思うかもしれない、という主観で第三者を作り上げた場合の目線だ。

そこからもっと離れて、もっと俯瞰で考えてみる。すると、清美と、美晴と、優一がいる、というだけのシンプルな事実に辿り着く。

結局のところただそれだけなのだ。良いとか悪いとか正しいとか間違いとかではなく、今ここにそれぞれが存在している、それだけの覆しようのない事実がここにある。

肯定的にも否定的にもわざわざ意味付けする必要もない、確かな事実があるだけだった。

一度そのことに気づくと、不思議と美晴の心は穏やかになった。他人の反応、ひいては言葉、自分自身を含めた感情、意味と呼ばれているもの、そのすべてがあたかも本物のように振る舞うだけで、実はまやかしであるということ。ただ移りゆく現象と同じようなもので、自分を脅かし害するような絶対的な力は持ち得ないこと。

どう在ってもいいのだ。自分も、他人も。すべて己の采配で、何事だって決めていい。

「優一」

灰色の硬い体表を撫で、美晴がそっと声をかける。

「お母さんね、全部受け止める覚悟、できたよ」

果たして優一に聞こえているのか、届いているのか、深くは考えない。自分の言葉が与える影響も、意味も、考えすぎない。それは受け止めた本人が考えるものだから。

「だからこれからは自分で全部決めなさい」

生きるか、このまま朽ちるか。その選択だって、美晴が決められるものではないのだから。

「やりたいように、好きなようにするの。お母さんもそうする。あなたがどんな道を選んだとしても、責めたりしない。ずっと見守るよ。お母さんね、優一のこと信じてるから」

ひとつふたつ撫でて、ふいに美晴の手の動きが止まる。開きかけた唇が震えて、一瞬だけ呼吸が乱れた。……一拍置いて、結んだ唇の両端をきゅっと上げる。そうして天井を軽く振り仰ぐと、美晴は再び優一の体を労るように柔らかく撫でた。

※

物心ついた頃から、既に自分というものの価値が決まっていました。

いつの間にか気づいたんです。自分に値札がついていることに。それも信じられないくらいの安値であることに。さらに注視していると、値段はどんどん下がっていくんです。今はタダどころか負の価値がついています。

居場所がないように感じることが多かったのです。根拠はなくとも漠然と、そんな心地がしていました。誰からも求められていない。誰の世界にも自分は不必要で、ああ、自分が酸素を無駄に消費してしまっている、と考えたこともあります。

私は比べられてばかりいました。長所短所をあげつらわれ、お前はここが劣ると責め立てられるのです。そのたびに悔しい思いをしていました。私は自分が好きじゃありません。

出来が悪いと言われていました。取り柄がないと言われていました。できることが当たり前で、できないことは罪でした。叱責が通り過ぎるとき、感情もまた通り過ぎていくようでした。何もかも置き去りにされ、あとには空っぽな気持ちが残るのです。

僕は一身に期待を浴びながら日々を過ごしました。もし母の期待どおりに動くことができなければ、冷めた目で見下され、途端に用済みになるのです。

こうあるべきという型がありました。けれどもその鋳型にうまく塡まることができませんでした。塡まってなんかやるものかと思っていました。激しい怒りさえありました。

不必要な存在だと知っていました。疎まれていると知っていました。

妹ばかりが可愛がられているのです。俺のことは図体ばかりがでかい木偶の坊だと祖父が言います。俺は好きで生まれてきたわけじゃないのに、生存するための責任を取らなければいけないので、ひどく理不尽に思えます。

目指さなければいけない指針を逸れてしまえば、最早無価値だったのです。

でも頑張ったんです。良い子になろうと思って。勉強だって。習い事だって。塾にも行った。何でも言うこと聞きました。何でもそのとおりにしました。なのに今になって、自分の意思とやらを問うつもりなんですか。

僕をもっと見てほしかったんです。構ってほしかったんです。いつも放っとかれて、父は兄ばかり褒めました。優秀で僕とは大違いだと。そう、親戚の前で言うのです。そのたびに僕は恥ずかしくて惨めったらしくて、誰とも会いたくないと真剣に思いました。

友達はいませんでした。どうしてうまくいかないのか分かりませんが、きっと私が悪いのです。私が何か足りない人間だから、人並みに何かをすることも儘ならないのです。みんなは簡単にできることが自分にできないのは辛いですが、でも仕方ないんです。私は人並みの能力すらないんです。

甘い言葉なんか信じていません。機嫌取りなんて反吐が出ます。俺には解ります。だって何度も裏切られてきました。表面だけ取り繕ったって意味ないですよ。全部上辺だけ。そんなチャチなおべっかごときで俺を操作しようなんて、笑えますね。大変面白い催し物ですね。茶番劇ですね。今日は同情を誘うお涙頂戴モノですか。それにしても酷い役者ばかりお揃いで。本当にクソみたいですね。

お人形のように着飾られ、チヤホヤされ、勘違いして育ってきました。自分が特別な存在だと思っていました。でも現実は、ただの棒っきれがリボンをつけているようなものです。どうしてもっと早く教えてくれなかったんですか。

叱責が飛び、殴られ、泣けばさらに痛めつけられ、誰も助けてくれませんでした。

自分はここに居るんです。ここに、居るんです。

楽しくないのに笑い、茶化し、本当の感情なんてどこにあるのか知りません。ただ、それが役目なのです。そうしなければ、いけないのです。

世話をさせてください。面倒を見させてください。そうしなければ。誰かの役に立たなければ。私なんていないのと同じなんですから。

そう、何もかも俺が悪いんです。すべてが俺のせいなんです。両親の仲が悪いのも、父親がなかなか家に帰らないのも、母親がヒステリックなのも、すべて俺の素行が悪いからです。そして俺のことを皆で責め立てるとき、一丸となっているのを感じます。俺だけが仲間外れなんです。俺という共通の敵を前にして、一致団結することで成り立っているんです。つまり俺はサンドバッグなんです。

僕という副産物は出生の瞬間からまったく無益であり、何の効力も発揮することができないまま、電脳と汚泥の海に沈み、溶けていくのでしょう。

羨ましかったんです。友達が羨ましかったんです。皆から愛され、それを当たり前の権利として享受し、素直で傲慢で眩しくて、……そんなのとうてい信じられませんでした。

生きづらくて生き苦しくていつも水中にいるかのようでした。声を嗄らして叫んでみても、気泡となって消えていくだけなのです。

改めて自分のことを考えてみると、あまりにつまらない人間であることが明らかになってしまいました。秀でたところもなく、楽しみもなく、漫然とただ日々を過ごしているのです。驚いてしまいました。

要らないんですね。そうですね。解っていました。邪魔者なんですよね。じゃあ消えれば良いんでしょうか。居なくなったって、分かりませんよね。気づきませんよね。捜しませんよね。知ってます。解っています。

暴言を吐かれるのはいつものことです。だからどうということもありません。今更傷つくことなんてありません。すっかり慣れてしまっています。図太いでしょう、面(つら)の皮が厚いでしょう。そうじゃなければとっくにここにはいないですよ。

なぜ、私のことを想ってくれない人のために、どうして、何をしろというのですか。それは一体何のために。あなたの体裁のために、外面のために、私を利用するんですか。

都合の良い道具だったんですね。僕は。今更気づいてしまうなんて。

ああ、何も持っていない。

誰もが私を否定する。

奪われ続けているんです。今もなお。自分の中の大事なものがどんどん枯渇しそうになるのを必死でかき集めているんです。湯水のように流れ出すのを必死で止めようとしているんです。

おっしゃるとおり、クズです。バカです。ゴミです。それで、いつ廃棄するつもりなんですかね。スクラップにするんですか。ミンチにするんですか。ペットの犬にでも食わせるんですか。お腹を壊してしまいそうですね。

私たちの周りに溢れている正常な人々は、充実した人々は、一体どのようにして日々を生きているのだろうと思います。何を頼りにして、何を希望にして、毎日を送っているのだろうと思います。辛くても苦しくても明日になったら笑えるんですか。時々、まるで別の世界の人間と話しているかのように、彼らの言っていることの意味が分からないことがあります。……ひょっとしたら本当に、私とは別の世界に生きている人なのかも。

五年先も、十年先も、二十年先も、ひょっとしたらこのままかもしれないと考えると、もう、いいかなって思うんです。何だか疲れてしまいまして。生きる気力なんてひょっとすると、幼い頃からなかったのかもしれません。

どうやら普通の生活を送っている正しい人たちというのは、底辺の人間を罵倒(ばとう)させら笑い粗末に扱っても良いらしいのです。それが大衆の正義というものらしいのです。

努力して何が手に入るんでしょうか。期待どおりの結果が得られないという絶望ですか。

消えてもいいかなと思いました。

たぶん、数年もすれば不摂生が祟って死ぬんです。自分にぴったりの処遇かと。

ただ何もせずこの場所で転がっていれば、飢えてそのまま死ねるのでしょうか。

いずれ野垂れ死ぬ運命なんです。

明日を迎える意味などありますか。

寂しいとか、愛してほしいとか、何だか幼稚な訴えじゃないですか。とてもじゃないけど、そんなこと口が裂けたって言えませんよ。

同い年の従兄（いとこ）が大手企業に就職して結婚なんかして子どもまで生まれたなんて聞くと、俺はもう、ただ頭を掻き毟（むし）って抜け毛を数えるばかりです。

そうやってみんなどんどん私のこと置いていくんですよね。

段ボールの中で蹲っていたら、誰か心優しい人が拾ってくれればいいのに。そういうくだらないことを考えてはひとりで失笑しています。

もう一歩も動けない。

眠ったまま、明日が来なければいいのにと思います。

勇気がないので、可能なら苦しまずに死にたいです。一番楽な死に方を毎日毎日調べています。

いっそのこと、消滅したいんです。生きた痕跡（こんせき）を欠片（かけら）も残さず消えてしまいたいんです。誰からも忘れられて、初めからなかったものとして、生まれてなかったことにしたいんです。

電車に飛びこむと家族に賠償金が求められると聞きました。富士の樹海は遠いです。万が一、死に損なって障害が残って要介護になってしまったら目も当てられません。迷惑をかけずに確実に死ぬ方法を教えてください。お願いします。

死にたくなんかないです。でも生きていくのにも疲れました。

希望なんてない。あるのは連綿たる孤独な明日。

僕の葬式のことを考えてみて、家族が泣いているところを想像して、だから何だという気がしました。ああ、息子に先立たれた悲劇の両親ってことで、適当に盛り上がるんだろうなあ。すごくどうでもいいです。

誰もが信じてる明日は、私に限っては訪れないのです。

俺は何より、俺の境遇が、生き方が、可哀相だと同情するような、愛に溢れた輩が世の中に山ほどいるという事実に、ひどく衝撃を受けて絶望せずにはいられません。

『可哀相ですね』？　『不憫ですね』？　これが普通じゃなかったのかよ。みんなこんなふうなんじゃないのかよ。

欺瞞で構成された世の中。何もかも腐っている。でも本当に腐っているのは、僕なのでしょう。

私を愛してくれるのは孤独だけ。

あなたの善意に、私はズタズタに傷つけられました。絶対に許しません。絶対にです。一生忘れることなく、このまま自分の墓まで持っていきます。


何者かになりたかったのですが、無理だということはハナから解っていました。何者にもなれないのなら、いっそ悩みのない生き物になれればいいのになと思いました。

猫は自由で、羨ましい。どこにでも行けるから。

それなら鳥も。どこにでも飛んでいける。

魚は水中で優雅に息をしていられる。溺れることもなく。

犬は強くて逞しい。周りに適応してやっていけそうだ。

小動物は可愛らしい。きっと愛してもらえる。

植物は脳を持たないから悩まなくて良さそうだ。

あたしは何にもなりたくない。いっそ溶けてしまいたい。

だったら僕は物になりたい。生き物はもう嫌だ。

ロボットもいいね。機械の体なら痛みも苦しみも感じないだろうし。

虫になりたい。忌むような見た目のちっぽけな虫に。そうすれば何の感情もなく叩き潰してもらえるから。何十年も生き延びなくて済むから。

ああ、それで。願いは叶いましたか？

酔生夢死。夢と現実のはざま。

答え合わせの時間ですよ。

想像どおり、自由になれましたか。愛してもらえましたか。悩みはなくなりましたか。

——ひどいじゃないですか。話が違うじゃないですか。翼なくしてどうやって空を飛ぶんですか。不完全で、不自然で、おかしいじゃないですか。

——これ以上絶望することはないと思っていました。でも、下には下って、あるんですね。裏切られました。

——やっぱりなって。まあ仕方ないかなと思いました。

でもいいんです。求めていた結末は得られました。

答え合わせ、できました。やっぱり私は不要な存在でした。

上出来なんじゃないですかね。言い訳にもなるし。罪にも問われないなら。

清々した、って感じなんじゃないでしょうか。

俺も正直言って安心してるんです。

あたしは胸糞悪い(むなくそわる)ですよ。実際。だけど結局、あたしの考えは正しかったことが証明されました。あの人はね、そういう人だったんです。


僕もあれでいいんです。……解っていたんです。何か後押しさえあれば殺してしまいたいと思われてることも。

でもそれで刑務所入りって不憫じゃないですか。僕なんかを殺して前科者にさせるなんて。心中なんて以ての外。そこまで恨んでないです。憎みきれないですよ。だって親だし。仮にも僕を産んで、今まで育ててくれたわけじゃないですか。

そう思うとやっぱりちょうど良かったんです。最善でした。僕もリタイアすることができましたから。

いいんですよ。忘れられたって構わないです。僕という息子がいたということを、忘れ去ってもいいんです。過去のことに囚われないで僕のいない未来に生きてほしいです。幸せになってもらいたいですよ。負け惜しみじゃなくて、本心です。

でもね、最期には思い出してほしいです。普段は忘れていても構わないけど、これまでの人生を振り返ったときにひとつ、思い出してほしいんです。汚点として。厭な思い出として。今際(いまわ)のきわにでもね。

——ああ、息子を自分の手で殺したな、って。

思い出してほしいですね。それで。

どうしようもなく苦い気分になりながら、死んでほしいです。

終章

1

彼を取り巻く世界は、いつからか何もかも灰色だった。

生きているような死んでいるような、ひどく曖昧な感覚で日々を過ごしている。彼にとっては与えられた六畳といくつかの部屋だけが生活のすべてで、あとの現実はパソコンの中にあった。

落伍者である。底辺である。ネットという匿名で顔の見えない相手からも叩かれるほど、怠惰でクズな生活を送っている。それが彼だった。

高校を中退し、引きこもるようになってから早いもので五年。昼過ぎに起きてパソコンの電源を入れ、適当な食事を摂り、ネットゲームをして、ネットサーフィンをして、適当な菓子を食べ、ネット掲示板に居座って、気が向けば風呂に入り、ネットで無料の漫画を読んで、またゲームをして、朝方にベッドへ潜りこむ。そういう生活。

何ひとつとして生産的なことをするでもなく、ただぼんやりと消費、消費。掲示板でアニメやゲームの批判をして、煽り煽られ論破していい気になって、何か成し遂(と)げた気になって。そうやって毎日時間を食い潰している。

——だって、仕方ないじゃん。

部屋の外で父親が怒鳴る声が聞こえ、彼は慌ててヘッドホンを装着して大音量の音楽を鳴らす。

——べつに好きで引きこもってるわけじゃない。

親の声を聞いていると胃が痛くなってくる。父親は彼を見ればうんざりとした顔をして説教をするし、母親も彼を心配するという体(てい)を装って厭味や小言で刺してばかり。

——僕の居場所なんてここしかないんだから。

中学、高校と、思い返すのも苦しくなるような学生生活を送ってきた。友人などはついぞできず、ただただ虐(しいた)げられるばかり。粘りつくような毎日。吐き気を催すような毎日。

やっと逃げ出した。中退が決まったときにはひどく安堵した。しかし彼には、家庭にも居場所がなかった。彼が安心できる場所はこの六畳の部屋の中と、ベッドの中だけ。それ以外どこにも、彼を受け入れてくれる場所などない。

　こうして毎日パソコンにかじりついてはいるが、ネットの中にだって居場所を見出(みいだ)せていない。まともに友人がいないせいで、コミュニケーションに二の足を踏む。オンラインゲームで他人とチャットしながら遊ぶなんて以ての外。

　掲示板はただの文字だから、その向こうに相手の顔を思い浮かべることなく一方的な言葉を吐けた。だからといって、そこに自分の居場所があるとは思わない。

　彼は断絶した世界の中に住んでいた。他人がＳＮＳで発信するきらきらとした青春の断片のような日常、ごくありふれた悩み、他愛のない喜怒哀楽の言葉、それらをすべて一瞬のうちにスクロールして飛ばす。ひとつも彼の心に響かなかったし、ひとつも彼にとってのリアルじゃない。

　欠如した共感。無気力、無感動。惰性でやっているゲームの最中も、ずっと真顔だ。表情筋などぴくりとも動かない。既に笑うときの顔の動かし方を思い出さなければいけないくらいに、何もない。

　ネットサーフィンをして、過剰なタイトルがつけられたまとめ記事をクリックする。自分の境遇がそうだからなのか、ニート関連の記事にはつい引き寄せられてしまいがちだ。

　開いてみれば、自分みたいなことを言っているやつがいて、案の定こっぴどく叩かれている。

——僕もクズだけどこいつもクズだな。

そう思いながら彼はどこかでほっとしている。……自分だけじゃない。珍しいことじゃない。世の中は広いのだ、探せば自分よりもクズな人間だっている。それを考えればべつに、大した問題じゃない。自分なんかまだまだ、可愛いほうだ。

『好きでクズに生まれたわけじゃない』

彼は内心頷きながら、頬杖をついたまま右人差し指を動かす。

『親が悪い。社会が悪い。そうじゃなかったら今頃もっとちゃんとした人間になってた』

ホイールを動かし、画面を縦に流す。

『自分たちが好きで子どもを産んだんだから、養うのは当然。親に悪いとは思わない』

画面の中でクズの主張が続いて、ついに反論の文字列が大量に湧いた。

『いつまで親のせいにしてんだバカ』

『好きでクズに育ったんだろ』

『すぐ人や周りのせいにするからダメなんだよ』

『引きこもりニートは幼稚なヤツばっか。これだから底辺は』

『親が死んだらどうすんの？』

『軟弱野郎だな』

『早く死ねよ、社会のゴミ』

『甘えるな』

『将来は孤独死か野垂れ死に確定なんて可哀相だな。同情するわ』

自分が言われているわけでもないのに、見ていると心臓の縮む思いがして胸を押さえる。

クズの主張がワンパターンなら、反論だってワンパターンだ。いつもお決まりの文句が並んでいる。誰も彼も、口を揃えて似たようなことしか発言できないのだろうか。あるいは普通の人間の総意がこれなのだろうか。

「……やめろよ」

思わず嗄れた声で独り言をこぼす。

弱い者いじめはいけませんって教えられているはずなのに、匿名のやつらは寄ってたかって心ない罵声を浴びせるのが大好きだ。いや、匿名でなくとも、クズ認定された相手や悪者として判断された相手には容赦なく攻撃しても良しとされる風潮があるから、説教という名目で辛辣な言葉を吐いてくる。

声の大きいやつらが正義だ。明るく元気で目立つやつらが正義だ。暗かったりノリが悪かったりするやつは悪になる。正義とされるやつらに不快だと思われたやつも。ひどい言葉を吐いても、除け者にしても、無視しても、構わないとされる。この理不尽な社会が悪くなければ何なのだろうと彼は思う。

陽キャとか陰キャとか、そんな言葉がいつの間にかできた。文字を見るだけでむしゃくしゃする。自己中心的で配慮も遠慮もなくて平気な顔でいじめをする、そういうやつの何が『陽』なのか。引っこみ思案でおとなしいだけでなぜ『陰』と言われなければいけないのか。

彼の中で恨み言ばかりが膨れ上がる。もう何度目かの人生への絶望をして、彼は部屋の明かりを消すと気力を奪われたかのようにベッドへ倒れこんだ。

こっちの気も知らないで、いとも簡単に言葉で殴ってくる。おまけに殴った自覚のない連中が多い。さらには自分を被害者だと思っている者もいる。

そしてその最たる者が、彼の母親だった。

彼の母親は彼の現状を嘆いて、悲観的になり、しょっちゅう泣き言をこぼしている。やれこんなはずじゃなかったただの、甘やかしすぎただの、育て方を間違っただの。

自分は悪くない、でも子どもが普通の大人にならなかった、私はこんなに可哀相。そういう自己愛が透けて見えるのに、あくまで母親は彼の心配をしているのだと言い張り、自分の思うようにコントロールしようとし続けるのだ。

彼は、自分のことをまだ重度の引きこもりではないと考えている。部屋からきちんと出ているし、食事だって一応食卓で摂るようにしているからだ。

両親のことはなるべく自分の意識から外すようにしている。目も合わせなければ顔も見ない。話もしない。……苦しくなるからだ。父親も母親も口を開けば否定や小言、胃が痛くなるようなことしか言わない。

このままじゃご近所に恥ずかしい。――世間体を気にした言葉。

将来が心配なの、不安なの。――彼のような息子を子どもに持つ自分が。

お願い社会復帰して。――『お母さん』のために？

「反吐が出る」

彼が引きこもりのニートでいる限り、母親の心に安穏は訪れないのだろう。分かっていて変える気がさらさらないのは、一種の復讐（ふくしゅう）なのだろうか。

母親のことを恨んでいるかと聞かれれば、たぶんそうだ、としか彼には答えようがない。こうやって遠回しに彼の心やプライドをズタズタにすることも、過干渉で制限してくることも、彼をひとりの人間として認めずに自分の好きなように動かそうとすることも……。

挙げ始めればきっとキリがない。積年の恨みは凝り固まって、恐ろしく圧縮されている。父親に対しても恨みはあるが、種類も濃度も異なる。関わる時間の長さと密度が比例するかのように、蓄積された恨みの量には差があった。

だからといって恩を感じていないといえば嘘になるし、本当は悲しませたくなどない。こんな彼でも、母親の泣く姿を見るのが一番応えるのだ。

それでも母親のためにこの状況を脱しようという気持ちには至らない。愛憎もひとつの理由だが、社会に馴染める気がしないというのもひとつの大きな理由だ。

中学でダメだった。高校でもダメだった。他人とうまく関われる気がしない。現に彼は、コンビニでレジに行くことすら躊躇する。店員と短いやり取りを交わすことすら、覚悟をもって臨まなければならない。そんな自分がどうして働けるだろう、と思ってしまう。

いわゆるコミュ障の中のコミュ障だ。人と話すとき、どこに視線を置いていいのか分からない。どんな表情を浮かべていいのか分からない。どんなテンションで、どんなノリで、どんなキャラとして接していいのかわからない。およそ『普通の人間』なら考えもしない、当たり前のところで彼は躓いてしまう。それほどまで、彼にとって社会生活のハードルは高い。

決して精神的な居心地が良いとは言えないけれど、家に居続けるのは、やはり楽だからなのだろう。家事は親がして、食事も親が作って、金もかからない。そういうメリットがあるから、デメリットに目を瞑って過ごしている。

社会性もなければ生活力もない彼は、家を出れば死ぬばかりだと漠然と考えていた。

死にたくない。でも、生きているのもつらい。

痛みもなく消えることができる方法があれば、迷わずそれを選ぶだろうという自信がある。

死ぬのは怖いが、誰かが一瞬で殺してくれるならそれでも構わないと思う。

……生きることも、死ぬことすら他人任せで、自分では何も決められない。

自嘲じみた笑いが漏れ、彼の唇の端が僅かに歪んだ。

天井を見上げたまま、ふと手を伸ばす。明かりを消した薄暗い部屋で、不健康な生白い腕が僅かな光に浮かび上がる。

今日も母親が自分のことを嘆いているのを聞いた。逃げるようにその場を離れても、声が追いかけてくるかのように、聞きたくない言葉を運んでくる。

——だけどお母さんはいいよね。だって、そうやって愚痴とか話とか聞いてくれる人がいるじゃん。慰めてくれる人がいるじゃん。味方がいるじゃん。僕にはそんな人、世界中どこ探したっていないのに。

たとえ彼がありったけの勇気と活力を振り絞って自活し始めたとして。両親がそれをひどく喜んだとして。……だから何だというのだろう。

無理して頑張って、その姿を喜ばれても、疲れ果てて何もできなくなったときにまた責められる。彼がどれだけ苦しい思いをしようと、辛い思いをしようと、母親にとっては何の関係もない。結果として表面を取り繕えていれば、何だっていいのだろう。

そうやって上辺だけ見られて、役割だけ求められて、彼自身を顧みられることがないのだとすれば。彼がありのままの彼でいることは許されなくて、母親の求める理想さえ叶えば息子は彼である必要もないのだとすれば。

どうして生まれてきたのだろう。

「僕なんて、生まれてこなきゃ良かったのになあ」

存在するだけで迷惑ばかりかけて、誰を喜ばせることもできない。そんな人でなしに生きる価値なんてあるわけがないのに。――彼はそう思いながら、今日も眠りにつく。

2

眩しい、と、最初にそう感じた。重い瞼(まぶた)を上げ、不明瞭(ふめいりょう)な視界の中で徐々に像が結ばれていく。ゆっくりと体を起こして瞬けば、眼前の景色は幾分か鮮明になった。

彼はその場に座ったまま、しばらくぼんやりと部屋を眺めていた。眩しさに目を眇めながら辺りを見まわす。ここは……そうだ、彼の祖母の家だ。

ふと自分の体を見下ろし、ぎょっと目を瞠る。彼は奇妙な寝袋の中に座っていた。灰色のそれの表面はつるつるとしていて、内側を見ると細かい繊毛のようなものも見受けられる。これは何だ、と彼は困惑したが、すぐに虫の抜け殻であることに気づいた。

そこから連想するように彼は思い出す。異形となった春のこと、夏のこと、そして現在に至るまで。異形となっても意識にはさほどの変容もなかったこと。何を言おうとしても何を思っても伝わらないもどかしさ、心と身体のギャップ、惨めさが常に渦巻き続けていたことも、何もかもすべてを――思い出した。

てのひらを呆然と見つめ、その手を握ったり開いたりしながら実感を噛みしめていると、リビングのドアが開く音がした。彼は反射的に音のするほうを振り返る。

入口に立っていたのは彼の母親だった。彼を目にした瞬間、驚いて身を強張らせ、幽霊でも見たかのような顔つきをする。

その表情はどこか見覚えがあった。確かそう、異形となった彼を初めて目にしたときも、そんな顔をしていたものだ。しかし今日は、恐れと生理的嫌悪に顔を歪めることはない。

「優一……？」

こわごわと、確かめるような響きで母親が問いかけてくる。ゆっくりと歩み寄ってきて、彼の目の前に膝をついて座りこんだ。

「優一、なの？ 本当に……戻ってきて、くれたの？」

母親の瞳が揺れている。異形になってからはしっかりと顔を見る機会も増えた、その皺の刻まれた顔。彼の記憶に一番残っているときの顔よりもずっと老けた、苦労を重ねた母親の、顔。

「……おかあ、さん」

嗄れた声で辛うじて言葉を紡ぐ。それが引き金になったかのように、母親にきつく抱き締められた。

「優一」

震える声、抱擁（ほうよう）の温もり。物心ついてから数えるほどしかなかった、慣れない触れ合い。戸惑いと、葛藤（かっとう）と、様々な感情が彼の胸に浮かぶ。

彼が異形になってしまってから、母親が献身的に世話してくれていたことも、たくさん気遣ってくれていたことも、今となっては分かっている。それでもその背をすんなりと抱き返せない何かがそこにあった。

母親の感極まって泣いている気配を感じ取りながらも、動けない。中途半端に上げた腕も宙に浮いたまま。

献身の果てに、息子が元の姿に戻って、ハッピーエンド。大団円。今まで色んな苦しく辛いことがあったけれど、今となってはそんなことさえも良い思い出です。めでたし、めでたし。

――それでいいのか？

すべてはもう時効なのか？

母親にとっては過ぎたこと、終わったこと、蒸し返す必要がないことで、処理できるのかもしれない。とっくに風化して、色々あったけど今が良ければそれでいいじゃないかと笑えるのかもしれない。でも彼にとっては。優一にとっては。

泣いて嫌がる自分を、行きたくもない習い事に無理矢理通わせていたこと。言うことを聞かないからといって、お気に入りの玩具を捨てられたこと。部屋が片付かないからと言って、コレクションを勝手に処分されたこと。可愛がっていた犬を山に棄てられたこと。図画工作で作った母の日のプレゼントを、こんなもの要らないと突き返されたこと。友達と遊んでいたら勉強の時間だと怒られて、そのまま友達とも気まずくなったこと。失敗して惨めな気持ちになっていたところに、塩を塗るように叱責されたこと。中学で嫌がらせを受けていることを相談しても、適当に流されてしまったこと。自分の短所や失敗談を茶化され笑い話にされること。うちの子はダメよと言われ続けること。母親の都合で急遽志望校を変えさせられたこと。高校で、自殺を考えるほどに苦しくて、あまりにも耐えきれなくて、助けを求めてもことごとく『甘え』だと突き放されたこと。引きこもりに理解のある素振りを見せて安心させておきながら、「いつまで逃げるの？」なんて訊ねること。

言葉で刺されること。抉られること。殴られること。突き飛ばされること。仄(ほの)かに期待させて、結局は落とすこと。一貫性のない答え。ダブルスタンダードに翻弄されること。

今までどれほどのことがあったとしても、終わってしまえば、それはもう全部なかったことにされるのか？「そんなことあったっけ？」で済まされてしまうのか？芽生えた激情も、どうしようもなく膨らんだ怒りも、それらを暴力として向けることがあってはならないと堪え続けていた努力も何もかもすべて、「色々あったけどこれで良かった」なんて言葉で勝手に済まされてしまうのか？　一方的に消されてしまうのか？

手が、体が震えた。

自分を育ててくれた親、養ってくれた親、そんな親のことを悪く言ったり憎んだり恨んだりするべきじゃないと、よく聞く世間の声に従っていた。自分が悪かったから、自分がいけなかったからこうなっただけで、親が悪かったわけじゃないと自らに言い聞かせていたこともあった。

理不尽な目に遭っても、べつにひどい親ではないと。なぜなら暴力を振るわれたわけではなく、虐待を受けたわけでもないから。こんなことで親に悪い感情を持つのは良くないと、反感を持つこと自体が子どもじみた甘えだと思いこもうとした。

だが、蓋を開けてみればどうだ。

優一はようやく、自分が母親を殺したいほど憎んでいたこと、嫌っていたこと、恨んでいたことをどうしようもなく自覚した。

「優一……？」

訝しげな声を上げる美晴の体をゆっくりと離し、改めてその顔を見る。

どうしたの、と問いかけてくる言葉も最後まで聞かずに、両手で美晴の首を絞めた。

「つ、ぐ――！」

驚いた美晴が目を白黒させてもがく。さすがに想像していなかっただろう、感動の場面であるはずのところで首を絞められることになるなどとは。

頭に血が上って、今まで抑えていた感情のぶんだけ指に力がこもった。目の前が真っ赤に染まって、ほかに何もなくなる。優一は修羅のような憤怒を露にした表情で美晴の首を絞め、そして――。

数分とも数秒とも思える時間が過ぎたのち、優一はそっと手をゆるめ、腕を下ろした。

慌てて酸素を吸いこみ、咳きこみえずく美晴を静かに眺める。

ほとんど衝動的に凶行に及んだにもかかわらず、結局こうしてブレーキがかかってしまった。

そうか、殺せないのか。

失望とも安堵ともつかない想いに暮れる。

優一は黙ったまま、美晴の言葉を待っていた。人殺しとなじられるのか、罵倒されるのか、何て恐ろしいことをするのと怯えられるのか、もう何でも構わないと思っていた。

美晴が呼吸を整え、丸めていた体を伸ばし、顔を上げる。青ざめた顔と紫色に震える唇で、美晴はか細く「ごめんね」と呟いた。

「……どうして怒らないの」

優一が言うと、美晴が首を横に振ってみせる。

「恨まれても仕方ないもの。言ったでしょ、何でも受け止めるって」

「僕の気が済むなら、殺されてもいいって言うわけ？」

「いいわけないじゃない」

即答する声音はどこか恨みがましい。

「死んだら化けて出てやる。毎晩枕元（まくらもと）に立ってやるの」

「それ、すごいヤだな……」

「でしょ？　ああ、殺されなくて良かった」

言って、美晴がほっとしたように笑う。

それを見た瞬間、優一にはこみ上げるものがあった。

——何も最初から母親のことを恨みたかったわけではない。寧ろ容易なことでは憎みきれないのが親子の情というものだ。いつだって数少ない優しい思い出が、自分にとって温かな思い出が、良心の呵責（かしゃく）と共に想起されて悪感情を抱くことを許さなかった。ある種の誤魔化しや欺瞞であることに気づいていながら、罪悪感による建前で本心を押し潰してきた。それでも抑えきれない気持ちが無意識の反発や抵抗となってわだかまり続けていたのだ。

こうして今になってやっと、自分の混じりけのない純粋な感情に目を向けて、それを認め、相手にぶつけて。瓶（びん）の中に溜まった泥をすべて引っ繰り返して、空になったはずの底にようやく、相手への本物の感謝が一欠片だけ残っていた。

あの日、勲夫によって山に打ち棄てられた優一を、美晴は迎えに来てくれた。

もう助けなど来ないと思っていた。聞いたこともない鳥や虫の声に囲まれながら、枯れ葉に埋もれるようにして朽ち果てるしかないのだと悟った。

誰にも気づかれずひっそりと息を引き取る。それはあの部屋の中に居続けたとしても同じ末路だったのだろう。

閉め切られたバッグのファスナー。作られた暗闇の中。自分がどんな場所にいるのかも知らないまま、独りで体を丸め、これまでの生についてぼんやり反芻していた。そのときだって不思議と、もっと生きたかったとは思わなかったのだ。

優一の頭を鈍く包む虚無は、気力という気力を奪い、活力を殺し、ただそこに横たわり続けることだけを助けた。

異形となった彼が望めることなどありもしない。あの紗彩のように、意地を張り続けたまま、伝えたかったことも口にできないまま、死ぬばかりなのだろうと思った。彼女もまた哀れな人でなしであった。

そんなものなのだろう。遅かれ早かれ自分たちに待ち受けるものは死だ。それも悲劇ですらない、望まれた死。

だったら、それでもういい。何もかもここで終わりにするのだと心底思った。

そうして横たわっていて、どれだけの時間が経ったのか。

草を踏み分けて何かが近づいてくる音が聞こえた。何の音だろう、と身を固くする優一のもとへ、足音はゆっくりと歩み寄ってくる。

バッグが揺れ、ファスナーが開いた。薄く明かりが入ってくる。

覗きこんでくる母親の顔。名を呼ぶ声。紺色に染まった空。星の輝き。

それらを目にしてようやく、優一は漠然と「まだ死にたくない」と感じた。

見放されたと思っていた自分のもとへ駆けつけてくれる人がいる。生を諦め希望を捨てて、一切を遮断しようとしていた自分を拾い上げて励ましてくれる人がいる。必要としてくれている人が、いる。

生きていていいのだと許された心地になった。その瞬間、すっと心の一部が軽くなったのだ。胸を覆う岩のような殻がぱらぱらと崩れ落ちるかのように、頑なに凝った気持ちが熱を帯びて僅かに解けた。自分自身と、自分を取り巻く何かが『変わった』と感じられた一瞬。

その体験を頭の中で呼び起こすたび、じわりと胸に灯る感情がある。優一を勇気づけ、支えてくれるかのような、不思議な力を持った大事な記憶。

紛れもなくあの日、優一は救われたのだ。

「……あのさ」

ごく細い声で、俯いたまま言う。

「迎えに来てくれて、ありがとう」

あのときは言えなかった。何も伝えられなかった。

でも今は、声がある。伝えられる言葉がある。

だから言うのだ。恥ずかしくても、気まずくても、居たたまれなくても。

今の優一には自分の気持ちを伝えるすべがあるのだから。

「見守ってくれて、待っててくれて、……僕を信じてくれて、ありがとう」

自分はゴミでもなく、クズでもなく、こうして必要とされる価値のある存在だと、やっと思えるようになった。

「……嬉しかった」

言ってこわごわと目を上げると、美晴はすっかり鼻を赤くしていた。頬を濡らしながら、再び優一に手を伸ばす。

「戻ってきてくれてありがとう」

「うん」

「おかえり」

「……ただいま」

今度はしっかりと美晴の背を抱き返しながら、優一が言った。

——悩みはこれからも尽きないだろうし、困難なことも多く待ち構えているだろう。今まで狭く閉ざされた世界に住んでいたからこそ、広大な世界の荒波に呑まれるのは辛く厳しいことかもしれない。それでも。

　優一が片膝を立て、ゆっくりと立ち上がる。異形の目線に慣れてしまっていたから、立ち上がったときの目線の高さには違和感があった。

　それでもこれが優一の本来の視界だ。

　カーテンを開け、陽射しを浴びる。涼やかな秋空を遠く眺め、優一はいつになく清々しい気分を味わっていた。

　異形から人間に戻ってハッピーエンドなんて、現実はそう単純ではない。

　終わりではなく、ここからまた新しく始まるのだ。

　まっさらな状態で、また多くの失敗をし、人に迷惑をかけ、そうやって成長する。

　でも怖くない。支えてくれる味方がいるから。

　自分はひとりではない。今までも、これからも。

　そのことに気づいたから、この瞬間からまた地に足を着けて歩いていける。

3

　果たして異形性変異症候群とは何だったのだろうか。

　若年層のみに止まらず、様々な年代へ広がりを見せた奇病はしかし、ある時期を境に快復者を出し始めた。ひとたび異形となればその症状は不可逆であり、死んだものとまで見なされていた致死性の病。それを覆すケースが奇跡的に報告されたかと思えば、先駆者を追うかのように快復者が次から次へぽつぽつと現れるようになったのだ。

田無優一は鬼籍に入った人間だったが、異形性変異症候群から完治したため、改めて戸籍を作り直すことになった。当初こそ異例の手続だったが、以降各地で同じように完治した人間が戸籍を作り直しに来ることとなり、特例はやがて常例となった。そう遠くないうちに、法の見直しが行われるだろう。

田無美晴は息子を連れて再び家へと戻ることにした。実家へ居着いていた間、一度も夫である田無勲夫からの連絡はなかったが、それもそのはずである。

物やゴミが散乱した室内に辟易していると、優一が何かに蹴躓いた。まだ歩行に慣れていないせいかと美晴が軽く揶揄し、足元を見る。

ゴミ袋に躓いたのかと思えばそうではない。クッションほどの大きさの丸いそれには、よく見れば脚があり、もぞもぞと蠢いている。さらによくよく見れば、形はテントウムシに似ていた。

のろのろとした動きで弱々しく数センチほど歩き、ぴたりと動きが止まる。丸い背にいくつもある横筋が一斉に開き、ぎょろりと美晴を見た。それはすべて人の眼であった。

「気持ち悪っ」

絶句する美晴の傍らで、優一が言葉を飾らずにそう言った。

もう驚かないと言えば嘘になるが、状況を呑みこむのはさすがに早い。

「お父さん、なの……」

美晴が呆れとも嘆きともつかない複雑な響きの呟きをこぼせば、テントウムシの眼がいくつか瞬き、いくつかはぎょろぎょろと周りを見まわした。

一体いつから異形となっていたのか。まだ命があって良かったと喜ぶべきなのか。

立ち尽くす美晴に、優一が言う。

「どうする？　山に棄ててこようか」

声があまりに冷たかったので、美晴は眉を顰めて息子を見た。

「因果応報でしょ。お父さんは僕のことを山に棄てたんだから、僕から山に棄てられたって文句言えないよね」

しゃがみこんで虫を見下ろしながら優一が言い、虫は怯えるようにほんの少しだけ床を這う。

これが本当に勲夫なのかと判じづらいところがあったが、反応を見るに、恐らくはそうなのだろう。美晴は溜息をついた。

「冗談でも性質が悪いんじゃないの」

「僕ひねくれてるからね。……半分くらい本気だったけど、お母さんに免じて冗談ってことにしておく」

開き直った息子の厄介な性格にも溜息をつき、美晴は少しの間考えて、それから言った。

「とにかく掃除しないと。ああでも、買い物にも行かなきゃ。優一、お願いしていい？」

「どっちを？」

「買い物のほう。買ってきてほしいものはメモするから」

「分かった。いいよ」

今できることをシンプルにやると決めた。だから美晴は今日も目の前のことをこなす。

変異した勲夫のことをどうするかは、部屋の掃除を終えて夕飯を食べてから考えても遅くないことだ。

巷では異形性変異症候群から抜け出した者を『生還者』と呼ぶらしい。人権を取り戻した彼らの中には、各地で講演会を開くなど、公に向けた活動を始めた者もいる。

優一もたまに講師として声をかけられることがあるようだ。人前で喋るなんて無理だと断っているのを、美晴が「うまくやろうと思わずに、お試しでやってみれば？」と口を挟んだことがある。本人はまだ迷っているようだが、何かをしたいという気持ちはあるようだ。あとは優一次第ということで、それ以上の干渉はしないようにしている。

勲夫は異形のままだが、美晴には焦りも期待もない。異形の頃の優一への態度と比べれば少々ぞんざいかもしれないが、家族の一員として接している。勲夫が優一のときのように、生還者となるかどうかはまだ誰にも分からない。

――先日、何気なくネットを眺めていた美晴は、ふとその気になり異形性変異症候群について調べてみた。検索結果には以前よりも体験談のようなブログやまとめサイトなどが増え、些か情報が氾濫しがちな印象がある。

その中で、美晴は少し不思議な記事を見つけた。

分類するならオカルトか、あるいはスピリチュアルなのか。異形性変異症候群は神の御業なのではないかという切り口の記事だった。

確かに美晴は以前、この奇病を天の配剤ではないかと皮肉ったブログ記事を見たことがある。しかしこの記事は、異形性変異症候群とは神たる万能な存在が人心を試すべく課した試練ではないか、といった内容だった。

常識だと信じこんでいたものが容易に覆ったり、起こり得ないと思っていたことが実際に起こったり、人生は未知数だ。鵜呑みにできるほど純朴でもなく、眉唾物の話だと感じるものの、そうだと信じる人間にとってみればそれが真実であることに違いはない。

人が異形になり、異形が人になる。そんなことが起こってしまう世界なのだから、これから先も何があったっておかしくないのだ。未来を憂うことなど、美晴はとっくにやめてしまった。

これからまた信じられないことが起きたとしても、それはやがて日常のひとつとなる。非日常と日常は紙一重だ。恐れることなど何もない。

そんなことより、美晴の目下の課題は『今日の夕飯は何を食べるか』。これに尽きる。

刻々と流れる日々の中で、多くの生還者が少しずつ声を上げていき、様々な問題が認知され明るみに出ていく。しかしその一方で、保健所の処理場では今も異形の屍の山が築かれていた。

改善されつつある状況、一方で変わらず悲惨な状況。現実は光と闇に二分されている。

　そのどちらに焦点を当て、何を望むのか。

　人々の選択次第で現実はいくらでも変容する。何を選択し、何を掴み取るのか。それによって新しい物語（ケース）がまた次々と産声（うぶごえ）を上げ、それぞれの道を歩むのだろう。

解説

東えりか（書評家）

いま、この文章を書いているのは二〇二〇年三月末。世界中が新型コロナウィルスによる感染症のパンデミックと戦っている真っ最中である。

この病気は、最初は普通の風邪の顔をしている。だからみな油断していた、見くびっていた。それゆえ対応が遅れた。

日々増えていく感染者の数。制限される生活。他人とは会うな、マスクをしろ、人込みには行くなと指示され、混乱した民衆は買いだめに走る。病気にかかった人は差別され、情報を求めた末にデマに踊らされる。

国境は閉鎖され戒厳令以上に外出は制限されていく。各地の医師たちは命がけで治療を続けているが、間に合わない地域が増加している。これがいま、地球上すべてで同時進行しているのだ。

桜は咲いても花見の宴会は自粛、舞台もライブも自粛自粛。いやはや、生きているうちにSF小説そのまま、いやフィクションでは到底考えつかない冷酷な現実を見ることになるとは思わなかった。

『人間に向いてない』の文庫が発売されるタイミングで、このパンデミックが起こったことに、因縁めいたものを感じてしまう。本書に描かれる「異形性変異症候群」という奇病が荒唐無稽なものだとは到底思えなくなってしまったのだ。

一夜のうちに人間を異形の姿にしてしまう奇病に罹った子どもと親や家族、そして社会の物語は現代版のカフカ『変身』を彷彿とさせる作品である。

数年前、突如として発生した「異形性変異症候群」別名ミュータント・シンドロームは感染症ではなく人にうつることはないが、一時的な症状ではなく治療法もない。

患者は特定の年代、十代後半から二十代の若者に集中しているが、罹患するのは専ら引きこもりやニートと呼ばれる層だ。彼らは一晩のうちに哺乳類やら魚類やら、爬虫類、昆虫、果ては植物にまで変貌を遂げ、見た目は非常にグロテスクな姿になる。

家族は発見後驚愕し、困惑したあとその姿を嫌悪する。食べ物も生活様式も全く変わってしまうため、世話を放棄する者はあとを絶たず、殺してしまうケースが多数報告されるようになった。困りに困った政府は以下の決定を下す。

――『異形性変異症候群』を致死性の病とする。

この診断が下された段階で患者は人間としては死亡したことにされるのだ。

主人公は田無美晴。専業主婦である。ある朝二十二歳になる引きこもり息子、優一が中型犬ほどの蟻のように頑丈そうな顎を持ち、頭部から下は芋虫に似ており、百足のように無数の脚を持つ虫に変身しているのを発見された。

すぐに死亡届を出そうとする夫から息子を守るため、同じ病の子どもを持つ親たちと活動を始める。だがそれぞれの病状も事情も違う。人が集まれば派閥もでき、おのおのの思いが違っていく。母親の愛で子どもをどこまで守れるのだろう。美晴の葛藤が続く。

この小説を読み終わったとき、何かの読後感ととても似ていると感じていた。しばらく考えて思い至った。

北條民雄『いのちの初夜』だ。最初に読んだ小学校六年の時の衝撃に似ている。この時に私はハンセン病という病を初めて知り、国の政策で隔離され、家族から戸籍上抹殺された人々がいたのを学んだ。一晩眠れないほどのショックを受け、その後、この病気のことを夢中で調べたのだった。

ハンセン病を発病すると有無を言わさず隔離される。親兄弟から離され、子どもであっても容赦されず、病気撲滅のため男は断種され、妊娠した女性は堕胎を強いられた。自らが患者である北條民雄は『いのちの初夜』で隔離生活を描き、彼の人生を細やかに辿った髙山文彦『火花——北条民雄の生涯』は講談社ノンフィクション賞と大宅壮一ノンフィクション賞をW受賞した。その姿が『異形性変異症候群』で虫のようになってしまった優一と重なるのだ。

　ハンセン病は感染力が弱く、一九四三年には治療薬も見つかっている。だが後遺症として容姿の変化が著しく、ひとめで元感染者であることがわかってしまう。日本ではその後もずっと隔離政策が取られ、「らい予防法」が廃止されたのは一九九六（平成八）年、つい最近のことだ。長年隔離された患者たちは、高齢になった今でも療養所に暮らす人がいる。

　ハンセン病隔離政策は、記録には残ってもいずれ記憶からは消えて行ってしまうだろう。

『13（サーティーン）ハンセン病療養所からの言葉』（トランスビュー）は日本に十三ヵ所残っている国立ハンセン療養所を撮影した写真集だ。カメラマンはタレントの石井正則。隔離の歴史を知りその「空気」を写真に収めてきたという。普通の路上やコンクリートの塀、平屋の住居が立ち並ぶ写真からでは、そこに何があるのか知らなければわからない。しかし、ここには確かに隠れて人が住んでいたのだ。

　かつてのＨＩＶ感染者にも思いが及ぶ。エイズと名付けられたこの病気が発見された当時、同性愛者だけが罹る難病であると誰もが認識した。それだけに公表することも難しく、何も知らない家族に感染させてしまうことも珍しくなかった。

病気であれば治療法を確立させる必要がある。長い時間がかかったが、いまは病状をコントロールすることができ、感染予防が可能になった。ハンセン病にしてもエイズにしても、病によって家族関係が壊されることは珍しいことではないのだ。

ましてや姿かたちが変わってしまえば、人は簡単に差別する。動物や虫、魚や植物になってしまった我が子を、人間であったと信じられるだろうか。引きこもりなどで厄介者（やっかいもの）、お荷物になっていたとしたらなおさらだ。捨ててしまいたいと思う気持ちも理解できる。

現実でも引きこもりや家庭内暴力で悩んでいる人が多いことはたくさんの報道でも明らかだ。

『「子供を殺してください」という親たち』（新潮文庫）の著者の押川剛は「精神障害者移送サービス」という仕事に就いている。この引きこもりや家庭内暴力をふるう子どもを家族の代わりに諄々（じゅんじゅん）と説き伏せ、病院や施設に移送するという難しい仕事だ。現代社会では部屋に閉じこもっていてもネットやラインで外とつながり生活することはできるようになった。だが親は外との繋（つな）がりを把握できず、犯罪に加担していたなどという事態も起こっている。実際「子どもを殺してくれ」と依頼する親はいるそうだ。

ここ数年は高齢の親が中高年の引きこもりを面倒みなくてはならない「８０５０問題」が取りざたされている。親はどこまで子の面倒をみなくてはならないのか。『人間に向いてない』の大きなテーマの一つは、実はとても現実的な問題を提起している。

先に紹介したハンセン病の隔離政策のなかで、非常に印象的な一節に出合った。『ハンセン病療養所に生きた女たち』（昭和堂）は療養所で医師として勤務してきた福西征子（ふくにしゆきこ）が、現場の実情を報告した貴重な記録である。患者の一人はこう語る。

――親にしてみれば、療養所に入れた子供から、病気でない子供たちを守りたかったのだと思います。それ以外に方法がないと思って、心を鬼にして子供たちを引き離したのだと思います――

そこにも親の愛があったと信じたい。

子どもは親を選んで生まれてくるわけではないし。偶然出会った人と恋をしたり憎みあったり、結婚したり、友達になったりする。一人で生きているわけではない、とメタモルフォーゼ（変身）した子どもたちが一番感じていることかもしれない。

本書は第五七回メフィスト賞受賞作である。この賞は既存の応募型新人賞とは少し毛色が違っている。明確な応募期間を設けず、雑誌「メフィスト」の編集者が直接読んで評価する。その昔にあった「持ち込み原稿」の方式に近いかもしれない。

現在では枚数の制限があるが、かつてはそれもなく、原稿用紙換算で約一四〇〇枚の清涼院流水『コズミック』や、約三五〇〇枚の高田大介『図書館の魔女』などが受賞した。編集者個人の好みが反映される作品が多く、マニアックな作品が出版されることも多い。

二〇一九年に出版された第五九回メフィスト賞受賞作、砥上裕將『線は、僕を描く』は水墨画の世界に青春小説を重ねた物語で、第一七回本屋大賞にもノミネートされた。

メフィスト賞は決定後、恒例として編集者たちの座談会が開かれる。『人間に向いてない』は満場一致の受賞だったようで、編集者一人一人のコメントが熱い。

一番熱く語る「N」(注:編集者名)は「不条理な生活の中で、人間の闇に直面していく女性を丹念に描いていく物語です。私が一番いいなと思ったところが、最後に母親と息子が対峙する場面なんですけど、実は泣きました。人間が虫になっちゃう異形な現代ホラーなのに涙するってすごくないですか!?」と興奮気味だ。

また「子」(注:同)は「私、正直メフィスト賞でこれほど引き込まれた原稿というのは初めてかもしれないです。本当に力作です! まず、文章に非常に力がある。乾いているようでちょっとねっとりとしていて『辛い』や『後悔』の心情の吐露部分の描写など、圧巻です。冒頭からお母さん視点で話が進行していって、そのままラストまでかと思いきや……」

おっとここから先は小説を読んで驚いてほしい。

作者自身は受賞後のインタビューでこの小説を四文字熟語でたとえると、という質問に「パッと思い浮かんだのは『魑魅魍魎』。もう少し真面目に答えると『因果応報』でしょうか」と答えている。

ちなみに私が本書のコメントを依頼されて「覚悟して読みなさい。きっとあなたは三度嘔吐く」とコピーを付けた。嘔吐いても読みたくて泣ける小説なのだ。堪能してほしい。

本書は二〇一八年六月、小社より単行本として刊行されました。

|著者| 黒澤いづみ　福岡県出身。本作で第57回メフィスト賞を受賞。

人間(にんげん)に向(む)いてない
黒澤(くろさわ)いづみ

講談社文庫
定価はカバーに
表示してあります

2020年5月15日第1刷発行

発行者——渡瀬昌彦
発行所——株式会社　講談社
東京都文京区音羽2-12-21　〒112-8001
電話　出版（03）5395-3510
　　　販売（03）5395-5817
　　　業務（03）5395-3615
Printed in Japan

デザイン—菊地信義
本文データ制作—講談社デジタル製作
印刷———中央精版印刷株式会社
製本———中央精版印刷株式会社

ISBN978-4-06-519784-4

講談社文庫刊行の辞

二十一世紀の到来を目睫に望みながら、われわれはいま、人類史上かつて例を見ない巨大な転換期をむかえようとしている。

世界も、日本も、激動の予兆に対する期待とおののきを内に蔵して、未知の時代に歩み入ろうとしている。このときにあたり、創業の人野間清治の「ナショナル・エデュケイター」への志を現代に甦らせようと意図して、われわれはここに古今の文芸作品はいうまでもなく、ひろく人文・社会・自然の諸科学から東西の名著を網羅する、新しい綜合文庫の発刊を決意した。

激動の転換期はまた断絶の時代である。われわれは戦後二十五年間の出版文化のありかたへの深い反省をこめて、この断絶の時代にあえて人間的な持続を求めようとする。いたずらに浮薄な商業主義のあだ花を追い求めることなく、長期にわたって良書に生命をあたえようとつとめるところにしか、今後の出版文化の真の繁栄はあり得ないと信じるからである。

同時にわれわれはこの綜合文庫の刊行を通じて、人文・社会・自然の諸科学が、結局人間の学にほかならないことを立証しようと願っている。かつて知識とは、「汝自身を知る」ことにつきていた。現代社会の瑣末な情報の氾濫のなかから、力強い知識の源泉を掘り起し、技術文明のただなかに、生きた人間の姿を復活させること。それこそわれわれの切なる希求である。

われわれは権威に盲従せず、俗流に媚びることなく、渾然一体となって日本の「草の根」をかたちづくる若く新しい世代の人々に、心をこめてこの新しい綜合文庫をおくり届けたい。それは知識の泉であるとともに感受性のふるさとであり、もっとも有機的に組織され、社会に開かれた万人のための大学をめざしている。大方の支援と協力を衷心より切望してやまない。

一九七一年七月

野間省一

加藤典洋

村上春樹の世界

解説＝マイケル・エメリック

世界的な人気作家を相手につねに全力・本気の批評の言葉で向き合ってきた著者が作品世界の深淵に迫るべく紡いできた評論を精選。遺稿「第二部の深淵」を収録。

かＰ６
978-4-06-519656-4

加藤典洋

テクストから遠く離れて

解説＝高橋源一郎　年譜＝著者、編集部

ポストモダン批評を再検証し、大江健三郎、高橋源一郎、村上春樹ら同時代小説の読解を通して来るべき批評の方法論を開示する。急逝した著者の文芸批評の主著。

かＰ５
978-4-06-519279-5

芥川龍之介 藪の中
有吉佐和子 新装版 和宮様御留
阿刀田 高 ナポレオン狂
阿刀田 高 新装版 ブラック・ジョーク大全
相沢忠洋 「岩宿」の発見 〈幻の旧石器を求めて〉
鮎川哲也 りら荘事件
赤川次郎 偶像崇拝殺人事件
赤川次郎 人間消失殺人事件
赤川次郎 三姉妹探偵団
赤川次郎 三姉妹探偵団2 〈キャンパス篇〉
赤川次郎 三姉妹探偵団3 〈珠美・初恋篇〉
赤川次郎 三姉妹探偵団4 〈怪奇篇〉
赤川次郎 三姉妹探偵団5 〈復讐篇〉
赤川次郎 三姉妹探偵団6 〈危機一髪篇〉
赤川次郎 三姉妹探偵団7 〈駈け落ち篇〉
赤川次郎 三姉妹探偵団8 〈人質篇〉
赤川次郎 三姉妹探偵団9 〈青ひげ篇〉
赤川次郎 三姉妹探偵団10 〈父恋し篇〉
赤川次郎 死が小径をやってくる 〈三姉妹探偵団11〉

赤川次郎 死神のお気に入り 〈三姉妹探偵団12〉
赤川次郎 次女と野獣 〈三姉妹探偵団13〉
赤川次郎 心地よい悪夢 〈三姉妹探偵団14〉
赤川次郎 ふるえて眠れ、三姉妹 〈三姉妹探偵団15〉
赤川次郎 三姉妹、呪いの道行 〈三姉妹探偵団16〉
赤川次郎 三姉妹、初めてのおつかい 〈三姉妹探偵団17〉
赤川次郎 恋の花咲く三姉妹 〈三姉妹探偵団18〉
赤川次郎 月もおぼろに三姉妹 〈三姉妹探偵団19〉
赤川次郎 三姉妹、ふしぎな旅日記 〈三姉妹探偵団20〉
赤川次郎 三姉妹、清く貧しく美しく 〈三姉妹探偵団21〉
赤川次郎 三姉妹と忘れじの面影 〈三姉妹探偵団22〉
赤川次郎 三姉妹、舞踏会への招待 〈三姉妹探偵団23〉
赤川次郎 三人姉妹殺人事件 〈三姉妹探偵団24〉
赤川次郎 三姉妹、さびしい入江の歌 〈三姉妹探偵団25〉
赤川次郎 静かな町の夕暮に
泡坂妻夫 花火と銃声
新井素子 グリーン・レクイエム
安能務 訳 封神演義 全三冊

安西水丸 東京美女散歩
トルーマン・カポーティ 安西水丸 訳 真夏の航海
綾辻行人 緋色の囁き
綾辻行人 暗闇の囁き
綾辻行人 黄昏の囁き
綾辻行人 殺人方程式 〈切断された死体の問題〉
綾辻行人 鳴風荘事件 殺人方程式II
綾辻行人 十角館の殺人 〈新装改訂版〉
綾辻行人 水車館の殺人 〈新装改訂版〉
綾辻行人 迷路館の殺人 〈新装改訂版〉
綾辻行人 人形館の殺人 〈新装改訂版〉
綾辻行人 時計館の殺人 〈新装改訂版〉(上)(下)
綾辻行人 黒猫館の殺人 〈新装改訂版〉
綾辻行人 暗黒館の殺人 全四冊
綾辻行人 びっくり館の殺人
綾辻行人 奇面館の殺人(上)(下)
綾辻行人 どんどん橋、落ちた 〈新装改訂版〉
我孫子武丸 探偵映画
我孫子武丸 新装版 8の殺人

講談社文庫　目録

我孫子武丸　眠り姫とバンパイア
我孫子武丸　狼と兎のゲーム
我孫子武丸　新装版 殺戮にいたる病
有栖川有栖　ロシア紅茶の謎
有栖川有栖　スウェーデン館の謎
有栖川有栖　ブラジル蝶の謎
有栖川有栖　英国庭園の謎
有栖川有栖　ペルシャ猫の謎
有栖川有栖　幻想運河
有栖川有栖　幽霊刑事(デカ)
有栖川有栖　マレー鉄道の謎
有栖川有栖　スイス時計の謎
有栖川有栖　モロッコ水晶の謎
有栖川有栖　新装版 マジックミラー
有栖川有栖　新装版 46番目の密室
有栖川有栖　虹果て村の秘密
有栖川有栖　闇の喇叭(らっぱ)
有栖川有栖　真夜中の探偵
有栖川有栖　論理爆弾
有栖川有栖　名探偵傑作短篇集 火村英生篇
姉小路　祐　監察特任刑事(デカ)
姉小路　祐　影のクロス〈監察特任刑事(デカ)〉
姉小路　祐　緘殺(かんさつ)のファイル〈監察特任刑事(デカ)〉
浅田次郎　日輪の遺産
浅田次郎　勇気凜凜ルリの色
浅田次郎　四十肩と恋愛　勇気凜凜ルリの色
浅田次郎　地下鉄(メトロ)に乗って
浅田次郎　霞町物語
浅田次郎　ひとは情熱がなければ生きていけない〈勇気凜凜ルリの色〉
浅田次郎　シェエラザード(上)(下)
浅田次郎　歩兵の本領
浅田次郎　蒼穹の昴 全四巻
浅田次郎　珍妃の井戸
浅田次郎　中原の虹 全四巻
浅田次郎　マンチュリアン・リポート
浅田次郎　天国までの百マイル
青木　玉　小石川の家
阿部和重　アメリカの夜
阿部和重　グランド・フィナーレ
阿部和重　A B C〈阿部和重初期作品集〉
阿部和重　ミステリアスセッティング
阿部和重　IP/NN 阿部和重傑作集
阿部和重　シンセミア(上)(下)
阿部和重　ピストルズ(上)(下)
阿部和重　クエーサーと13番目の柱
麻生　幾　加筆完全版 宣戦布告(上)(下)
甘糟りり子　産む、産まない、産めない
甘糟りり子　産まなくても、産めなくても
赤井三尋　翳(かげ)りゆく夏
あさのあつこ　NO.6〔ナンバーシックス〕#1
あさのあつこ　NO.6〔ナンバーシックス〕#2
あさのあつこ　NO.6〔ナンバーシックス〕#3
あさのあつこ　NO.6〔ナンバーシックス〕#4
あさのあつこ　NO.6〔ナンバーシックス〕#5
あさのあつこ　NO.6〔ナンバーシックス〕#6
あさのあつこ　NO.6〔ナンバーシックス〕#7
あさのあつこ　NO.6〔ナンバーシックス〕#8

講談社文庫　目録

あさのあつこ　NO.6〔ナンバーシックス〕#9
あさのあつこ　NO.6 beyond〔ナンバーシックス・ビヨンド〕
あさのあつこ　待ってる〈橘屋草子〉
あさのあつこ　さいとう市立さいとう高校野球部(上)(下)
あさのあつこ　甲子園でエースしちゃいました〈さいとう市立さいとう高校野球部〉
阿部夏丸　泣けない魚たち
朝倉かすみ　肝、焼ける
朝倉かすみ　好かれようとしない
朝倉かすみ　ともしびマーケット
朝倉かすみ　感応連鎖
朝倉かすみ　たそがれどきに見つけたもの
朝比奈あすか　憂鬱なハスビーン
朝比奈あすか　あの子が欲しい
荒山徹　柳生大作戦(上)(下)
天野作市　気高き昼寝
天野作市　みんなの旅行
青柳碧人　浜村渚の計算ノート
青柳碧人　浜村渚の計算ノート　2さつめ〈ふしぎの国の期末テスト〉
青柳碧人　浜村渚の計算ノート　3さつめ〈水色コンパスと恋する幾何学〉
青柳碧人　浜村渚の計算ノート　3と1/2さつめ〈ふえるま島の最終定理〉
青柳碧人　浜村渚の計算ノート　4さつめ〈方程式は歌声に乗って〉
青柳碧人　浜村渚の計算ノート　5さつめ〈鳴くよウグイス、平面上〉
青柳碧人　浜村渚の計算ノート　6さつめ〈パピルスよ、永遠に〉
青柳碧人　浜村渚の計算ノート　7さつめ〈悪魔とポタージュスープ〉
青柳碧人　浜村渚の計算ノート　8さつめ〈虚数じかけの夏みかん〉
青柳碧人　浜村渚の計算ノート　8と2分の1さつめ〈つるかめ家の一族〉
青柳碧人　浜村渚の計算ノート　9さつめ〈恋人たちの必勝法(マーチンゲール)〉
青柳碧人　東京湾 海中(かいちゅう)高校
青柳碧人　希土類(レアアース)・少女(ガール)
朝井まかて　花(はな)競(くら)べ〈向嶋なずな屋繁盛記〉
朝井まかて　ちゃんちゃら
朝井まかて　すかたん
朝井まかて　ぬけまいる
朝井まかて　恋歌
朝井まかて　阿蘭陀西鶴(おらんださいかく)
朝井まかて　藪医(やぶい)　ふらここ堂
朝井まかて　福袋
歩(あゆみ)りえこ　ブラを捨て旅に出よう〈貧乏乙女の"世界一周"旅行記〉
安藤祐介　営業零課(ぜろか)接待班
安藤祐介　被取締役(とりしまられやく)新入社員
安藤祐介　おい！山田〈大翔製菓広報宣伝部〉
安藤祐介　宝くじが当たったら
安藤祐介　一〇〇〇ヘクトパスカル
安藤祐介　テノヒラ幕府株式会社
青木理　絞首刑
天祢涼　議員探偵・漆原翔太郎〈セシューズ・ハイ〉
天祢涼　都知事探偵・漆原翔太郎〈セシューズ・ハイ〉
麻見和史　石の繭〈警視庁殺人分析班〉
麻見和史　蟻(あり)の階段〈警視庁殺人分析班〉
麻見和史　水晶の鼓動〈警視庁殺人分析班〉
麻見和史　虚空の糸〈警視庁殺人分析班〉
麻見和史　聖者の凶数〈警視庁殺人分析班〉
麻見和史　女神の骨格〈警視庁殺人分析班〉
麻見和史　蝶の力学〈警視庁殺人分析班〉
麻見和史　雨色の仔羊〈警視庁殺人分析班〉
麻見和史　奈落の偶像〈警視庁殺人分析班〉
麻見和史　鷹(たか)の砦(とりで)〈警視庁殺人分析班〉

講談社文庫 目録

麻見和史　深紅の断片〈警防課救命チーム〉
赤坂憲雄　岡本太郎という思想
有川　浩　三匹のおっさん
有川　浩　三匹のおっさん ふたたび
有川　浩　ヒア・カムズ・ザ・サン
有川　浩　旅猫リポート
有川ひろほか　ニャンニャンにゃんそろじー
荒崎一海　無流心月剣〈宗元寺隼人密命帖(一)〉
荒崎一海　幽霊の足〈宗元寺隼人密命帖(二)〉
荒崎一海　名花散る〈宗元寺隼人密命帖(三)〉
荒崎一海　江都落涙〈宗元寺隼人密命帖(四)〉
荒崎一海　門前仲町〈九頭竜覚山 浮世綴(一)〉
荒崎一海　蓬萊橋雨景〈九頭竜覚山 浮世綴(二)〉
荒崎一海　寺町哀感〈九頭竜覚山 浮世綴(三)〉
荒崎一海　小名木川〈九頭竜覚山 浮世綴(四)〉
浅野里沙子　花篝 御探し物請負屋
朱野帰子　駅物語
東　浩紀　一般意志2・0〈ルソー、フロイト、グーグル〉
朝倉宏景　白球アフロ

朝倉宏景　野球部ひとり
朝倉宏景　つよく結べ、ポニーテール
安達　瑶　奈落の花〈堕ちたエリート〉
朝井リョウ　スペードの3
朝井リョウ　世にも奇妙な君物語
足立　紳　弱虫日記
有沢ゆう希／ムサヲ 原作　恋と嘘〈映画ノベライズ〉
有沢ゆう希／末次由紀 原作　〈小説〉ちはやふる 上の句
有沢ゆう希／末次由紀 原作　〈小説〉ちはやふる 下の句
有沢ゆう希／末次由紀 原作　〈小説〉ちはやふる 結び
有沢ゆう希／ろびこ 原作　〈小説〉となりの怪物くん
有沢ゆう希　小説 パーフェクトワールド〈君といる奇跡〉
蒼井凜花　女唇の伝言
秋川滝美　幸腹な百貨店
秋川滝美　幸腹な百貨店〈デパ地下おにぎり騒動〉
秋川滝美　幸腹な百貨店〈催事場で蕎麦屋呑み〉
東　芙美子／原作 雲田はるこ／脚本 羽原大介　小説 昭和元禄落語心中
赤神　諒　神遊の城
彩瀬まる　やがて海へと届く

浅生　鴨　伴走者
天野純希　有楽斎の戦
五木寛之　ソフィアの秋
五木寛之　狼のブルース
五木寛之　海峡物語
五木寛之　風花のひと
五木寛之　鳥の歌(上)(下)
五木寛之　燃える秋
五木寛之　真夜中の望遠鏡〈流されゆく日々'78〉
五木寛之　ナホトカ青春航路〈流されゆく日々'79〉
五木寛之　旅の幻燈
五木寛之　他力
五木寛之　こころの天気図
五木寛之　新装版 恋歌
五木寛之　百寺巡礼 第一巻 奈良
五木寛之　百寺巡礼 第二巻 北陸
五木寛之　百寺巡礼 第三巻 京都Ⅰ
五木寛之　百寺巡礼 第四巻 滋賀・東海
五木寛之　百寺巡礼 第五巻 関東・信州

講談社文庫　目録

五木寛之　百寺巡礼　第六巻　関西
五木寛之　百寺巡礼　第七巻　東北
五木寛之　百寺巡礼　第八巻　山陰・山陽
五木寛之　百寺巡礼　第九巻　京都II
五木寛之　百寺巡礼　第十巻　四国・九州
五木寛之　海外版　百寺巡礼　インド1
五木寛之　海外版　百寺巡礼　インド2
五木寛之　海外版　百寺巡礼　朝鮮半島
五木寛之　海外版　百寺巡礼　中　国
五木寛之　海外版　百寺巡礼　ブータン
五木寛之　海外版　百寺巡礼　日本・アメリカ
五木寛之　青春の門　第七部　挑戦篇
五木寛之　青春の門　第八部　風雲篇
五木寛之　親鸞　青春篇　(上)(下)
五木寛之　親鸞　激動篇　(上)(下)
五木寛之　親鸞　完結篇　(上)(下)
五木寛之　五木寛之の金沢さんぽ
井上ひさし　モッキンポット師の後始末
井上ひさし　ナ　イ　ン

井上ひさし　四千万歩の男　全五冊
井上ひさし　四千万歩の男　忠敬の生き方
井上ひさし　黄金の騎士団　(上)(下)
井上ひさし　一分ノ一　(上)(中)(下)
井上ひさし　司馬遼太郎　新装版　国家・宗教・日本人
池波正太郎　私　の　歳　月
池波正太郎　よい匂いのする一夜
池波正太郎　梅安料理ごよみ
池波正太郎　わが家の夕めし
池波正太郎　新装版　緑のオリンピア
池波正太郎　新装版　殺しの四人〈仕掛人・藤枝梅安(一)〉
池波正太郎　新装版　梅安蟻地獄〈仕掛人・藤枝梅安(二)〉
池波正太郎　新装版　梅安最合傘〈仕掛人・藤枝梅安(三)〉
池波正太郎　新装版　梅安針供養〈仕掛人・藤枝梅安(四)〉
池波正太郎　新装版　梅安乱れ雲〈仕掛人・藤枝梅安(五)〉
池波正太郎　新装版　梅安影法師〈仕掛人・藤枝梅安(六)〉
池波正太郎　新装版　梅安冬時雨〈仕掛人・藤枝梅安(七)〉
池波正太郎　新装版　忍びの女　(上)(下)
池波正太郎　新装版　殺しの掟

池波正太郎　新装版　抜討ち半九郎
池波正太郎　新装版　娼婦の眼
池波正太郎　近藤勇白書〈レジェンド歴史時代小説〉(上)(下)
井上　靖　楊　貴　妃　伝
石牟礼道子　新装版　苦海浄土〈わが水俣病〉
いわさきちひろ　ちひろのことば
松本　猛　いわさきちひろ　いわさきちひろの絵と心
いわさきちひろ 絵本美術館編　ちひろ・子どもの情景〈文庫ギャラリー〉
いわさきちひろ 絵本美術館編　ちひろ・紫のメッセージ〈文庫ギャラリー〉
いわさきちひろ 絵本美術館編　ちひろの花ことば〈文庫ギャラリー〉
いわさきちひろ 絵本美術館編　ちひろのアンデルセン〈文庫ギャラリー〉
いわさきちひろ 絵本美術館編　ちひろ・平和への願い〈文庫ギャラリー〉
石野径一郎　新装版　ひめゆりの塔
今西錦司　生物の世界
井沢元彦　義経幻殺録
井沢元彦　光と影の武蔵〈切支丹秘録〉
井沢元彦　新装版　猿丸幻視行
一ノ瀬泰造　地雷を踏んだらサヨウナラ
泉　麻人　大東京23区散歩

伊集院　静　乳房
伊集院　静　遠い昨日
伊集院　静　夢は枯野を〈競輪躁鬱旅行〉
伊集院　静　野球で学んだこと ヒデキ君に教わったこと
伊集院　静　峠の声
伊集院　静　白秋
伊集院　静　潮流
伊集院　静　機関車先生
伊集院　静　冬の蜻蛉
伊集院　静　オルゴール
伊集院　静　昨日スケッチ
伊集院　静　アフリカの王(上)(下)
伊集院　静　あづま橋
伊集院　静　ぼくのボールが君に届けば
伊集院　静　駅までの道をおしえて
伊集院　静　受け月
伊集院　静　坂の上のμ〈野球小説アンソロジー〉
伊集院　静　ねむりねこ
伊集院　静　新装版　三年坂
伊集院　静　お父やんとオジさん(上)(下)
伊集院　静　ノボさん〈小説 正岡子規と夏目漱石〉(上)(下)
いとうせいこう　存在しない小説
いとうせいこう　我々の恋愛
井上夢人　メドゥサ、鏡をごらん
井上夢人　ダレカガナカニイル…
井上夢人　プラスティック
井上夢人　オルファクトグラム(上)(下)
井上夢人　もつれっぱなし
井上夢人　あわせ鏡に飛び込んで
井上夢人　魔法使いの弟子たち(上)(下)
井上夢人　ラバー・ソウル
池井戸　潤　果つる底なき
池井戸　潤　架空通貨
池井戸　潤　銀行狐
池井戸　潤　仇敵
池井戸　潤　BT'63(上)(下)
池井戸　潤　空飛ぶタイヤ(上)(下)
池井戸　潤　鉄の骨
池井戸　潤　新装版　銀行総務特命
池井戸　潤　新装版　不祥事
池井戸　潤　ルーズヴェルト・ゲーム
池井戸　潤　半沢直樹1〈オレたちバブル入行組〉
池井戸　潤　半沢直樹2〈オレたち花のバブル組〉
池井戸　潤　半沢直樹3〈ロスジェネの逆襲〉
池井戸　潤　半沢直樹4〈銀翼のイカロス〉
糸井重里　ほぼ日刊イトイ新聞の本
石田衣良　LAST［ラスト］
石田衣良　東京DOLL
石田衣良　てのひらの迷路
石田衣良　40翼ふたたび
石田衣良　sex
石田衣良　逆島断雄〈進駐官養成高校の決闘編1〉
石田衣良　逆島断雄〈進駐官養成高校の決闘編2〉
石田衣良　逆島断雄〈本土最終防衛決戦編1〉
石田衣良　逆島断雄〈本土最終防衛決戦編2〉
井上荒野　ひどい感じ―父・井上光晴
稲葉　稔　椋鳥の影〈八丁堀手控え帖〉

井川香四郎 冬の蝶〈梟与力吟味帳〉
井川香四郎 日照り草〈梟与力吟味帳〉
井川香四郎 忍冬〈梟与力吟味帳〉
井川香四郎 花詞〈梟与力吟味帳〉
井川香四郎 雪の花火〈梟与力吟味帳〉
井川香四郎 鬼雨〈梟与力吟味帳〉
井川香四郎 科戸の風〈梟与力吟味帳〉
井川香四郎 紅の露〈梟与力吟味帳〉
井川香四郎 惻隠の灯〈梟与力吟味帳〉
井川香四郎 三人羽織〈梟与力吟味帳〉
井川香四郎 吹花の風〈梟与力吟味帳〉
井川香四郎 飯盛り侍
井川香四郎 飯盛り侍 鯛評定
井川香四郎 飯盛り侍 城攻め猪
井川香四郎 飯盛り侍 すっぽん天下
井川香四郎 御三家が斬る！
井川香四郎 御三家が斬る！〈殺しの鬼棲む妻籠宿〉
伊坂幸太郎 チルドレン
伊坂幸太郎 魔王

伊坂幸太郎 モダンタイムス(上)(下)
伊坂幸太郎 ＰＫ
伊坂幸太郎 サブマリン
絲山秋子 逃亡くそたわけ
絲山秋子 袋小路の男
石黒耀 死都日本
石黒耀 震災列島
石黒耀 忠臣蔵異聞〈家老 大野九郎兵衛の長い仇討ち〉
犬飼六岐 筋違い半介
犬飼六岐 吉岡清三郎貸腕帳
石川大我 ボクの彼氏はどこにいる？
石松宏章 マジでガチなボランティア
伊東潤 疾き雲のごとく
伊東潤 戦国鬼譚 惨
伊東潤 虚けの舞
伊東潤 叛鬼
伊東潤 国を蹴った男
伊東潤 峠越え
伊東潤 黎明に起つ

伊東潤 池田屋乱刃
市川拓司 吸涙鬼
石飛幸三 「平穏死」のすすめ〈口から食べられなくなったらどうしますか〉
伊藤理佐 女のはしょり道
伊藤理佐 また！女のはしょり道
石黒正数 外天楼
伊与原新 ルカの方舟
稲葉圭昭 恥さらし〈北海道警 悪徳刑事の告白〉
稲葉博一 忍者烈伝
稲葉博一 忍者烈伝ノ続
稲葉博一 忍者烈伝ノ乱〈天之巻〉〈地之巻〉
伊岡瞬 桜の花が散る前に
石川智健 エウレカの確率〈経済学捜査員 伏見真守〉
石川智健 エウレカの確率〈よくわかる殺人経済学入門〉
石川智健 エウレカの確率〈経済学捜査と殺人の効用〉
石川智健 60〈誤判対策室〉
石川智健 第三者隠蔽機関
戌井昭人 ぴんぞろ
石田千 きなりの雲

井上真偽　その可能性はすでに考えた
井上真偽　聖女の毒杯〈その可能性はすでに考えた〉
井上真偽　恋と禁忌の述語論理
泉 ゆたか　お師匠さま、整いました！
内田康夫　シーラカンス殺人事件
内田康夫　パソコン探偵の名推理
内田康夫　「横山大観」殺人事件
内田康夫　江田島殺人事件
内田康夫　琵琶湖周航殺人歌
内田康夫　夏泊殺人岬
内田康夫　「信濃の国」殺人事件
内田康夫　風葬の城
内田康夫　透明な遺書
内田康夫　鞆の浦殺人事件
内田康夫　終幕のない殺人
内田康夫　御堂筋殺人事件
内田康夫　記憶の中の殺人
内田康夫　北国街道殺人事件
内田康夫　「紅藍の女」殺人事件

内田康夫　「紫の女」殺人事件
内田康夫　藍色回廊殺人事件
内田康夫　明日香の皇子
内田康夫　華の下にて
内田康夫　博多殺人事件
内田康夫　黄金の石橋
内田康夫　金沢殺人事件
内田康夫　朝日殺人事件
内田康夫　湯布院殺人事件
内田康夫　釧路湿原殺人事件
内田康夫　貴賓室の怪人〈「飛鳥」編〉
内田康夫　イタリア幻想曲 貴賓室の怪人2
内田康夫　靖国への帰還
内田康夫　若狭殺人事件
内田康夫　化生の海
内田康夫　不等辺三角形
内田康夫　ぼくが探偵だった夏
内田康夫　怪談の道
内田康夫　逃げろ光彦〈内田康夫と5人の女たち〉

内田康夫　皇女の霊柩
内田康夫　悪魔の種子
内田康夫　戸隠伝説殺人事件
内田康夫　歌わない笛
内田康夫　新装版 死者の木霊
内田康夫　新装版 漂泊の楽人
内田康夫　新装版 平城山を越えた女
内田康夫　秋田殺人事件
内田康夫　孤道
和久井清水　孤道 完結編〈金色の眠り〉
歌野晶午　死体を買う男
歌野晶午　安達ヶ原の鬼密室
歌野晶午　新装版 長い家の殺人
歌野晶午　新装版 白い家の殺人
歌野晶午　新装版 動く家の殺人
歌野晶午　密室殺人ゲーム王手飛車取り
歌野晶午　新装版 ＲＯＭＭＹ 越境者の夢
歌野晶午　増補版 放浪探偵と七つの殺人
歌野晶午　新装版 正月十一日、鏡殺し

講談社文庫　目録

講談社文庫　目録

講談社文庫　目録

岡嶋二人　そして扉が閉ざされた
岡嶋二人　解決まではあと6人〈5W1H殺人事件〉
岡嶋二人　99％の誘拐
岡嶋二人　クラインの壺
岡嶋二人　ダブル・プロット
岡嶋二人　新装版 焦茶色のパステル
岡嶋二人　チョコレートゲーム 新装版
太田蘭三　殺・風景〈警視庁北多摩署特捜本部〉
大前研一　企業参謀 正・続
大前研一　やりたいことは全部やれ！
大前研一　考える技術
大沢在昌　野獣駆けろ
大沢在昌　相続人TOMOKO
大沢在昌　ウォームハート コールドボディ
大沢在昌　アルバイト探偵
大沢在昌　調毒師を捜せ アルバイト探偵
大沢在昌　女王陛下のアルバイト探偵
大沢在昌　不思議の国のアルバイト探偵
大沢在昌　拷問遊園地 アルバイト探偵
大沢在昌　帰ってきたアルバイト探偵
大沢在昌　雪蛍
大沢在昌　ザ・ジョーカー
大沢在昌　亡命者〈ザ・ジョーカー〉
大沢在昌　夢の島
大沢在昌　新装版 氷の森
大沢在昌　暗黒旅人
大沢在昌　新装版 走らなあかん、夜明けまで
大沢在昌　新装版 涙はふくな、凍るまで
大沢在昌　語りつづけろ、届くまで
大沢在昌　罪深き海辺(上)(下)
大沢在昌　やぶへび
大沢在昌　海と月の迷路(上)(下)
逢坂剛　十字路に立つ女
逢坂剛　重蔵始末
逢坂剛　じぶくり伝兵衛〈重蔵始末(二)〉
逢坂剛　猿曳遁兵衛〈重蔵始末(三)〉
逢坂剛　嫁盗み〈重蔵始末(四)長崎篇〉
逢坂剛　陰の声〈重蔵始末(五)長崎篇〉
逢坂剛　北門の狼〈重蔵始末(六)蝦夷篇〉
逢坂剛　逆浪果つるところ〈重蔵始末(七)蝦夷篇〉
逢坂剛　新装版 カディスの赤い星(上)(下)
逢坂剛　さらばスペインの日日(上)(下)
オノ・ヨーコ 飯村隆彦編　ただの私
オノ・ヨーコ 南風椎訳　グレープフルーツ・ジュース
折原一　倒錯のロンド
折原一　倒錯の死角〈201号室の女〉
折原一　倒錯の帰結
小川洋子　密やかな結晶
小川洋子　ブラフマンの埋葬
小川洋子　最果てアーケード
小川洋子　琥珀のまたたき
乙川優三郎　霧の橋
乙川優三郎　喜知次
乙川優三郎　蔓の端々
乙川優三郎　夜の小紋
恩田陸　三月は深き紅の淵を
恩田陸　麦の海に沈む果実

2020年3月15日現在